河出文庫

古典新訳コレクション

源氏物語　1

角田

kawade bunko

河出書房新社

目次

源氏物語

1

桐《きり》壺《つぼ》

光をまとって生まれた皇子

輝くばかりにうつくしいその皇子の、光君という名は、
高麗の人相見がつけたということです。

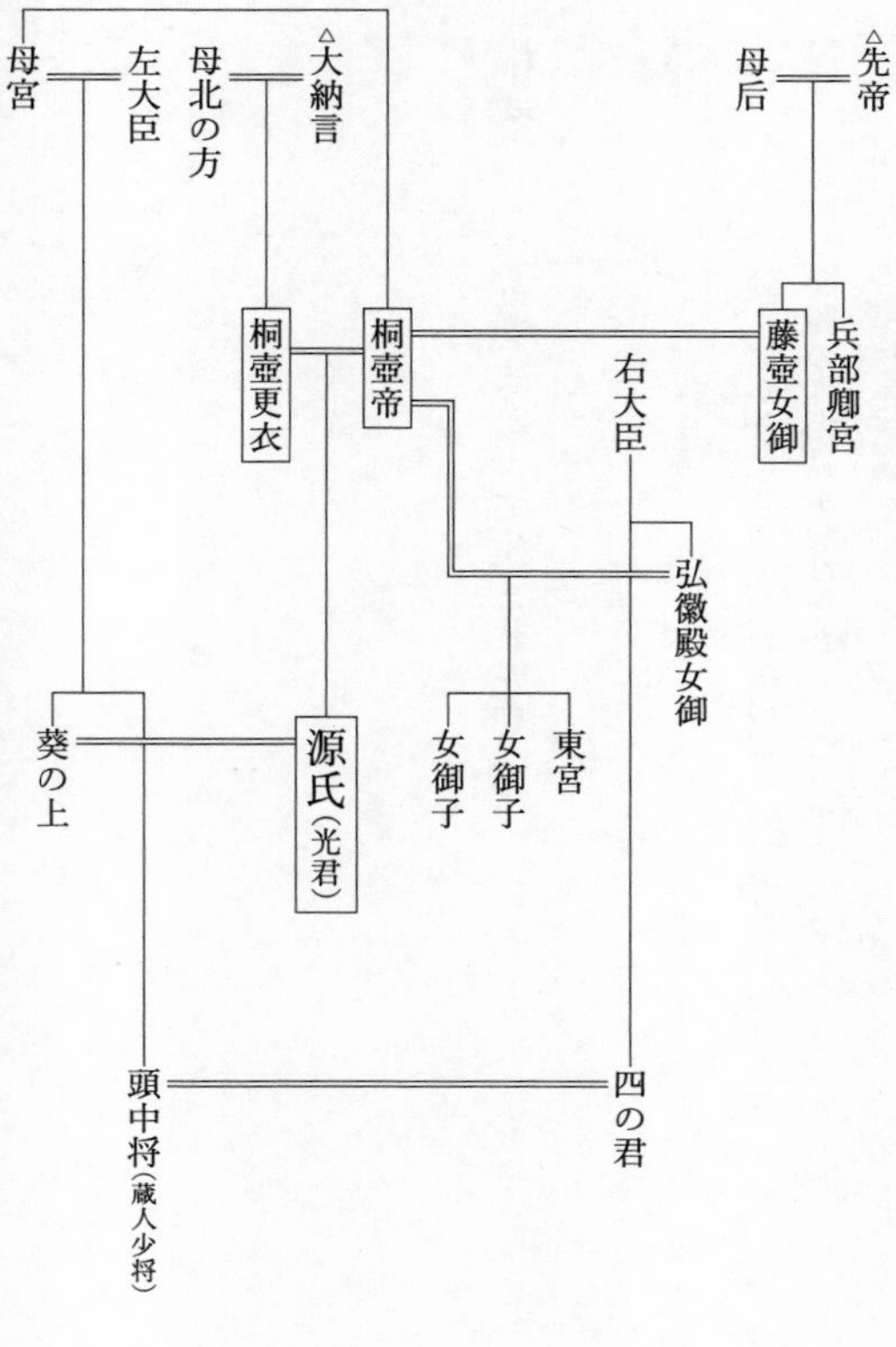

△先帝
母后
兵部卿宮
藤壺女御
右大臣
弘徽殿女御
東宮
女御子
女御子
四の君
△大納言
母北の方
桐壺更衣
桐壺帝
源氏（光君）
左大臣
母宮
葵の上
頭中将（蔵人少将）

＊登場人物系図
△は故人

いつの帝《みかど》の御時《おんとき》だったでしょうか――。

その昔、帝に深く愛されている女がいた。宮廷では身分の高い者からそうでもない者まで、幾人もの女たちがそれぞれに部屋を与えられ、帝に仕えていた。

帝の深い寵愛《ちょうあい》を受けたこの女は、高い家柄の出身ではなく、自身の位も、女御《にょうご》より劣る更衣《こうい》であった。女に与えられた部屋は桐壺《きりつぼ》という。

帝に仕える女御たちは、当然自分こそが帝の寵愛を受けるのにふさわしいと思っている。なのに桐壺更衣《きりつぼのこうい》が帝の愛を独り占めしている。女御たちは彼女を目ざわりな者と妬み、蔑んだ。桐壺と同程度、あるいはもっと低い家柄の更衣たちも、なぜあの女が、となおさら気がおさまらない。朝も夕も帝に呼ばれ、その寝室に行き来する桐壺は、ほかの女たちの恨みと憎しみを一身に受けることとなった。

そんな日々が続いたからか、桐壺は病気がちとなり、実家に下がって臥《ふ》せることも多くなった。すると帝はそんな桐壺をあわれに思い、周囲の非難などまったく意に介さず、ますます執心する。上達部《かんだちめ》や殿上人《てんじょうびと》といった朝廷の高官たちは、度の過ぎた帝の執着に眉をひそめ、楊貴妃《ようきひ》の例まで出して、唐土《もろこし》でもこんなことから世の中が乱れ、たいへんな事態になったと言い合っている。そんなことも聞こえてきて、いたたまれないことが多いけれど、帝の深い愛情をひたすら頼りにして、桐壺は宮仕えを続けている。

桐壺の父親は大納言だったが、とうに亡くなっている。母親は名家出身の教養ある女性である。自分の娘が、両親健在の、世間でもはなやかな評判の女性たちに引けをとらないよう心を配っていた。けれども何かあらたまった行事がある時などは、やはり後ろ盾もなく、心細い様子だった。

前世からのよほど深い縁で結ばれていたのだろう、帝と桐壺のあいだにかわいらしい皇子《みこ》が誕生した。桐壺は出産のために実家に戻り、帝は出産の日を、まだかまだかと気をもんで待っていた。生まれたとの知らせが入り、その後ようやく宮中に連れてこられた皇子を見ると、この世のものとは思えないほどのうつくしさである。

帝の最初の子どもは、右大臣家の娘である弘徽殿女御《こきでんのにょうご》の産んだ男の子である。弘徽殿女御にはしっかりとした後ろ盾があり、この男の子は疑うことなく世継ぎの君としてたいせつに扱われていた。けれども弟となるこの皇子のうつくしさには、とうていかなわない。帝は、兄宮はそれなりにだいじに思うだけだが、この弟宮こそ自身の宝物のように思うのである。

母親となった桐壺は、もともと、ごくふつうの女官のようにずっと帝のそばにいて、あれこれと世話をしなければならないような身分ではなかった。しかるべき身分の品格があり、世間からも尊敬を受けていた。けれども帝が桐壺を放そうとせず、管絃《かんげん》の遊びや重要な催しにはかならず呼び寄せ、寝室に泊めて朝になっても帰そうとしないこともあり、自然と桐壺は世間から軽く見られることもあった。けれどもこの若宮が生まれてからは、帝は別格の配慮を持って、母なる「御息所《みやすどころ》」としてそれに似つかわしい待遇をするようになった。そうなると、もしやこの若宮が東宮《とうぐう》（皇太子）とされてしまうのではないかと、最初の子を産んだ弘徽殿女御は不安を覚える。この弘徽殿女御はだれよりも早く入内《じゅだい》し、帝にもそれなりに扱われ、皇子だけでなく女皇子《おんなみこ》も産んでいた。帝も、この女御だけはけむたくもあるが、無視のできない存在でもあった。

帝の深い愛情に頼ってはいても、ほかの女たちからとかくあらさがしをされ、悪《あ》しざまに言われる。病弱で、後ろ盾もない桐壺は、帝に愛されれば愛されるだけ、周囲の目を気にし、気苦労が増えていく。

桐壺という部屋は、帝の住まう清涼殿《せいりょうでん》からいちばん遠い東北の隅にあった。帝はひっきりなしに桐壺へと向かうのだが、その都度、大勢の女御、更衣の部屋の前を通りすぎることになる。素通りされる女たちがやきもきするのも致し方ない。また、帝に呼ばれて桐壺が清涼殿に向かうことが続くと、打橋《うちはし》や渡殿《わたどの》といった通り道に汚物が撒き散らされることもあった。桐壺に仕える女房たちが送り迎えをする際に、着物の裾がたえがたく汚れるほどである。またある時は、桐壺が通る廊下の、前後の戸の錠をあちらとこちらで示し合わせて閉めてしまい、桐壺を戻るも進むもできないようにして困らせることもあった。

とにかく何ごとにおいてもつらいことが日に日に増え、桐壺はますます苦しみ、悩むのだった。そんなふうに悩み抜く桐壺を不憫《ふびん》に思った帝は、清涼殿に近い部屋、後涼殿《こうろうでん》に仕えている更衣をほかに移し、そこを控えの間として桐壺に与えた。当然ながら、移された更衣は晴らしようもない恨みを桐壺に持つことになる。

さて、桐壺《きりつぼ》の産んだ若宮が三歳になり、袴着《はかまぎ》の儀を行うことになった。先に儀式を行った第一皇子に引けをとらないよう、という帝《みかど》のはからいで、内蔵寮《くらづかさ》や納殿《おさめどの》からありったけの宝物を出して盛大に行われた。これにもまた、あちこちから非難の声が上がった。けれども、成長するにつれてはっきりしていく顔立ちも性質も、抜きん出てすばらしいこの若宮を、だれも憎めないのである。もののわかる人ならば、このような方がよくこの世にお生まれになったものだと、ただ呆然《ぼうぜん》と目をみはるばかりである。

その年の夏、桐壺御息所《きりつぼのみやすどころ》はふたたび病にかかってしまった。療養のために実家に下がりたいとお願いするも、帝はいっこうに許可しない。この数年、ずっと病気がちだったので、帝にとってはそれがふつうのこととなっていたのである。「このまま、もうしばらく様子を見なさい」とくり返し言い聞かせているうちに、病気は日に日に重くなり、わずか五、六日のうちに急激に衰弱してしまった。女の母君が泣いて帝に嘆願し、やっとのことで実家に下がれることとなった。このような時でも、また嫌がらせをされるかもしれない、その巻き添えにするわけにはいかないと彼女は考え、若宮は宮中に置いていくことになった。

いつまでも引き止めておくことはできないとわかってはいるものの、身分がら、見送っていくこともできないことを帝は嘆き悲しんだ。みずみずしくうつくしかった愛する人が、今はすっかりやつれてしまっている。深い悲しみを胸に抱いて、それを言葉にすることもできず、意識も朦朧《もうろう》としている女を見て、帝は、もはや分別もなく、思いつく限りのことを泣く泣く約束する。女はもう答えることができない。目には力もなく、いっそうつらそうに、今にも息絶えそうな様子で横たわる女を前に、帝はどうしたらいいものか途方に暮れるしかない。いったんは、女を輦車《てぐるま》（車のついた輿《こし》）に乗せる宣旨《せんじ》を出したのに、また部屋に戻って、どうしても女のそばを離れることができないでいる。

「運命が決めた死出《しで》の道をも、ともに旅立とうと約束したではないか。いくらなんでもこの私を残してはいかないね」

と言う帝の言葉を聞き、あまりにも悲しく思ったのか、女も息も絶え絶えにささやいた。

「限りとて別るる道の悲しきにいかまほしきは命なりけり

（定められたお別れの道を悲しく思います、私の行きたいのはこの道ではなく、
　生きていく道ですのに）

こんなふうになるとわかっていましたら……」

と、その先はもう言えずにいる。いっそこのまま、ここですべてを見届けたいと帝は思うが、宮中に死は禁忌《きんき》である。

「今日からはじめる祈禱《きとう》の数々を、すでにしかるべき僧にお願いしてあります。今晩からはじめますので」

と周囲にせき立てられ、帝は胸が張り裂けそうな気持ちで女の退出を許可した。深い悲しみに沈み、帝は眠ることもできず、夏の短い夜に目をこらす。女の実家に遣わせた使者がまだ戻らないうちから、帝は不安な気持ちをしきりにつぶやいていた。その頃、女はすでに息絶えていた。お付きの人々が泣き騒ぐ女の実家から、気落ちして戻ってきた使者は、

「夜中を過ぎる頃、とうとう息をお引き取りになりました」と伝えた。それを聞いて帝はひどく取り乱し、もう何も考えることができず、部屋に閉じこもってしまう。せめて女の遺《のこ》した若宮は手元に置いておきたいと帝は願った。けれど母親を亡くし、喪に服す者が宮中に留《とど》まるなど、前例のないことである。若宮も女の実家に下がらなければならない。

その若宮は、何が起きたのかまるでわからず、大人たちが泣き惑うだけでなく、帝まで涙を流し続けているのを不思議そうに眺めるばかりである。通常の場合でも母親と死に別れることはとてつもなく悲しいものだけれど、こんなふうにまだ何もわからない様子なのが、よけいに人々の悲しみを掻《か》き立てる。

しきたりの通りに葬儀が行われ、亡骸《なきがら》を荼毘《だび》に付すことになった。母君は、娘の亡骸を焼くその煙といっしょに空に消えてしまいたいと泣き、野辺《のべ》の送りの女房の車を

追いかけて無理やり乗りこみ、愛宕《おたぎ》という、厳かに葬儀の行われている場所に向かうが、いったいどんな気持ちであったことでしょう。

「亡くなったあの子の姿を見ても、まだ生きているように思えてならないのです。いっそ灰になるのをこの目で見れば、この世にはもういないのだときっぱりあきらめもつくことでしょう」

と健気《けなげ》にも言うが、車から落ちそうなほど全身で嘆き悲しみ、周囲の人々もどうしたらいいものやら、声をかけることもできない。

そこに帝からの使いがやってきて、桐壺に三位《さんみ》の位を与えると、勅使が宣命《せんみよう》を読み上げる。そんな誇らしいことも、しかし悲しみを増すだけだった。生きているあいだに女御《にようご》の位にしてあげることもしなかった、そのことが帝の心残りだった。せめてもう一段だけでも上の位に、と考えての追贈だろう。このようなはからいにも、すでに亡くなった人をまだ憎む女たちも多い。けれども、ものごとをわきまえている人は、桐壺更衣の姿や、うつくしい顔立ち、気立てのよさやこまやかな心遣い、憎もうにも憎めなかったその人柄に、今さらながら気づくのであった。見苦しいほどの帝の溺愛ぶりに、つい嫉妬してしまったけれど、やさしくて思いやり深かった桐壺を、帝のそば仕えの女房たちもみな恋しく思う。「なくてぞ」（「あるときはありのすさびに憎かりきなくてぞ人は恋しかりける」その人が生きている時はそこにいることが当たり前になってしまい、憎く思うことさえあったが、いなくなってしまった今は心から恋しい）とは、こういうことかと思うのだった。

はかなく日は過ぎて、七日ごとの法事にも帝《みかど》はきまってお見舞いの使者を遣わせる。時がたてばたつほど悲しみは深まり、帝は、ほかの女御《にょうご》や更衣《こうい》たちとも夜を過ごすこともなくなった。ただ涙に暮れ、夜を明かし日を暮らしている。悲しみに打ちひしがれたその様子を見ている女房たちも、思わずもらい泣きをしてしまうほどである。

そんな帝を見て、弘徽殿女御《こきでんのにょうご》は「亡くなった後まで、こちらを不愉快にするご執心ぶりですこと」と、相変わらず容赦なく言う。

帝は、長男である一《いち》の宮《みや》の姿を見るにつけても若宮を恋しく思い出し、親しい女房や乳母《めのと》をたびたび桐壺《きりつぼ》の実家に遣わせて、若宮の様子を尋ねるのだった。

秋のはじめ、野分《のわき》（台風）のような風が吹き、急に肌寒くなったある夕暮れ時のことである。帝はいつにもまして思い出に浸り、靫負命婦《ゆげいのみょうぶ》という女房を桐壺の実家に遣わせた。夕月のうつくしい時刻に命婦を送り出し、自身はもの思いにふけっている。以前はこのような月のうつくしい夕べに、よく管絃の遊びを催したものだった。琴をみごとな腕前で掻き鳴らし、その場でぱっと機転の利いたことを口にした、人並み以上にうつくしい女の姿が、まぼろしとなってぴったりと寄り添っているように感じられる。しかしそのまぼろしも、かつての闇の中で見た現実の姿にはとうていかなわないのである。

使いに出された命婦は、女の家に到着した。車を門内に入れるやいなや、すでに邸《やしき》中が悲しみの気配に満ちているのを命婦は感じ取る。やもめ暮らしとなった母君は、ひとり娘をたいせつに育てるために、邸もきちんと手入れをして見苦しくないように暮らしてきた。けれども娘の死を嘆き悲しみ、泣き伏して日を過ごすうちに、八重葎《やえむぐら》も好き放題に生い茂り、野分のせいで庭はますます荒れて見える。月の光だけが八重葎にも遮られずに射《さ》しこんでいる。

南正面に命婦を招き入れても、母君は涙があふれてすぐには言葉も出てこない。

「こんなふうに生きながらえているのもつらいことですのに、畏れ多くもこのように勅使さまが、こんな荒れ放題の我が家を訪ねてくださるなんて、本当にもう、合わせる顔もない思いです」

と言って、母君はこらえきれずに泣き出してしまう。

「典侍《ないしのすけ》が『お尋ねしてみますと、こちらのご様子はまことにおいたわしくて、たましいも消え失《う》せるかと思いましたが……』と帝に申し上げていましたが、ものごとをわきまえない私のような者でも、やはりたえがたいほど悲しいものでございますね」と命婦は言い、涙を抑えて帝の言葉を伝えた。「『しばらくのあいだ、夢ではないのかとただ呆然とするばかりだったが、だんだん心が落ち着いてくると、夢ではないのだから覚めるはずもなく、悲しみがより深まるのはどうしたらいいものか、話し合える人もいない。あなたがお忍びで参内《さんだい》してくれないだろうか。若宮のこともひどく気に掛かっている。そちらのようにみなが泣き暮らす中に若宮がいるのもいたわしい。どうか一刻も早く参内してほしい』と、何度も涙にむせながら、きっちりと最後までおっしゃることもできないご様子なのです。それでも、まわりの人に気弱だと思われないよう、気丈にしていらっしゃるのが本当にお気の毒で、帝の仰《おお》せ言《ごと》を最後まで承ることもできず、退出した次第なのです」と、命婦は帝の手紙を渡す。

「涙で目もよく見えませんが、このような畏れ多いお言葉を光として拝見いたします」と母君は手紙を受け取る。

「時がたてば、少しは悲しみも紛れるのかもしれません。その日を心待ちにして日を過ごしていますが、日がたつにつれてこらえがたさばかりが募ります。幼い宮がどうしているのかといつも案じております。ともに育てることができないのが気掛かりでなりません。今は私を亡き人の形見と思って、どうか宮中においでください」

などと、心をこめて書かれている。

宮城野《みやぎの》の露吹きむすぶ風の音《おと》に小萩《こはぎ》がもとを思ひこそやれ

(宮中に吹く風の音を聞くにつけても、あのちいさな萩——若宮がどうしているか、ただ思いやられる)

と書かれているが、母君はとても最後まで読むことができない。

「長生きがこんなにつらいものであると、身に染みて感じております。『いかでなほありと知らせじ高砂《たかさご》の松の思はむこともはづかし(古今六帖/こんなにも長く生きていることを知られたくないものだ、高砂の松がこんな私をどう思うかと考えると恥ずかしくなる)』と古い歌にあります通り、私も気が引ける思いですので、人目の多い宮中に参るなど、とんでもないことです。畏れ多くもありがたいお言葉をたびたび頂戴しながら、私自身はとても参内の決心がつきません。若宮は、どこまでわかっていらっしゃるのか、宮中に早く行きたいご様子です。若宮が、おとうさまのいらっしゃる宮中をお慕いになるのはごもっともとは思いながら、若宮とお別れするのが悲しくてたまらない私の気持ちを、どうか内々でお伝え申してくださいませ。娘に先立たれた不吉な身ですから、ここで若宮がお暮らしになっているのも、やはり縁起のいいことではありません。畏れ多いことです」と、母君は言う。

若宮は、すでに眠っていた。

「若宮のご様子をほんのひと目でも拝見し、帝にご報告したいと思っておりましたが、帝もお待ちになっていることですし、夜も更けて参りましたので、今日はこれで失礼いたします」

と言って命婦は去ろうとする。

「子を亡くした親の心の闇はたえがたく、ほんの少しでも晴らせるくらいにお話ししたく思います。このような公のお使いだけではなく、またどうか内々でお気軽にいらしてください。この数年、晴れがましい折々にお立ち寄りいただきましたのに、こんなふうに悲しいお言づけを届けていただくのは、返す返すもこの寿命の長さがつらく思われます。亡き娘には、生まれた時から望みをかけておりました。娘の父親であった大納言も、息を引き取る直前まで『この子を入内《じゅだい》させるという私たちの願いを、どうかかなえておくれ。父親の私が亡くなっても、弱々しく志を捨てるのではないぞ』とくり返し言いさとしていました。しっかりした後ろ盾となってくださる方もいないままに、宮仕えなどしないほうがいいと心配してはいましたが、亡夫の遺言に背いてはならないという一心で、あの子を宮仕えに出させていただきました。それが思いもよらず深い愛情を掛けていただきまして、それだけでも身に余ることですので、ほかの方々から人並みにも扱ってもらえない恥も忍んでは宮仕えを続けていたようです。それでもその方々からの妬みを一身に受けて、心を苦しめることもだんだん増えて参りましたところに、ついにはあんな有様でこの世からいなくなってしまいました。ですから畏れ多いはずの帝のお心も、かえって恨めしく思えてしまうのです。これも、子を失ったどうしようもない親心の闇でございます」

と、その後はもう言葉もなく母君はむせび泣く。

「帝も同じことをお考えで……。『自分の心ながら、周囲が驚くほど深く愛してしまったのは、思えば、長く続くはずのない仲だったということなのだね。今となってはなんとせつない縁だろう。少しでも人の心を傷つけまいとしてきたのに、この人をこんなに愛してしまったがために、受けずともいい人の恨みをたくさん受けることになってしまった。そのあげく、こうしてひとり遺されて、気持ちの整理もつかず、ますますみっともない愚か者になりはてた。こんな私たちは、いったいどんな前世の宿縁だったのかが知りたい』と、幾度もおっしゃっては、涙に暮れていらっしゃいます」

と命婦は語り、話は尽きることがない。泣く泣く、「夜も更けました。今夜のうちに戻って、ご返事申し上げなければなりませんので」と急いで帰ろうとする。

月は沈みかけて、空は一面さえざえと澄み切っている。風は涼しく、草むらから立ち上る虫の音が、涙を誘うかのように響く。命婦はなかなか立ち去りがたく、車に乗りこめないでいる。

鈴虫の声の限りを尽くしても長き夜あかずふる涙かな

（鈴虫のように声の限りに泣き尽くしても、長い夜も足りないほど、泣いても泣いても涙がこぼれます）

命婦は車に乗りこむこともできない。

「いとどしく虫の音《ね》しげき浅茅生《あさぢふ》に露おき添ふる雲の上人《うへびと》

（虫がしきりに鳴き、私も悲しみに泣く、この草深いわび住まいに、なおもまた、あらたな涙を添えてくださる雲の上のお人よ）

あなたさまのせいだと申し上げてしまいそうです」

と、母君は取り次ぎの女房に伝える。

風情《ふぜい》ある贈り物をしなければならないような場合でもないので、ただ形見として、こんなこともあろうかと残しておいた娘の装束一式と、髪上《くしあ》げの道具のようなものを添えて命婦に託す。

年若い女房たちは、もちろん未《いま》だ悲しみに沈んでいたが、これまでのはなやかな宮中の暮らしに慣れてしまっていて、この里の住まいがどうしてもさみしく感じられて仕方がない。また、帝の様子も心配で、命婦の言葉通り、早く若宮を宮中にお連れすべきだと勧めている。けれども、母君は、娘に先立たれた逆縁の、不吉な自分が付き添って参内するのも世間体が悪いだろうし、かといって、若宮と離れて暮らすのも気掛かりだし……と、はっきりと心を決められないままでいる。

命婦が宮中に帰ると、帝は眠ることもできなかったらしく、うつくしい盛りの庭を眺めるふうをよそおって、思いやり深い女房四、五人と、静かに何か語らっている。そんないたわしい帝の姿を見るにつけ、命婦も胸ふさがれるような思いになる。宇多《うだ》の帝、後の亭子院《ていじいん》が直々に描かせ、伊勢《いせ》、貫之《つらゆき》といった歌人に詠ませた和歌や漢詩ものった長恨歌《ちょうごんか》の巻物を、このところ帝はずっと眺めては、愛する人に死に別れた悲しみを詠んだ歌や詩について語っている。

戻った命婦に、帝はじつにこまごまと母君の様子を尋ねる。命婦は、目にしたこと、会話に上ったことなどを静かに語り、母君からの返事を渡す。帝が文を広げると、このように書かれている。

「まことに畏れ多いお言葉をどのようにいただいたらよろしいのか、わかりません。このようなありがたいお言葉をいただきましても、私の心の闇は晴れず、ただ乱れるばかりでございます。

荒き風ふせぎしかげの枯れしより小萩《こはぎ》がうへぞ静心《しづこころ》なき

（荒々しい風を防いでいた木が枯れてしまい、その木が守っていた小萩、若宮が心配で、気が休まりません）」

と、取り乱したような歌も添えられているが、心を静めることもできないのだろうと帝は大目に見る。こんなふうに取り乱した姿を自分は見せまいと、帝は気を引き締めるけれど、どうしても平静ではいられない。考えまいとしても、女をはじめて見た時のことがあれこれと自然に浮かんできてしまう。生きている時は、かたときも離れることができなかったのに、今こうしてひとりでいても月日が過ぎていくことが、信じられない思いである。

「故大納言の遺言を守り、娘には宮仕えをさせようという志をしっかりと持ち続けてくれたお礼に、その甲斐《かい》あったとよろこばせたかったものを、今となってはもうどうしようもない」と、母君のことが不憫に思えて仕方がない。「桐壺は亡くなったけれども、若宮が成長したら、それなりの身分におさまることもあるだろう。どうか長生きして、孫の立身出世を見届けてほしいものだ」と帝は言う。

命婦は、母君に託された贈り物を渡す。亡くなった楊貴妃《ようきひ》のたましいを尋ね出した幻術師が、その証拠のかんざしを持ち帰る長恨歌の話を思い出し、これもまた亡き人をさがしあててきた証拠の品だったらどんなにいいだろう、と思うけれども、致し方ないことである。

尋《たづ》ねゆく幻《まぼろし》もがなつてにても魂《たま》のありかをそこと知るべく

(亡き桐壺の魂をさがしにいく幻術師はいないものだろうか。そうすれば、人づてにでもそのたましいのありかを知ることができるのに)

どれほどすぐれた絵描きが描こうとも、筆力には限りがあるのだから、楊貴妃の絵には生き生きとしたうつくしさは乏しい。太液池《たいえきち》のほとりに咲く蓮《はす》の花みたいにうつくしい顔立ち、未央宮《びおうきゆう》の庭の柳のようにしなやかな体つきで描かれた楊貴妃を眺め、その唐風《からふう》の装いも、さぞやすばらしかっただろうと帝は思う。そう思うにつけ、思いやり深くかわいらしかった女のことを思い出してしまい、それはどんな花の色にもどんな鳥の声にもたとえることができない。朝夕をともにして、比翼《ひよく》の鳥になろう、連理の枝になろう、生きている限り二人はいっしょだと約束したのに、その願いも断ち切るいのちのはかなさが、どうしようもなく恨めしく思える。

風の音を聞いても虫の音を聞いても、帝はひたすら悲しみを覚えるのだが、弘徽殿女御は帝の寝室に参上することもいっこうになく、月のうつくしいその晩に、夜更けまで管絃の演奏を楽しんでいる。帝はおもしろく思わず、その音を不快な気持ちで聞いた。悲しみに暮れる帝の様子をずっと見ている殿上人《てんじょうびと》や女房たちは、漏れ聞こえてくる演奏の音を、じつにはらはらして聞いた。弘徽殿女御は我の強い、きつい性格の女で、桐壺の死によせる帝の悲しみなどまるで気遣うことなく、平気でそのようなこともできるのだろう。月も沈んだ。

雲のうへも涙にくるる秋の月いかですむらむ浅茅生《あさぢふ》の宿

（雲の上の宮中ですら、涙でくもって秋の月はよく見えない。ましてあの草深い宿では、澄んで見えるはずもない。どんなふうに住み暮らしているのか）

若宮と祖母君の暮らす浅茅生《あさじう》の里を思っては、帝は灯火《とうか》を幾度も掻き立てて、油の尽きるまでまんじりともせず起きている。警備に当たる右近衛府《うこんえふ》の宿直《とのい》が、交代の折に自分の名を告げる声が響いてくる。もう丑《うし》の刻（午前一時頃）となってしまったのだろう。人目を気にして帝は寝室に向かうが、まどろむこともできない。翌朝起きる段になっても、女君がいた頃は夜が明けるのにも気づかずに共寝をしていたのに、夢でさえ逢《あ》えなくなろうとは……と悲しみに暮れ、今では朝の政務を怠ることもあるようだ。食事にも手をつけず、朝餉《あさがれい》に、ほんのかたちばかり箸をつけるくらいである。清涼殿《せいりょうでん》での正式な昼食は、まるで関係ないもののように見向きもしないので、給仕する者たちもみな、その言いようのない悲しみに触れて深いため息をついてしまう。帝の近くに仕える者は、男も女もみな、「本当に困ったことです」とため息交じりに言い合うばかりである。

「前世からよほど深い縁がおありになったのだろう。あれだけ多くの人に非難されても憎まれてもまるで気にせず、彼女のこととなると冷静なご判断もおできにならなくなって……。亡くなられた今は今で、こんなふうに政務を投げうたれてしまうのは、この先が思いやられます」と、またしても楊貴妃を愛したがために国を危機に陥れた異国の王を持ち出して、人々はささやくのだった。

月日が流れ、いよいよ若宮が参内《さんだい》することになった。成長したその姿は、今までにも増して気高く、いよいよこの世のものとは思えないうつくしさである。そのあまりのうつくしさに、帝《みかど》は禍々《まがまが》しさすら感じ、何か不吉なことが起きなければよいが、と不安を覚えるほどだった。

若宮が四歳となった明くる年、東宮を決定することとなった。第一皇子を飛びこえて、この若宮を太子に立てたいと帝は考えたが、若宮には後ろ盾もなく、世間も承知しそうにない。そんな中で無理強いをすれば、かえって若宮を苦境に立たせてしまうことになりかねない。そう考えなおした帝は、若宮の立太子を願ったことなどおくびにも出さないようにした。

「あれほど若宮をかわいがっていらしたのに、やはり決まりを重視なさるのだ」と世間の人たちは噂《うわさ》し合い、また弘徽殿女御《こきでんのにょうご》もひと安心したのだった。

若宮の祖母君は、悲しみに打ちひしがれたまま、立ちなおることもできず、いっそ娘のところに行ってしまいたいと願っていたからか、とうとう息を引き取ってしまった。帝はその知らせを聞いて、またいっそう深い悲しみを覚えるのだった。六歳になった若宮は、もうものごとの道理をわかっていて、この時は祖母の死をきちんと理解し、祖母を恋い慕って泣いている。祖母君も、だいじに育ててきた若宮をこの世に残していく未練を、亡くなる際まで幾度も幾度もくり返し嘆いていたという。

若宮はすっかり宮中で暮らすようになった。七歳になったので、読書始《ふみはじめ》の儀を執り行い、学習をはじめてみると、世に類いないほど聡明で賢いことがわかってきて、またしても帝は不吉な思いにとらわれる。

「今となっては、だれも若宮を憎んだりはしないだろう。こんなに早く母君を亡くしたかわいそうな身の上なのだから、どうかかわいがっておくれ」

と帝は、弘徽殿を訪れる際も若宮をいっしょに連れていき、そのまま御簾《みす》の中にも入れてしまう。たとえどんなに猛々《たけだけ》しい武士や仇敵《あだがたき》であったとしても、ひと目見たらほほえまずにはいられない、そのくらい若宮はかわいらしく、かの弘徽殿女御でも邪険にすることができない。

弘徽殿女御には二人の皇女《こうじょ》がいたが、若宮のうつくしさとは比べものにならなかった。そのほかの女御《にょうご》や更衣《こうい》たちも、まだ幼子の若宮を前に、顔を隠すこともなく相手をするが、こんなにも幼いうちから気品に満ちて、こちらがかえって気後れするほどなので、本当におもしろい、遊び相手のしがいのあるお子だとだれもが思う。ひと通りの学問ばかりでなく、琴や笛の演奏なども、宮中の人を驚かせるほど達者、そればかりか、ひとつひとつ数え上げたらキリがないほど何もかもが人並み以上にすばらしく、少々気味の悪いほどだった。

高麗人《こまうど》が来日した折に、よく当たる人相見がいると帝《みかど》は聞きつけた。宮中に外国人を招き入れてはならぬという宇多《うだ》の帝の戒めがあるので、帝はひそかに、彼らの滞在している鴻臚館《こうろかん》に若宮を遣わせた。いつもは後見人として若宮に仕える右大弁《うだいべん》が、自分の子のように見せかけて連れていったのである。若宮を見ると人相見は驚いて、何度も何度も首をかしげてその顔を見つめては不思議がる。

「国の親となり、帝王という最高の位にお就きになるはずの相をお持ちですが、しかしそのような方として見ると、世が乱れ人々が苦しむことがあるかもしれません。では朝廷の柱石となり、天下の政治を補佐する方、と見ようとしますと、そのような相ではございません」

右大弁もじつに教養のある文人で、この高麗人と交わした会話は興味深いものだった。漢詩もお互いに作り合った。今夜明日にも帰国しようという時に、こんなに類いまれな人に会えたよろこび、反面、そのせいでいっそう増すだろう別離の悲しみを人相見がみごとな詩にすると、若宮もじつに胸に染みる詩を作ってみせる。人相見はその詩を心から賞賛し、数々の立派な贈り物を献上した。朝廷からも、多くの品々を彼らに贈った。帝自身は何も言わなかったのに、このことは自然と世の中に漏れ聞こえてしまい、弘徽殿女御《こきでんのにょうご》の父である右大臣までが、若宮を人相見に見せるとはどういうわけなのかと疑問を抱いている。

じつは帝は、すでに日本の人相見にも若宮を占わせていたのである。なので高麗人の人相見が占った結果も、すでにわかっていたことではあった。だからこそ、この若宮を親王と定めなかったのである。帝は高麗の人相見の言葉もおおいに参考にし、位階のない無品親王《むほんのしんのう》などにして、後ろ盾もないまま頼りない生活を若宮に送らせるようなことはするまい、と心を決めた。自分の治世もいつまで続くかわからないのだから、皇族を離れさせて臣下とし、朝廷の補佐役に任ずるのが若宮の将来にはいちばん安心ではないかと考えた。何を学ばせてもすぐに習得し、ずば抜けて賢い若宮を、臣下などにするのはじつにもったいないけれど、もし親王とするのなら、世間が疑問を持つのは避けられまい。また、占星術の達人に若宮を占ってもらっても同じ答えとなった。そこで帝は若宮を臣下に降《くだ》し、源氏という姓を与えることに決めた。

月日が流れても帝《みかど》は桐壺《きりつぼ》の御息所《みやすどころ》を忘れることができないでいる。気を紛らわせるように、相応の姫君たちを入内《じゆだい》させるものの、亡き人と比べることなどとてもできず、生きていることがひたすらつらく感じられるばかりだった。

そんな時、先帝の第四皇女がすばらしい美貌の持ち主だという噂を耳にした。帝に仕えている女官、典侍《ないしのすけ》は、先代の帝にも仕えていた人で、母后《ははきさき》の邸《やしき》にも、よく出入りをしており、この第四皇女も幼い頃から知っていた。母后がどれほど心を尽くしてこの四の宮を守り育てたかも知っており、今も成長した四の宮を見かけることもあるという。その典侍がこんなことを言った。

「これまで三代の帝にお仕えしてきましたが、お亡くなりになった御息所のお顔立ちに似ていらっしゃる方にはお目にかかったこともございませんでした。けれどこの后の宮の姫君だけは、御息所に生き写しかと思うほどに成長なさいました。驚くほどのうつくしさでございます」

それを聞いた帝は本当だろうかと思い、心をこめて母后に入内の件を申し入れた。ところがこれを聞いて母后は言葉を失った。

「なんておそろしいことでしょう。東宮の母女御《ははにょうご》さまがひどく意地悪で、桐壺更衣《きりつぼのこうい》が露骨な嫌がらせを受けたことはみな知っています。そんな忌まわしいところに娘を……」

と用心し、娘を入内させる決心もつかずにいた。そして決心しかねたまま、この母后もこの世を去ってしまった。後に残された姫君が心細く暮らしているところへ、「私の娘である皇女たちと同じように扱いましょう」という、帝からの誠実な申し出がある。

姫君に仕えている女房たち、後見の人々、兄である兵部卿宮《ひょうぶきょうのみや》も、こうして心細く暮らしているよりは、宮中に入って過ごしたほうが気持ちも紛れるに違いないと考えて、姫君はようやく入内の運びとなった。

姫君に与えられた部屋は藤壺《ふじつぼ》という。この藤壺、顔立ちも姿も、不思議なくらい亡き桐壺にうりふたつである。先帝の第四皇女である藤壺は、桐壺と違って格段に身分が高い。そのせいか立ち居振る舞いもすばらしく立派で、さすがにだれもこの藤壺を悪《あ》しざまに言うことはできない。そのため帝もだれに気兼ねすることもなく彼女を愛することができた。亡き桐壺は周囲のだれもが承知しなかったのに、帝に深く愛されすぎたのである。

帝は、桐壺を忘れることはできなかったものの、自然と藤壺に情が移り、以前よりずっと心が満たされていく。それもまた悲しい人の性《さが》である。

源氏の君は父帝のそばを離れないので、帝がときおり通う後宮の妃《きさき》たち、とくに足しげく通われる妃は、恥ずかしがって源氏の君から隠れているわけにはいかない。どの妃も、当然ながらだれにも劣らず自分がもっともうつくしいと思っているが、若い盛りは過ぎている。そんな中で藤壺はまだまだ年若く、かわいらしくて、君から懸命に顔を隠そうとしているけれど、ちらちらとその姿が見えてしまう。君は、母親である桐壺のことは面影も覚えていないけれど、「本当によく似ていらっしゃいます」と典侍が言うのを聞いていると、幼心にも本当になつかしいような気持ちになり、いつもそばにいて、もっとずっと親しく近づいてその姿を見たいと思うのだった。帝にとってもこの二人はかけがえのない存在だった。

「若宮によそよそしくはしないでおくれ。不思議なことだが、あなたを若宮の母君と見立てたい気がするのだ。無礼だとは思わずに、どうかかわいがってあげてほしい。顔立ちや目元など、この子は亡き母に本当によく似ている。その母とそっくりのあなたを、母のように慕うのはそんなにおかしなことではあるまい」と、帝は藤壺に頼むのだった。

やがて君は幼心にも、ちょっとした春の花や秋の紅葉《もみじ》にかこつけて、藤壺を慕う気持ちを素直にあらわすようになる。弘徽殿女御《こきでんのにょうご》はもともと藤壺をよく思ってはいないので、君が藤壺への好意をあらわにすると、桐壺への憎しみもぶり返して、ますます不愉快に思うようになった。

弘徽殿女御がこの世にまたとないほどと思い、また世間でも美男だと名高い東宮の容姿に比べても、源氏の君の輝くようなうつくしさはたとえようもなく、いかにも愛らしい。やがて人々は「光君《ひかるきみ》」と呼ぶようになる。この光君とともに帝に深く愛される藤壺を、「輝く日の宮」と呼ぶようになる。

まだあどけなさを残す幼い光君を、成人の姿にしてしまうのは残念だと帝《みかど》は思うが、十二歳ともなれば元服《げんぷく》の儀《ぎ》を執り行わなければいけない。帝は率先してこの儀式の準備をはじめた。前年、南殿《なでん》で行われた東宮の元服の儀は立派だったと評判であるが、それに劣ることのないようにした。宮中のあちこちで供する饗膳《きょうぜん》も、内蔵寮《くらづかさ》、穀倉院《こくそういん》から公式規定通り調達したが、行き届かないところもあろうかと特別の指示を下し、最善を尽くして準備したのである。帝の住まいである清涼殿《せいりょうでん》の東の廂《びょう》に、東向きに帝の椅子、その前に元服し冠《こうぶり》をかむる君の席、冠を授ける大臣の席を置く。儀式のはじまる申《さる》の刻（午後四時頃）に源氏の君は参入した。角髪《みずら》を結ったその顔立ちの輝くばかりのうつくしさは、成人男子の姿にしてしまうのがじつに惜しいほどである。大蔵卿が理髪役を務める。みごとな髪を切る時、あまりにも痛ましく見えて、亡き桐壺《きりつぼ》がこれを見てくれていたらと思い出しては涙を流しそうになるのを、帝は気を強く持ってぐっとこらえる。

加冠《こうぶり》の儀《ぎ》が終わり、源氏の君は休息所に退出し、装束を成人のものに着替える。その後東庭に降りて拝礼の舞を舞うその姿を見て、人々はみな涙を落とす。まして帝はもうこらえきれず、このところは紛れることもあった桐壺への思いがよみがえり、悲しく思う。こんなに幼いのに髪上《くしあ》げをしたら見劣りがするのではないかと帝は心配していたが、光君のうつくしさは驚くほど増したようである。

加冠の儀を行った左大臣には、皇女である妻とのあいだにひとり娘がおり、たいせつに育てている。この姫君を東宮の后《きさき》として迎えたいと所望されてもいるが、左大臣は決心できかねている。というのもこの光君にこそ嫁がせたいと思っているからである。そこで、元服のこの時とばかり帝に意向を訊《き》いてみると、

「元服して一人前となったのに、世話をする人もいないようだから、妻としたらいいのではないか」

との答えなので、左大臣もすっかり心を決めた。

光君は休息所に退出し、人々が祝いの宴で酒を飲んでいる中、親王たちの末席に座った。隣に座った左大臣が、姫君のことをそれとなくほのめかすのだが、そういうことの恥ずかしい年頃である光君は、これといった返事もせずにいる。

御前に来るようにとの帝の言葉を内侍《ないし》が左大臣に伝えにくる。参上すると、帝付きの命婦《みょうぶ》を取り次ぎとして、褒美の品々が渡される。慣例の通り、白い大袿《おおうちき》に御衣《おんぞ》一揃いである。盃《さかずき》を受ける折に、あらためて帝から結婚の念を押される。

いときなきはつもとゆひに長き世を契《ちぎ》る心は結びこめつや

（幼い君がはじめて結んだ元結《もとゆい》に、あなたの娘との末永い縁を約束する気持ちを結びこめたか）

結びつる心も深きもとゆひに濃《こ》きむらさきの色しあせずは

（深い心をこめて結んだ元結ですから、その濃い紫の色があせないように、光君の御心も変わることがもしなければ、どんなにかうれしいでしょう）

左大臣はそう応え、長橋《ながはし》から東庭に降りて拝舞をする。帝は馬寮《めりよう》の馬、蔵人所《くろうどどころ》の鷹《たか》を、さらなる褒美として与える。清涼殿正面の階段の下に親王や上達部《かんだちめ》が立ち並び、彼らもまた、それぞれの位に応じて褒美を受け取る。その日の、光君から帝に献上する品々、肴《さかな》の入った折櫃物《おりびつもの》、果物を詰めた籠物《こもの》などは、右大弁《うだいべん》が調えた。下々の役人用に弁当、反物の入った唐櫃《からびつ》など、置ききれないほどの品々が東庭に並び、東宮の元服の時よりもかえってはなやかで盛大な儀式となった。

その夜、光君は宮中から左大臣の邸《やしき》へと退出した。左大臣は婿入りの儀式を、前例もないほど立派に調えて丁重に光君をもてなす。光君はまだあどけなく、子どもっぽさが残っているが、左大臣たちはその様子を、畏れ多いほどうつくしい方だと思うのだった。光君より少し年上の姫君は、夫となる光君が自分より若いことに引け目を感じ、不釣り合いなのではないかと恥ずかしく思っている。

この左大臣は、帝《みかど》からの信用も篤《あつ》く、その妻は、帝と同じ母親から生まれた妹君である。どこから見ても申し分のない家柄であるが、さらにこの光君までもが婿として加わったものだから、弘徽殿女御《こきでんのにょうご》の父、東宮の祖父であり、東宮即位の暁には天下の政治を支配するはずの右大臣の勢力は、ものの数にも入らないほど圧倒されてしまった。

左大臣は、何人かの夫人とのあいだに多くの子を持っている。姫君と同じ母親腹の兄は、蔵人少将《くろうどのしょうしょう》という位に就いていて、非常に若く見目麗しい人だった。右大臣は、左大臣家とはあまり仲がよくないが、無視もできずだいじに育てた四《よん》の君《きみ》の婿として彼を迎えた。左大臣のところでは光君は丁重に扱われていたけれど、同様に、右大臣家ではこの少将がだいじにもてなされ、それぞれ申し分ない婿舅《むこしゅうと》の間柄である。

しかしながら光君は、帝がいつもそばにいるように命じて放そうとしないので、気楽に自邸の二条院に帰ることもできない。光君は胸の内では、たったひとりのすばらしい人、とひたすらに藤壺《ふじつぼ》を慕っている。このような人を妻にしたいけれど、少しでも似たところのある人などいるはずがないとも思う。左大臣家の姫君は、たいせつに育てられたいかにもうつくしい人だが、どこか性に合わないようなところがある。光君はただ藤壺のことを、幼心ひと筋に思い詰めて、胸が痛むほどだった。

元服して成人と見なされた後は、帝は以前のように御簾《みす》の内に光君を入れるようなことはしない。だから光君は、管絃の催しがある時などに、御簾の奥の藤壺の琴の音に合わせて笛を吹いては心を添わせ、また、かすかに漏れ聞こえる藤壺の声を耳にしては自身をなぐさめている。そうなると、いよいよ宮中から離れがたくなり、ずっとここにいたいと思うようになる。五、六日宮中で暮らし、左大臣家に二日、三日と、とぎれとぎれに下がるだけである。左大臣は、光君はまだ幼いのだから咎《とが》め立てするようなことでもないと思うようにして、光君が宮中から下がってくれば文句も言わずに丁重にもてなした。光君と姫君、それぞれに仕える女房たちも、人並み以上にすぐれた者を選び抜き、また光君の気に入るような催しをして、精いっぱいのもてなしを心掛けている。

宮中では、もともと桐壺《きりつぼ》が暮らしていた部屋を光君に与え、かつて桐壺に仕えていた女房たちを散り散りにさせずに、そのまま光君に仕えさせるように帝は取りはからった。さらに、桐壺の実家である二条院には修理職《すりしき》や内匠寮《たくみづかさ》を遣わせて、ほかに類を見ないほど立派に改築させた。もともと庭の立木《たちき》や築山《つきやま》のたたずまいなど、風情《ふぜい》あるところではあったが、さらに池を広く作りなおすことにし、盛大に造営している。光君はそれを見ても、こうした場所で、理想の女性を妻に迎えていっしょに暮らしたいと、かなわぬ思いを嘆いている。

——ところで光君という名は、高麗人《こまうど》の人相見が源氏を賞賛してそう名づけた、と言い伝えられているとのこと……。

帚木《ははきぎ》

雨の夜、男たちは女を語る

理想的な女君とはいかなる人なのでしょう。
恋愛譚はお聞き苦しいところもありますけれども……。

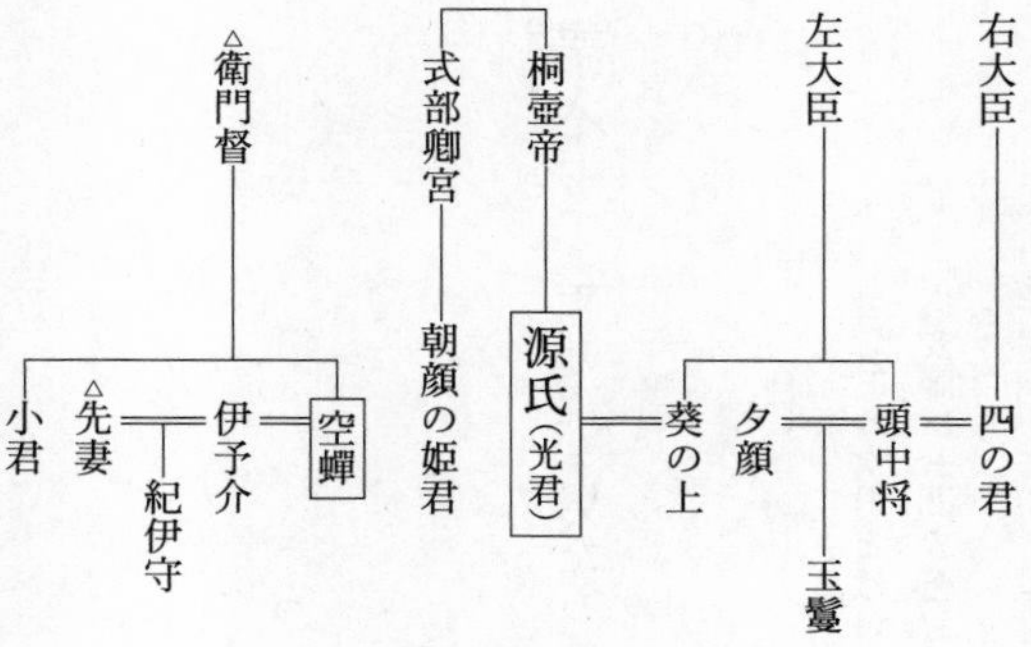
右大臣
四の君
左大臣
頭中将
夕顔
玉鬘
葵の上
桐壺帝
源氏（光君）
式部卿宮
朝顔の姫君
△衛門督
空蟬
伊予介
紀伊守
△先妻
小君

＊登場人物系図
△は故人

光源氏、というその名前だけは華々しいけれど、その名にも似ず、輝かしい行いばかりではなかったそうです。それに加えて、これからお話しするような色恋沙汰まで後々の世まで伝わり、軽薄な男と浮き名を流すのではないかと気にして、本人が秘密にしていた話も、こうして語り伝えた人の、なんと性質《たち》の悪いこと……。しかし実際のところ、源氏の君は非常に世間を憚《はばか》って、真面目に振る舞っていたのだから、色っぽい恋愛話などはなくて、物語『交野《かたの》の少将』に登場する恋の達人からすれば、一笑に付されるのがオチでしょうけれど……。

光君《ひかるきみ》がまだ近衛《このえ》の中将だった頃には、朝廷こそが居心地《いごこち》のいい場所だと思いこんで、妻である葵《あおい》の上《うえ》の待つ左大臣家にはたまにしか訪れなかった。ほかに好きな人でもできたのかと、左大臣は光君を疑うこともあったほどだ。実際のところ、光君はそんな陳腐な、いきあたりばったりの恋愛などは好まない性分であるが、たまに、人が変わったように、気苦労の多い面倒な相手を悶々《もんもん》と思い詰めるような困った癖があって、立派とはいいがたい行いをすることもあった。

梅雨時期の雨が長引き、久しく晴れ間もない折、宮中では物忌《ものい》みが続き、帝《みかど》も侍臣《じしん》もみな宮中で謹慎することとなり、ともにいた光君もいつにもまして長く滞在することとなった。光君を待ち遠しくも、また恨めしくも思う左大臣は、光君のため、衣裳《いしょう》や身のまわりのあれこれを趣向を凝らして新調していて、その子息たちが光君の相手をするために宮中を訪ねる。なかでも、帝の妹君を母上に持ち、右大臣家の四《よん》の君《きみ》の婿である頭中将《とうのちゅうじょう》は、子息たちの中でもとくに光君と仲がよく、遊びや催しごとをする際にもずいぶんと気やすく、ほかの者たちより親密に振る舞っている。この頭中将もまた、右大臣家では婿としてたいせつに扱われているのに、光君同様、妻の元には面倒がって寄りつこうとしない、浮気っぽい色男である。

実家である左大臣家でも、頭中将は自分の部屋をまぶしいほどうつくしく飾り、光君が出入りする時にはいつもお供を買ってでて、夜となく昼となく、学問も遊ぶのもいっしょで、何をしても光君にさほど引けをとることがない。どこでも親しくつきあっているうちに、自然と遠慮もなくなって、お互い胸の内などを包み隠さず打ち明けあうような親密な関係になった。

朝から雨の降り続く、所在ない一日も終わろうとしている。しめやかなその宵、殿《てん》上人《じょうびと》の詰め所である殿上の間にもひとけは少なく、光君の部屋はいつもよりのんびりとした雰囲気である。光君は灯火を近くに寄せて書物を読んでいる。遊びにきている頭中将は、そばに置かれた本箱の厨子《ずし》棚《だな》から、色とりどりの紙に書かれた恋文を引っ張り出しては、しきりに読みたがる。

仕方なく、「差し支えのないものなら少しは見せようか。とても見せられないものもあるからね」と光君はしぶしぶ言うが、

「その、とても見せられないものをこそ、見たいものだよ」と頭中将は言う。「差し支えのないような、ありきたりな手紙なら、私のようなつまらない者でも相手とやりとりして、見たことがありますよ。そうではなくて、男を恨めしく思っている時の手紙とか、男を心待ちにしている夕暮れに書いたような手紙なら、本当に見る価値があると思うけれどね」と、恨みがましく言う。

たいせつな、ぜったいに人には見せられないような手紙は、このような本棚の人目につくようなところには置かず、別にして保管してあるのだろうから、ここにある手紙は二流の、たいしたことのない女からのものだろう。それでも頭中将は光君が見せ

る手紙の一部分を読んでいく。

「しかしよくまあ、こんなにいろいろな手紙があるものだなあ」と感心し、これはだれからだろう、これはだれからに違いない、と頭中将は当てずっぽうに手紙の送り主の名を口にする。実際に言い当てているものもあり、また、まったく見当違いな勘ぐりもあり、それが光君にはおもしろかったが、言葉少なになんとかごまかして、手紙を厨子にしまいこんだ。

「あなたこそたくさんお持ちでしょう。ちょっと見せてよ。そうしたらこの厨子も気持ちよく開いて見せるから」

「見る価値のあるものはほとんどないよ」と中将は言う。「この頃ようやく、完璧な女などめったにいないのだとわかってきたよ。表面だけ風情《ふぜい》よく飾ったり、きれいな字をさらっと書いたり、その時々にふさわしい返歌をわきまえていたりと、分相応にそれなりにできる女は多い。けれどそのそれぞれの技能にすばらしく秀でた人を選び出そうとすると、その選から外れる女が多いと思うよ。自分の得意なことだけをぺらぺらと自慢して、他人をこき下ろしてみせるなんて、みっともない場合も多い。

深窓の令嬢で、両親がつきっきりで何くれと不自由なく面倒をみて、輝かしい将来が約束されているうちは、なんだかすばらしい人がいるらしいと聞きかじって心惹《こころひ》かれる男もいるだろうね。顔もかわいい、おっとりと優雅で、若いし、ほかにすることもないからちょっとした芸事も熱心に稽古する。その結果、ひとつくらいの芸を人並みにこなすこともあるかもしれない。その女を直接知っている人は、欠点なんかは当然言わないだろうし、まあまあ人並みのところは大げさによく言うわけだ。本人を見るまでは、そんなにすばらしい人がいるものかとケチをつけることもできない。でも実際に逢《あ》ってみれば、がっかりしないことはまずないよ」

頭中将は自信満々に言ってため息をつく。光君は、中将の言葉ぜんぶに賛同するわけではないけれど、心当たりでもあったのだろうか、にやりと笑って言う。

「今の話みたいな、ほんの少しの取り柄もない人なんているかな」

「そんなひどい女ならば、仲人にまんまとだまされて寄っていくような男もいないだろうな。何ひとつ取り柄のないつまらない女と、非の打ちどころのまったくない完璧な女は、同じくらいめったにいないだろうね。身分の高い家に生まれれば、たいせつに世話をされて欠点もうまいこと隠されるだろうし、はたからはすばらしく見えて当然だ。中流の女だと、それぞれの性格や考えや、好みなんかもはっきりしていて、個性的でおもしろい。下流の身分となるととりたてて興味も持てないな」

と、頭中将はさもすべてを知り尽くしているような面持ちで話すので、興味を覚えた光君は訊《き》く。

「あなたの言う身分というのはどう考えたらいいんだい。どのように上中下と三つに分類するの？　もともとは高い身分の家に生まれたものの、現在は落ちぶれて低い身分に甘んじて、人並みの暮らしもできなくなった人と、中くらいの身分の出身で、上達部《かんだちめ》なんかに出世して、得意げに邸《やしき》をごてごて飾り立てて威張っているのと、その区別はどうつけたらいいのだろうね？」

そこへ、左馬頭《ひだりのうまのかみ》と藤式部丞《とうしきぶのじょう》が物忌みに謹慎するためにやってきた。二人とももの知りで、男女のことにも長《た》けていて、しかも話がうまい。頭中将は待ってましたとばかりに迎え入れ、さっそく光君の疑問について議論をたたかわせはじめる。

まったく歯に衣着《きぬき》せぬもの言いで、耳をふさぎたくなる話も多いのだけれど……。

「低い身分から成り上がったとしても、もともとふさわしい家柄でない者は、結局世間が彼らに向ける目が違います。もともと尊い家柄でも、世渡りが下手で時代の波にのみこまれ、落ちぶれ、人望も失うとなれば、気位ばかり高くてどうにもならず、威厳もなくなるでしょう。これら二つの例は中流と見なしていいんじゃないですか。

地方に赴いて政務にかかわる受領《ずりょう》なんていう階層は、中流と決まっているけれど、その中にいくつもの階級があって、最近では、交際相手はその中流からよさそうな人を選ぶことが多いですよ。生半可な上達部なんかより、参議の資格のある四位《しい》ほどで、世間からそれなりに尊敬され、もともとの家柄が悪くない者があくせくせずにゆったり暮らしているのは、いいものではないですか。邸の中には足りないものなどないでしょうから、娘にも費用をかけて、まぶしいほどの扱いをして、立派に育て上げることができる。そうして成長した娘が宮仕えに出て、帝の寵愛《ちょうあい》を受けて天子さまを産むという、すばらしい僥倖《ぎょうこう》を引き当てる例も多いですよ」と馬頭が話すと、光君は、

「結局は財力がものを言うってことになりますね」とからかうように言う。

「あなたらしくもない、心外な言い方だなあ」と中将はくやしがる。馬頭は続ける。

「家柄もすばらしい、人望も篤《あつ》い、そんな尊敬すべき家の姫君なのに、振る舞いに品がなかったり、行儀作法ができていなかったりする時ほど、がっかりさせられることはありません。けれどねえ、家柄や人望にふさわしく立派に育っているとしても、それは当然のことですから、珍しいと驚くようなことでもないでしょう。上の上の身分の人については、こんな私ごときには雲の上の存在ですから、何も申せませんがね。ところで、人が住んでいるとも思えない、葎《むぐら》や蓬《よもぎ》の生い茂る荒れた家に、意外なことに見目麗しい姫がひっそりと暮らしている、なんてことがあったら、それこそ珍しいという表現がふさわしいですよ。どうしてこんなさびれたところに、こんなお方が

と、想像もつかないだけに気持ちが惹きつけられる。その父親は年をとってだらしなく太り、男兄弟は憎たらしげな顔をしていて、どう考えてもたいしたことのないだろうという家の奥の間に、気高い娘がいたりする。たしなみがあるように見えたら、実際はそれがたいしたことのない才芸だとしても興味を持ってしまいますよ。まったく欠点のない女を選ぶというなら話にもなりませんが、これはこれで、なかなか捨てがたいとは思いませんか」

そう言って馬頭は式部丞を見るが、自分の姉妹たちがかなりの評判なのを知っている式部丞は、わざと自分にそんな話をしていると思い、返事もしない。

さあ、どうだろうな。上流にだってすばらしい女はめったにいないんじゃないかな、と光君は思っているようである。やわらかそうな白い下着に、袴《はかま》をつけず直衣《のうし》だけをしどけなく羽織り、紐《ひも》も結ばず、家具に寄りかかっている光君を、灯火が照らし出す。くつろいでいるその姿は息をのむほどうつくしく、まるで女性のようですらある。この人のために上の上の女を選んだとしても、それでも不釣り合いのように思える。

さまざまな女について語り合っているうちに、左馬頭が話し出した。

「通りいっぺんの恋人として交際するのならば難がなくても、妻として頼りになる女を選ぼうとすると、女の数は多くても、なかなか決められないものですよ。男だってそうです。朝廷にお仕えして、しっかりと世を支えてくれそうな人々の中から、真に大成しそうな人物を選ぼうとすると、それも難しいでしょう。しかしいくらすぐれた人といったって、ひとりや二人で広い世の中を治められるはずはないんですから、上の者は下の者に助けられ、下の者は上の者に従って、そんなふうに助け合いながらなんとかなっていくものでしょう。とはいえ、まあ、家庭はもっとも狭いには狭いけれど、その家庭で主婦となる人はひとりしかいない。ひとりしかいないとなると、不充分では許されないたいせつな仕事があれこれ多いです。ああすればこうなる、こちらが通ればあちらが立たずといった具合に、いいところがあれば、悪いところもある。人並みで、これなら合格点だという女はなかなか少ない。遊び半分の浮気で、どんな女がいるのかなるべくたくさん知ろうというのではないですがね、何がなんでもこの人ひとりと決めて一生連れ添いたいものだから、どうせならこちらで教えたり手を掛けたりする面倒もなく、申し分ない人と結婚できないかとハナから選《え》り好みをする。となると、なかなか決まらないのも当然ですな。

すべてがすべて望み通りではないけれど、それでも一度夫婦になったのには宿縁があったのだろうと言い聞かせて、妻を捨てられずいっしょにいる男は真面目な性格なのだろうし、捨てられずにいる女も何かしらいいところはあるのだろうとはたからは思われます。しかしですね、実際の夫婦をいろいろと見てきましたが、これはすばらしい、まことに立派だと思うような夫婦はまずおりません。若殿方のような御大家のご子息にふさわしい人を選ぶとしましたら、どのようなお方がふさわしいのでしょうねえ。

たとえばですよ。容姿もみごとで、まだ苦労知らずの若々しい女がいたとします。塵《ちり》もつかないほど身ぎれいにして、手紙にはおおらかな言葉を選び、男が心許《こころもと》なく感じるほどの薄墨で書いてきて、もう一度はっきり手紙を見たいと男はやきもきしますわな。もう少し親しくなって、かすかに女の声を聞けるくらい近づけることになったというのに、息遣いに消えるようなかすかな声しか出さない。それだと欠点の見せようがない。

やさしくて女らしいと思うと、そういう女は情緒にこだわりすぎて、機嫌をとっていると変に色めいてくる。これがまず第一の難点ですよ。

妻の仕事としていちばんだいじなのはなんですか、夫の世話でしょう。これも風情に凝りすぎていて、ちょっとしたことをするのに変に洒落《しやれ》たことをするとなると困りものですな。かといって家事一点張りで、額髪を耳に挟んで色気もへったくれもない世話女房で、ひたすら所帯じみていくのも、どうでしょうねえ。

男というものは、朝に家を出て夕に帰ってくる中で、いろいろ公私にわたって世の中のことを見聞きするでしょう。いいこともあれば悪いこともある。それでもあまり親しくない人に、そんな話はしませんよ。毎日顔を合わす妻がそうした話のわかる女なら、話をするのもたのしくて、笑ったり泣いたり、むやみに義憤にかられたりもするでしょうな。自分の胸にしまってはおけないことを打ち明けもします。でももし話の通じない、わからずやの妻だったら、話したところでなんになるかとそっぽを向いていたくもなりますよ。思い出し笑いをして『ああ』なんて独り言まで口をついて出ているのに、『なんですの』なんて間の抜けた顔で訊かれたりしたら、忌々《いまいま》しくさえなってきますでしょうなあ。

そうなると、子どものように一途《いちず》であどけなくて、素直な女ならば、何かとこちらで教え教えして妻にするのがいいかもしれませんね。頼りなくはあっても、教育しがいもあるでしょうし。しかし、どうでしょう。女の家で過ごしている時には、女のかわいらしいところに免じていっしょにいられましょうが、離れている時に、何かの用事を言いつけたり、何かの折にしでかすことが、趣味的なことでも実用的なことでも、自分ではなんの判断もできず、行き届いた配慮もないとするとまったく情けないことになる。頼りないという欠点はやはり困りものですね。いつもは無愛想で親しみを感じられない人が、何かの時に、てきぱききっぱりとものごとを片づけてくれると、さすがだと思うこともありますしね」

などと、これほど言葉を尽くしても結論には至ることがなく、馬頭はため息をついて、なおも話し続ける。

「こんなふうに考えると、家柄の良し悪《あ》しも関係ないでしょうし、顔かたちなんかもなおのこと論外ですな。がっかりするほどのひねくれものでないかぎり、家庭的で落ち着きのある女を生涯の伴侶と考えるほかありませんね。それに加えて、たしなみや気遣いのこまやかさがあれば、それはもうありがたいことだと思って少々の不満には目をつぶるべきなんでしょう。信頼できて、留守の時にもあれこれまかせられる人ならば、女らしい風情なんかは自然と身につくでしょうしね。

世の中には、おしとやかにはにかんで、夫に不満なんかも我慢して言わずに、うわべは何気ないふうにしとやかに振る舞いながら、そのくせいよいよ我慢できなくなると、言いようもなく悲しい置き手紙や歌を詠み残して、とても忘れられないような形見をわざわざ添えて、深い山里やへんぴな海辺に身を隠すような女がいるのですよ。まだ子どもだった頃、仕えていた女房がそんな物語を読み聞かせてくれて、すっかり胸打たれて、そこまで悩み抜いたのかとその妻に同情して泣いたものです。

けれど今考えると、なんとまあ軽はずみでわざとらしいことでしょうかね。まだ深い愛情を持ってくれている夫を見捨てて、よしんばつらいことがあったのだとしても、男の気持ちを考えもしないで、逃げ隠れて夫を心配させ、愛情を試そうなどとしているうちに日が過ぎて、一生悲しく暮らすなんてことになったらつまらないじゃありませんか。よくぞご決心なさいました、なんてまわりの人におだてられて、その気になって尼になってしまう場合もあります。思い立ったその時ばかりは、すっきり晴れ晴れと、俗世になんの未練もないという気持ちでしょう。ところがそこを訪れた知り合いが、『なんて悲しいことでしょう、こんなご決心をなさるほど悩んでいらっしゃったのですね』と嘆き、ことの顚末《てんまつ》を夫に知らせます。まだ妻のことを一途にも愛している夫が、それを聞いて涙するのを見た使用人や古女房たちがやってきて、『ご主人さまはまだあなたを愛していらしたのに、ご出家なんて……』などと言うわけです。そうすると妻は自分の額に触れて、短く切ってしまった髪があまりにも心細くてつい泣きそうになる。こらえてはいても、一度涙がこぼれると、何かあるたびに我慢できず、後悔もいろいろと押し寄せてくるでしょうから、仏もかえって未練がましいとご覧になりましょう。中途半端な悟りでは、出家前、俗世の濁りに染まっているよりもっと罪深い悪道にさまようことになりかねません。

もし夫婦としての前世からの因縁が深くて、出家するより前に夫が妻を見つけて家に戻したとします。そのまま連れ添って、その後はどんなことがあっても乗り越えていくならば、その夫婦は宿縁も深く愛情もますます深まるでしょうね。でもね、妻も夫も、今後お互いに何をしでかすか、不安で気が許せなくなるのが本当のところじゃないですかねえ。

そうではなくて、もし夫がほかの女にちょっと心変わりしたとしても、それを恨んでムキになって喧嘩《けんか》するというのも、馬鹿馬鹿しいと思いますね。夫の気持ちがほかの女に移ったとしても、出会った当初の愛情を思い出して、妻をいとしく思うのであれば、それだけで夫婦というものは長続きするものです。それなのにつまらないいざこざが元で、縁が切れてしまうわけですからね。

つまりですよ、すべてなんでも穏やかに、恨むようなことがあっても、私は知っていますのよという程度に匂わせて、大ごとにせずちくりと釘を刺すくらいなら、夫の愛情も深まるというものでしょう。夫の浮気もたいがいの場合、妻の出方でおさまることが多いんです。あんまり放ったらかしで好き放題させておくのも、夫からすれば気楽で、いい妻だと思いもするけれど、自然と軽い女だと思うようになりますな。『泛《う》きたること繋《つな》がざる舟の若《ごと》し（岸につないでいない舟はどこに漂っていくかわからない)』なんて言いますが、そうなってもおもしろくありません。そうは思いませんか」

馬頭の話に中将はうなずく。

「実際、うつくしい、すばらしいと思って気に入っている女が、どうも不節操なのではないかと疑がわしい場合はたいへんでしょうね。夫のほうには過ちがないとして、大目に見るならば、女の心掛けの悪さをなんとか正してやって夫婦生活を続けていくこともできるかもしれませんが、そうとも言えませんよね。男女のどちらに問題があるにしても、夫婦仲のこじれるようなことがあった時には、気長に我慢するよりほかにいい方法はないんでしょうね」

と頭中将は言いながら、まるで自分の妹(葵《あおい》の上《うえ》)は馬頭の言う理想の妻にふさわしいと思い、光君が何か言うのを待つが、居眠りを決めこんで何も言わず、頭中将はもの足りなくておもしろくない。

馬頭はまるで弁論博士よろしく論じ続けている。頭中将は彼の理屈を最後まで聞いてみようと熱心に相づちを打つ。

「すべてのことを引き比べてお考えなさいませ。大工の職人が遊び道具やいろいろな道具をその場かぎりの思いつきで作るとしましょう。きちんと作り方が定まっていないそんな時でも、見た目が洒落ていたり、凝った趣向で目あたらしかったりすれば、なるほどこんなふうにも作れるのかとおもしろいものです。けれども本当に格式ある、私たちの家庭でもとくにだいじにしている調度の飾りなど、定まった様式のあるものを立派に作ることにかけては、やはり真の名人のうまさがだれの目にもはっきりわかります。

それから、宮中の絵所にも絵のうまい人は多いですが、彼らが墨書きの役に選ばれて、彩色画の輪郭などを描きましたら、並べて順に見てもその優劣はすぐにはわかりますまい。たとえばだれも見たことのない蓬萊《ほうらい》の山、荒海のおそろしい魚の姿、唐国《からくに》の猛獣、目に見えぬ鬼の顔などなど、だれも真実を知らないものの絵は、人の目を驚かすようなものを思うまま描けばいいのです。真実からかけ離れていたってかまわないのです。けれどもね、だれもが知っている山や水の流れ、見慣れた人の住まいや暮らしぶり、そうしたものはだれもがなるほどと納得するように描かないといけません。だれもが親しみを持てるような穏やかな風景、遠くにはやさしい姿の山々を、木深く、人里離れたように描き、近くには人里の庭先の風景を、細心に技法を駆使して描かねばなりません。そうなるとやはり名人は筆遣いの生き生きとしたみごとな絵を描き、いい加減な絵師は及びもつかないことでしょう。

書も同じことが言えます。あちこち点を長く引いて筆を走らせるような、気取った書き方をすれば、深い素養がなくても、ぱっと見には気が利いていて才気走っているように見えるけれど、やはり本当の書法でかっちりていねいに書いてあるものと比べると、表面的なはなやかさなどなくても実直な書のほうがしみじみといいと思うものです。

ちょっとした才芸でもこの通りです。まして女の心の、気取ってみせたり取り繕った風情なんかは、信用できないと私もわかって参りました。それがわかっていない頃の私の失敗談を、色恋沙汰の話ですけれど、ちょっとお話ししましょうか」

馬頭は膝を乗り出すと、光君も目を覚まして話に加わる。頰杖《ほおづえ》をついて向かい合っている頭中将は熱心な顔つきになる。まるで法師が人生の道理を聞かせる説教所のように見えるけれども、話しているのは恋愛話である。こういう時、人は、男女の秘めごともあらいざらい隠すことなく話してしまうものなのだ。

「その昔、まだ私が下役だった時の話です。心惹かれた女がいましてね、先ほど話しましたように、顔かたちなどはとくべつうつくしいわけではありませんでしたので、この女を生涯の妻とは決めてはおりませんでした。頼りになる女だなとは思いながら、何かもの足りなくて、隠れてあちこちの女を訪ね歩いていたんです。それをこの女がやきもちをやきまして、それがまたこちらの気に入らない。もっとおっとりして鷹揚《おうよう》にかまえてくれればいいものをと思ったんですが、あんまり激しく嫉妬されるのも面倒だし、はたまた、こんな下役のつまらない男に愛想もつかさず、なんだってこんなに思ってくれるのかといじらしく思うこともありまして、だんだん浮気心もおさまるようになりました。

この女は、苦手なことでも、男のためならなんとかしようとない知恵を絞って、だめな女だと思われまいと努力するような性格で、私の生活もこまごまと世話をしてくれていたものでした。はじめは気の強い女だと思っていましたが、ほんの少しでも私の機嫌を損ねないように努めてくれて、こちらの言うこともだんだん聞くようになって、やさしさも身についてきたんです。うつくしいとは言いがたい顔も、私に嫌われることがないようにちゃんと化粧をして、他人に見られたら夫の恥なんてことにならないよう、遠慮して人前には顔を出しませんでね。いつもたしなみを忘れずにいましたから、連れ添ううちに気立ても悪くないと思うようになったんですよ。ただこの嫉妬深いところだけが、どうにもなおらないのです。

当時思いましたのは、こうして私の言いなりになってびくびくしている人なんだから、何か懲りるくらいの目に遭わせて脅かせば、嫉妬もましになるだろう、やかましい性格もなおるだろうということでした。心底嫌って縁を切りたいような素振りを見せれば、これほど私に従順なのだからきっと懲り懲りするだろうと考えついたんです。それでわざと、ことさら冷たい態度で接していたら、例によって腹を立てて恨み言を言ってくるわけです。そこで、『こんなに我を張るなら、たとえ宿縁のある夫婦だとしてももう二度と逢うまい。これきりで別れるつもりなら、そんなめちゃくちゃな邪推でもすればいい。もしこの先も長く連れ添うつもりなら、少しくらいおもしろくないことがあっても我慢して、いい加減あきらめて、その嫉妬深さをなんとかしてくれ。そうすれば今まで以上にだいじに思うよ。私だってこの先人並みに出世して一人前になったら、ほかの女が肩を並べることもないような扱いをするから』と、我ながらうまいことを思いついたものだと得意になってそう言いましたら、女は冷たく笑って、『これまで、あなたがどこから見てもみすぼらしくて、うだつの上がらないのを我慢して、でもいずれは人並みに出世もするんだろうと、待つことにかけては苦になりませんから、それがいつになろうと焦ったりはしませんでした。不満もありませんでした。けれどあなたの薄情な心にたえて、私だけを愛してくれる日がいつか来るのだろうかと、この先ずっと、あてもないのに待ち続けて月日を送るのはつらくてたまらないでしょう。今が、お互い別れるのにいい機会ですね』などと小癪《こしやく》なことを言うのです。こちらもかっとなって、ひどい言葉をあれこれ浴びせかけましたら、女も黙っていられなかったのでしょうな、私の指を一本つかんで噛《か》みついたんですよ。そこで私は大げさに文句をつけて、『こんな傷までつけられて、ますます勤めにも出られなくなった。おまえが馬鹿にする私の官位も、ますます絶望的で、これじゃあ人並みの出世もできないだろうよ。出家するのがふさわしい身の上なのだろう』と脅しつけ、『今日という日がお別れらしいね』とこの指を曲げたまま引き上げてきたんです。

『手を折りてあひ見しことを数《かぞ》ふればこれひとつやは君が憂《う》きふし

（連れ添ってきたあいだのことを指を折って数えてみれば、おまえの嫌なところはこの喧嘩だけなものか）

おまえが私を恨んだりできるものか』と言ってやると、女はさすがに泣き出して、

『憂《う》きふしを心ひとつに数《かぞ》へきてこや君が手をわかるべきをり

（つらいあなたの仕打ちも心ひとつにおさめて我慢してきましたが、これがあなたと別れるしおどきなのでしょうか）』

と言うのです。そんなやりとりがあっても、じつのところ本気で別れようとは思っていませんよ。それでも何日も手紙も送らず浮かれ歩いていたんです。ある時、臨時

の祭のため、調楽《じょうがく》をして同僚のだれ彼とともに宮中を退出して、そこで別れました。夜更けで、霙《みぞれ》が降っていて、ふと考えてみますと、帰るところといったらあの女のところしか思い浮かばないわけです。内裏《だいり》に泊まるのもおもしろくないし、別の気取り屋の女のところなんて薄ら寒いだけだろうし、そう思いましてね。ちょっと決まり悪くもあったんですが、あんなことがあったけれどこんな雪の夜に訪ねていったら今までの恨みも溶けるんじゃないかと、様子を見がてら、雪を払っては向かったんです。すると女の家では、灯台を壁のほうに向けて薄暗くして、大きな伏せ籠《ご》に綿入れの着物を掛けてあたためて、引き上げておくべき几帳《きちょう》の垂布《たれぬの》も上げてあり、今夜あたりどうやら私が来るのではないかと心待ちにしている様子なんです。それ見たことかと得意な気持ちにもなったのですが、肝心の女はいません。女房ばかりが残っていて、訊くと、『夜になって親御さまの家にお出かけになりました』と答えるのです。洒落た歌を詠み置くでもなく、恨みがましい手紙を送ってくるわけでもなく、家に閉じこもりきりでなんとも言ってこないので、拍子抜けして、あんなふうに容赦なく口やかましかったのは、自分のことをいっそ嫌いになってくれと彼女は思っていたのではないか、そうとも思えないけれど、この日は腹立ち紛れにそんなふうに考えました。けれども、支度してくれている着物を見ると、ふだんより心のこもった色合いで、仕立てもまったく申し分ないできばえです。やはり手を切った後も、私のことを考えていろいろと世話をしてくれていたのですよ。

そんなわけで、すっかり嫌われたわけでもなさそうだから、その後、よりを戻そうと幾度か言ってみたのですが、拒むわけでもないし、こちらを困らせようと雲隠れするでもない、こちらに恥をかかせない程度の返事はくれるのです。ただ『今のままではとても我慢できません。心を入れ替えて、腰を落ち着けてくださる気になったら、お目に掛かりましょう』などと言ってくる。そうはいっても私のことを思い切ることはできなかろうから、もうしばらく懲らしめてやろうという気持ちで、女の言葉にきちんと応えず、ひどく意地を張ってみせているうちに、あんまりにも思い悩みすぎたのか、亡くなってしまったんです。冗談じゃすまされないと思いましたねえ。生活をすべてゆだねられる本妻としては、あの女で充分だったと今でも思い出されてなりません。ちょっとした趣味のことであっても、あらたまった用件でも、相談すればしただけの甲斐《かい》があり、染め物の腕は、紅葉《もみじ》を染める龍田姫《たったひめ》と言っても言いすぎではなく、仕立ての腕も、織姫《たなばたひめ》に負けないほどのすばらしさ。そんなところにも長けた、たいした女でございました」

と、馬頭はかわいそうなことをしたとしみじみと思い出している。

「その織姫の仕立物どうこうよりも、彦星《ひこぼし》と織姫の長い縁にあやかりたいものでしたね。確かにその女の染め物の腕はみごとだったのでしょうね。花や紅葉でも、その季節や気候に合わずにぱっとしないのは、なんの見映えもせず、引き立たないものだしね。そんなわけだから妻選びもまったく難しいと、議論がまとまらないのですね」と頭中将が言う。

「別の話をしましょうか」と馬頭は続ける。「同じ頃に通っていた女の話です。人柄も悪くないし、よく気が利いてたしなみ深く、歌もよく詠み、字も達筆、掻《か》き鳴らす琴の爪音もみごと、何をやらせても人並み以上にすばらしいと感心しておりました。器量もまたいいものだから、さっきの口やかましい女のところなどは気を遣う必要のない通いどころとしている一方、内緒でこちらともたびたび逢っていて、気に入っておったんです。その指を嚙んだ女が亡くなって、気の毒なことをしたとは思うものの、相手はもういないのだから仕方がないと、この女のところに足繁《あししげ》く通うようになりました。となると、この女の、少々派手で、思わせぶりで気取ったところなど、気に入らないところが目についてきて、妻として頼りになるようには思えなくなる。次第に通うのも間遠になってしまったのですが、そのうちにこの女にこっそり仲よくなった男がいたらしいのです。

十月の、月のうつくしい夜のことです。宮中を退出する時に、ある殿上人《てんじょうびと》といっしょになって、私の車に相乗りすることになりました。まさか女の家に向かうわけにはいきませんので大納言の家に行こうとしましたところ、この人が『今夜、人待ち顔でいるだろう人のことがなんだか気になりますなあ』などと言うのです。さて、先ほどの女の家は大納言の家に向かう道すがらにあるのです。やむなく通りがかると、すさんだ築地塀《ついじべい》の崩れから月を映した池が見えます。月さえも宿る住処《すみか》をさすがに素通りしかねて、私は車を降りたのですが、この殿上人も降りてきます。そして前々から約束でもしていたかのようにうきうきと門を入り、廊下の濡《ぬ》れ縁《えん》めいたところに腰掛けて、しばらく月を眺めています。霜にあたって色変わりした菊の花や、競うように風に舞う紅葉が、なんともうつくしい。その殿上人は懐から笛を取り出して吹き鳴らし、合間合間に『飛鳥井《あすかい》に　宿りはすべし　や　おけ　蔭《かげ》もよし　みもひも寒し　御秣《みまくさ》もよし（飛鳥井にお泊まりなさいな　木陰もたっぷり、水も冷たく、まぐさも上等）』などと催馬楽《さいばら》をぽつりぽつりとうたい出すと、女が、調子を整えてあった和琴《わごん》をそれに合わせて演奏しはじめ、なかなかいい風情なんですな。この歌の調べを女がやさしく掻き鳴らすのが御簾《みす》の内から聞こえてくるんですが、楽器がまたはなやかな感じの和琴ですので、さえざえと澄んだ月にはぴったりなんです。男はひどく感心して、簾《すだれ》

まで近づき『庭に積もった紅葉を見ると、どなたも訪れていないようですね』などと皮肉を言います。菊を折って簾に差し入れて、

『琴《こと》の音《ね》も月もえならぬ宿ながらつれなき人をひきやとめける

（琴の音色も月もすばらしいお宅ですが、冷たい人を引き止めることができますか）

……つたない歌でしたね』などとからかうように言い、『もう一曲、よろこんで聴きたいと思う人がいる時には弾き惜しみをするものではありませんよ』などと色っぽく伝えている。すると女もやけに気取り澄ました声で、

木枯《こがらし》に吹きあはすめる笛の音《ね》をひきとどむべき言《こと》の葉ぞなき

（木枯らしの音に合わせて演奏のおできになる、あなたのみごとな笛の音に、引き止めるだけの琴の腕も言葉もございません）

などと艶っぽい返事をして、私がむかむかと見ていることも知らないで、今度は箏《そう》の琴《こと》を盤渉調《ばんしきじょう》の調子にして、やけに垢抜《あかぬ》けた感じで弾きはじめる。その爪音は才気がないとは言いませんが、この情景には目を覆いたくなりました。

ほんの時々親しくする宮仕えの女房たちが、思いきり気取って色っぽいのは、つきあっているあいだはおもしろくもありましょう。しかし時々だとしても、通い妻のひ

とりとして生涯の生活を託す人として考えると、軽はずみすぎるじゃないかと愛想も尽きようってもんです。結局、その夜のことにかこつけて、それきり通うのをやめてしまいました。

この二人の女のことを比べてみますと、私が若かった当時でも、この木枯らしの女のような目立ちすぎる振る舞いには感心しなかったでしょうし、まず頼りにはできないと思いますな。これから先はますますそういうふうに思うようになるでしょうね。お心のままに、手折《たお》ればこぼれ落ちそうな萩《はぎ》の露、拾えば消えてしまいそうな笹《ささ》の葉の霰《あられ》、なんて具合にはかなげな色っぽさばかりを風情があると思いがちですが、そのうち、あと七年ほどたって私くらいの年齢になりましたら、よくおわかりになるはずです。私ごときつまらぬ者の忠告ですが、色っぽくてなよなよした女にはご用心なさいませ。そういう女が間違いを犯すと、男が間抜けだったからだ、なんて評判になりかねませんからね」と戒める。

頭中将は例によってうなずいている。光君も片頬に笑みを浮かべて、そういうものかと思っているようだ。

「いずれにしても人聞きのよくない、みっともない打ち明け話ではあるな」と言ってみんなを笑わせる。

「それでは今度は私が阿呆《あほう》な男の話でもしましょうか」と頭中将が口を開いた。「お忍びで通うようになった女がいましてね。長続きするようには思えなかったんですが、だんだんいとしく思えてきまして、親しくなれば情も移って、ずっと先までうまくやっていけそうにも思います。そう頻繁に通うわけではないけれど、向こうもまた、私を頼りにするようになった。かなり深い仲になってもたまにしか行きませんでしたから、頼る相手としては、女はさぞや私を恨んでいるんじゃないかとも思ったんですが、そう気に掛けているふうでもありません。ずいぶん長く訪ねなかった時でも、たまにしか来ない男と思っている様子もなく、朝夕毎日出入りする夫を迎えるような態度で接してくれて、こちらもほだされて、ずっと先まで頼りにするようにと約束もしたんです。

女には親もなく、じつに心細そうで、この人だけしか頼る人はいないと私のことを思ってくれているのも、ずいぶんと健気《けなげ》で可憐《かれん》でした。ところが女があんまりにもおっとりしているものだから、安心して、ずいぶん足が遠のいてしまったんです。その頃私の本妻が、知り合いの者を遣わして、情け知らずのたいへんな嫌がらせをこの女に伝えたそうです。それを私は後になって知ったのですがね。

そんなにひどいことがあるとはまったく知らず、いつも心に留めてはいましたが手紙なども長く送らなかったんです。そうしたら女はずいぶんと悲観して、私とのあいだに幼い子どももあったものだから、心細くてたまらず、思い悩んだあげく撫子《なでしこ》の花を折って手紙とともに送ってきました」と話しながら頭中将は涙ぐむ。

「その手紙にはなんと書いてあったの」光君は訊いた。

「いや、たいした歌ではないんだ。

山がつの垣《かき》ほ荒るともをりをりにあはれはかけよ撫子《なでしこ》の露

（卑しい山里人の私の家の垣根は荒れていますが、時々はお情けの露をかけてください、この垣根に咲く撫子のような幼子には）

この手紙を読んでようやく訪ねてみたんですが、女はいつもと変わらず、わだかまりなく接してくれます。けれどひどく思い詰めた顔つきで、荒れた庭先の露を眺めながら、虫の音と競うように泣くのが、なんだか古めかしい昔話のように思えてね……。

咲きまじる色は何《いづ》れとわかねどもなほ常夏《とこなつ》にしくものぞなき

（いろいろ咲いている花はどれがうつくしいと区別もつかないけれど、やはり常夏――妻であるあなたに及ぶものはありません）

と、幼い子どものことはさておいて、夫婦仲を第一に考えて母親の機嫌をとったんです。女は、

うち払ふ袖《そで》も露けき常夏《とこなつ》にあらし吹きそふ秋も来にけり
（ひとり寝の続く床の塵を払う袖までも涙で濡れている私に、嵐まで吹きつけ、とうとう秋までやってきて、飽きて捨てられるのかもしれません）

と、さりげなく言い、本気で恨めしく思っている素振りも見せません。そっと涙を流してはいるのに私に気兼ねして、遠慮深く隠してるんです。私の薄情さを心底恨めしく思っていることを私に気取られたら、そのほうがつらいことだと思っているようなんです。そんな様子だからこちらも安心して、その後もまた足が遠のいてしまう。そうしましたら、突然この女は姿を消してしまったんです。行方もわかりません。もしまだ生きていたら、あわれな落ちぶれ方をしていることでしょう。私が愛していた時に、うるさいくらいにつきまとってくれたら、こんな行方知れずのようなことにはさせませんでしたよ。あんなに長く放っておくことはせず、通い妻のひとりとしていつまでも面倒をみたでしょう。かの撫子、幼い子どもは本当にかわいらしかったので、どうにかしてさがし出したいと思っているのですが、未《いま》だに消息を聞きません。この女こそ、さっきあなたが言った頼りない女のいい例でしょう。平気を装っている女が、内心でこちらの薄情にたえかねている、そんなことをまったく知らずにいとしく思い続けていたんですから、私の無駄な片思いといえますよね。今ようやく私があの女を忘れる頃になって、きっとあの女は私のことを思い切ることができず、自業自得ながら思い悩んで胸を焦がす夕べもあるかもしれません。これこそまさに、長続きしそうにない、頼りにならない種類の女です。

そうかといって、さっきの口やかましい指嚙み女も、思い出深いし忘れがたいでしょうが、いっしょに暮らすとなるとうるさくて、悪くするとまっぴらごめんと思うこともあるでしょうね。琴が達者だったという木枯らしの女に才気があったとしても、浮気の罪は重いですよ。私の話した女にしても、姿を隠したわけを疑えばどんなふうにも疑えます。ほら、結局、どういう女がいいかなんてわからないんですよ。男女の仲はそれぞれに厄介なもので、何がいいとは言えません。それぞれのいいところだけを備え持つ、非難すべきところのひとつもない女がどこにいますか。吉祥天女《きちじょうてんにょ》のような完璧な女を妻に望んだら、抹香臭《まっこうくさ》くて堅苦しすぎるところに辟易《へきえき》するに違いありませんよ」

頭中将がそう話を締めくくると、みんなが笑う。

「式部丞《しきぶのじょう》こそ、変わった話があるだろう。話してみなさいよ」と頭中将が催促すると、

「私のような下《しも》の下《しも》の者に、みなさまのお耳に入れるようなどんなおもしろい話がありましょうか」と式部丞は遠慮するが、さあ早く、と頭中将に真顔で急《せ》かされて、し

ばし思案した後に話し出した。

「まだ私が大学寮の学生《がくしょう》でございました時、こういう女を賢いというのだなという例がありました。先ほど馬頭が申し上げましたように、仕事のことも相談できれば、私生活での世渡りにも思慮深く行き届いておりました。学問のほうは、そのへんの博士も顔負けするほどで、何から何まで口出しさせる隙のない女でございました。

学問をするためにとある博士の元に通っていた時です。博士には娘たちがたくさんいると聞きまして、ちょっとしたことでその中のひとりと親しい仲になったのです。それを父親が聞きつけまして、盃《さかずき》を持ってきて「わがふたつの途《みち》歌ふを聴け」と吟ずるのです。これは、貧しい家の娘は富家の娘のようにおごり高ぶったところがなく、夫や姑《しゅうと》にもよく尽くす、とうたった白楽天《はくらくてん》の詩で、つまるところ暗に自分の娘を娶《めと》れと言うのですな。ところが私は婿になる気なんてさらさらありません。それでも親に気兼ねしつつ、そのまま娘のところにずるずると通い続けていたのです。娘はじつに情深く世話をしてくれましてねえ。目覚めた床での睦言《むつごと》にも、身につくような学問のこと、役所勤めに役立つ専門的なことを教えてくれるのですよ。手紙にしてもじつにみごとな文字を書き、女の使う仮名文字などはいっさい使わず、きっちりとすばらしい漢文を書き上げます。そんなわけで関係を切るにも切れず、その女を師匠にして、私もなんとか下手な漢文を作ることも覚えたのですから、今もその恩は忘れておりません。でもですよ、心を許した妻として頼りにできるかと考えると、学問のない私のような男は、そのうち彼女の前でみっともないことをしでかすでしょうから、とても太刀打《たち》ちできないと思ってしまうのです。ましてみなさんのような立派な若殿には、そんなふうなてきぱきしたしっかり者の妻なんて、なんの必要がありましょうや。

つまらない女だ、しょうがない女だと思っていても、なんだか気持ちがしっくり合って、宿縁があるのかもしれないと思って離れられない、なんてこともあるのですから、男なんてどうしようもないものですよ」

「それはずいぶんおもしろい女ですねえ」と、頭中将が先を促すように言う。式部丞はおだてられているのを知りつつも、鼻のあたりをぴくぴくさせて続けた。

「その女のところからは足が遠のいていたのですが、あるとき何かのついでに立ち寄ったのです。ふだんくつろいでいる居間ではなくて、まったく不愉快なことに障子を隔てての対面となりました。無沙汰をすねているのかと阿呆らしくなって、もうこれが関係を終えるいい機会かもしれないと思ったんですが、この才女ときたら、軽々しくすねたりなんかするはずもなく、男女の仲の道理もわきまえていて、恨み言など言いません。せかせかした声でこう言うんですよ。『わたくし、このところ風病《ふびょう》が重くなりまして、蒜《ひる》（にんにく）を服しましたのですが、その薬が強烈に匂いますので、対面いたしかねるのです。拝顔いたさなくとも、雑事等ございましたら承ります』とまあ、いかにも殊勝に理路整然と言うのです。そう言われて、こちらはなんと言えましょう。『承知いたした』と言って立ち去ろうとしますと、女はさみしく思ったのでしょうか、『この匂いが消えます頃にお立ち寄りください』と声高に言うのです。無視していくのもかわいそうで、とはいえ、ぐずぐずしている場合でもなく、しかもその匂いがぷんぷんしてくるのもたまらず、定まらない目つきで

『ささがにのふるまひしるき夕《ゆふ》ぐれにひるま過ぐせといふがあやなさ

（昔からの言い伝えにあるように、蜘蛛《くも》の動きで今夕は私が来ることが明らかなのに、昼間は——蒜《ひる》の匂いが消えるのを待て、とおっしゃるのは筋が通りませんね）

いったいどんな口実なのでしょう』

と言い終わらないうちに逃げ出そうとしたのです。すると追いかけるように女が、

『逢《あ》ふことの夜《よ》をし隔てぬ仲ならばひる間もなにかまばゆからまし

（毎晩のように逢っている仲でしたら、昼間——蒜の匂いのする間でも、なんの恥ずかしいことがありましょう）』

じつにすばやい返歌でございました」

と式部丞は落ち着きはらって話を終える。聞いていた三人はあきれかえって、作り話だろうと笑う。

「どこにそんな女がいるものですか。いっそおとなしく鬼を相手にしているほうがましでしょう。気色の悪い話だ」と光君は顔をしかめ、「もう少しましな話をしてくださいよ」と責めるが、

「これ以上のおもしろい話がありましょうか」と式部丞は澄ましている。

馬頭が口を開く。

「男でも女でも、いい加減な人間ほど、少し知っていることをぜんぶ見せようとしますが、困りものですな。三史五経といった本格的な学問を徹底的にきわめるなんて、ずいぶんかわいげがないものでしょうが、女だからといって世間の公事私事にまったく疎くて、何も知らないでいいなんてことはないでしょう。わざわざ学んだり習ったりせずとも、多少とも才知ある女ならば、聞いて覚え、見て覚え、ということも自然と増えるはずです。でもですよ、そのあげくがやたら漢字を書いて、女同士でやりとりする手紙にまで半分以上もびっしり漢文を書いてみせるなんて、ああ嫌だ嫌だ、この人が女らしかったらなあと、そりゃ残念に思いますよ。書いた本人はそう思っては

いないのでしょうが、そんな手紙は読むのだってぎくしゃくとして、やっぱり不自然なんですよ。身分の高い女房の中にも、そういう女は多そうですがね。

それから、和歌を得意とする人が、次第に歌に夢中になって、興ある古歌を初句からとりこんで、こちらがそんな気分になれない時に詠みかけてくる、なんてのも迷惑この上ない。返歌しなければこちらは気が利かないと思われるし、返歌ができない場合は困った立場になりますからね。しかるべき節会《せちえ》、たとえば五月五日の節会に急いで参内《さんだい》しなければならない朝に、こちらはもうあわてて何も考える余裕もないのに、菖蒲《あやめ》の根に掛けて趣向を凝らした歌を詠みかけてきたり、九月九日の宴《うたげ》に、難しい漢詩作りにこちらが苦労して思案している時に、菊の露にかこつけて嘆きの歌を寄越《よこ》すような、時と場に不釣り合いなことをされるとたまったものじゃありません。後になって考えれば、なるほど洒落ているし意味深くもあると思えるはずの歌でも、その時には不釣り合いだから相手が興味を示さないと気づかずに、平気で詠み送ってくるのは、かえって気が利かないと思いますよ。

何ごとにおいてもそうです。そうするのにふさわしい時かそうでないか、見境がつかないなら気取ったり風流ぶったりしないほうが無難ってものですよ。自分がすっかり知り尽くしているようなことでも知らないふりをして、言いたいことがあっても、そのうちのひとつ二つは言わないでおいたほうがいいんです」

と馬頭が話すのを聞きながら、光君はたったひとりの女君を心の内に思い浮かべる。馬頭の話に照らし合わせて、足らないところも過ぎたところもない、この世に二人といない完璧なお方だと思い、胸がいっぱいになる。

だからどうだ、という結論の出ないまま、だんだん埒《らち》もない話をし合って、その夜を明かした。

やっとのことで天気もよくなった。宮中にずっと閉じこもってばかりいるのも左大臣に申し訳ないので、源氏は退出して左大臣家に向かった。

左大臣家も、葵《あおい》の上《うえ》その人も、見目麗しく気品があり、何ごともきちんとしている。こういう人を頼りにできる実直な妻というのだろうと、馬頭《うまのかみ》たちの話を思い出して光君は思う。けれどもあまりにも隙がなく、心を開くことなく、気詰まりなほど取り澄ましているのが、光君にはどうにももの足りない。中納言の君や中務《なかつかさ》といった、葵の上に仕えるうつくしい女房たちにあれこれ冗談を言う光君は、暑さのために着物も着崩している。その姿を見て女房たちは、なんとうつくしいのだろうと見とれている。

左大臣もやってきて、光君がくつろいだ恰好《かっこう》をしているので、几帳《きちょう》を挟んで座り、あれこれと話し掛ける。光君は「この暑いのに」と嫌な顔をし、女房たちは顔を見合わせて笑う。「しっ」とそれを制して脇息《きょうそく》にもたれるその動きは、じつに貴人然として鷹揚《おうよう》である。

暗くなる頃、女房のひとりが言った。

「今宵は、内裏《だいり》のほうから見ますと、こちらが方塞《かたふた》がりになっております」

「そうでした、こちらはお避けになるべき方角でした」と別の女房も言う。

「私の住む二条院も同じ方角だから、方塞がりになる。どこへ方違《かたたが》えに行ったらいいだろう。あんまり気分もよくないのに……」と光君は寝てしまおうとする。

「そんな、もってのほかでございます」とだれかが止めると、ほかの者が口を開いた。

「紀伊守《きのかみ》で、左大臣さまにお仕えする者が中川に住んでおります。このところ邸内に水を引き入れて、ずいぶん涼しい木陰に建つ家だそうですよ」

「それはいいね。気分がすぐれないから、門の中に牛をつけたまま、車ごと邸内に引き入れられるような、気楽なところがいいな」と光君は言う。

方違えのためにお忍びで泊まるところなら、ほかにいくらでもある。けれど久しぶりに妻の元にやってきたのに、方違えを口実にほかの女のところに行ったと左大臣たちが思ったとしたらおもしろくないだろうと光君は思い、紀伊守の家に行くことにし

たのである。紀伊守にそのことを申しつけると、受けはしたが、光君の前を下がってから、

「父の伊予介《いよのすけ》の家で忌《い》みごとがございまして、そこの女たちがみな我が家に移ってきております。ますます手狭になって、失礼にあたることがあったらたいへんです」と陰で不安そうに漏らしているらしい。それを聞いた光君は、

「人が多いのはいいことじゃないか。女っ気のない旅の宿なんて、なんだか心細い。狭いというなら女たちの几帳のすぐ後ろで寝かせてくれればいいよ」と言う。

「そうですね、ちょうどいいお泊まり場所かもしれません」と周囲の者は言い合って、さっそく使いを走らせた。わざわざ大げさにならないところを選んで、急にこっそりと出かけることになり、左大臣に挨拶することもなく、お供にも一部の親しい者たちだけを連れて光君は出かけた。

　紀伊守の家の者たちは「急なお越しで」と迷惑そうだが、光君の一行は気に留めることもない。

　寝殿の東側をすっかり開けて、急ごしらえの部屋が用意してある。庭に、池に注ぐよう遣水《やりみず》が通してあるが、それも風情《ふぜい》がある。田舎家ふうに柴《しば》を編んだ垣根をめぐらせ、庭先の植えこみにも気を配っている。涼しい風が吹き、どこからともなく虫の音

が聞こえ、蛍が乱れ飛んでいる。お供の者たちは、渡殿《わたどの》の下から流れ出る湧き水を見下ろして酒を飲みはじめる。主人の紀伊守が肴《さかな》の準備にせわしなく立ち働いているあいだ、光君はゆったりと周囲を眺めまわし、昨夜の馬頭の話を思い出す。彼が言っていた、中流の家というのはこういう家のことを言うのだろうと考える。

この紀伊守の父、伊予介の後妻はずいぶんと気位の高い人だと聞いたことがあったので、光君は興味を覚え聞き耳を立てていた。寝殿の西側の部屋で人の気配がする。衣擦《きぬず》れの音がさらさらと聞こえ、若い女たちの愛らしい声がする。来客に気兼ねしているらしく、取り繕ったように忍び笑いをしている。その西側の部屋の格子《こうし》は上げてあったけれど、「慎みがない」と紀伊守がやかましく言って下ろしてしまった。そちらの部屋の灯火が襖障子《ふすましょうじ》の上部の隙間から漏れている。光君はその襖のほうに近づいてみるが、垣間見できるような隙間はない。耳を澄ましてみると、女たちは襖近くに集まっているらしく、ひそひそ声が聞こえてくるが、どうも自分のことを話しているようだ。

「ひどく真面目でいらっしゃるそうよ、まだお若いのにご立派な奥さまがいらっしゃるなんてつまらないわね」

「だけどあちこちに、うまくお忍びでお通いになるそうよ」

などと女房たちが言い合っている。ずっと心のどこかで藤壺《ふじつぼ》のことを気に掛けている光君は、こういう話を聞いてもまずどきりとして、もしこんなふうにあの秘密が噂《うわさ》されるのを聞いてしまったらどんな気がするだろうとおそろしくなる。ひそひそ話はさしてたいした話でもなさそうなので、聞くのをやめた。式部卿宮《しきぶきようのみや》の姫君に、光君が朝顔を贈った時の歌のことなどを、文句を間違えつつも話しているのが聞こえてくる。優雅な有閑人を気取って、歌など詠んで得意になっている。中流といってもやはり逢えばがっかりするのだろうな、などと光君は思う。

紀伊守が軒先に吊した灯籠の数を増やし、灯台の火も明るくして、菓子や果物を並べる。光君は

「寝室のほうの用意は、ちゃんとできている？　そちらも用意してくれなくては興ざめだよ」と冗談めかして言う。

「何がお気に召しますやら、わかりませんので」と紀伊守はかしこまって控えている。

光君が簀子《すのこ》（縁側）に近い御座所《おましどころ》に仮寝のように横になると、やがてお供の人々も静かになった。

紀伊守の子どもたちがずいぶんとかわいらしい。殿上《てんじよう》の間《ま》で見かけたことのある童《わらわ》もいれば、伊予介の子どもたちもいる。大勢の中に、人並み外れて品のある、十二、

三歳とおぼしき子どもがいる。

「どの子がだれの子だろう」光君が問うと、紀伊守はその子を見、答える。

「あの小君《こぎみ》は亡くなりました衛門督《えもんのかみ》の末っ子です。父にとてもかわいがられておりましたが、幼いうちに父にも先立たれ、姉の縁でここに暮らしているのです。学問も見こみがないわけでもなく、ものになりそうですし、殿上童にと望んでもいるのですが、父もなく、後ろ盾もありませんので、なかなかかんたんには出仕できないようでございます」

「それはかわいそうだな。とすると、あの子のおねえさんが、伊予介の妻、つまりきみの継母《ままはは》ということになるのかい」光君は訊いた。

「さようでございます」紀伊守は答える。

「ずいぶんと若い継母を持つことになったものだな。帝も、その姉君のことはお聞きになったらしく、『衛門督が娘を宮仕えに出したいと言っていたが、それはどうなったのだろう』とおっしゃっていたけれど、男女の縁はわからないものだな」と光君がひどく大人びた口調で言うのを受けて、

「図らずも私の父親に縁づくことになったのですから、本当に男女の仲は今も昔もどうなるかわかったものではございません。ことに女の運命は浮き草のように不安定な

のが気の毒に思えます」と守は言う。

「伊予介は妻をだいじにしているのだろうね。主上《おかみ》のように思っているだろうね」

「もちろんでございます。家庭での主上と思っているようですが、私たち子どもにしてみれば、好色がましいことだと苦々しい気分ではいるのです」

「確かに、きみたちのほうが年齢としてははるかに釣り合いがとれているけれど、だからといって、妻を渡したりするだろうか。伊予介は相応に趣味多き伊達者《だてもの》だからなあ」そんなことを言っていた君は、ふと「その人はどこにいるの」と訊いた。

「女はみんな下屋《しもや》に下がらせましたが、まだ残っている者もいるかもしれません」と紀伊守は答える。酒の酔いが進み、お供の人々はみな簀子に横になって寝静まっている。

光君は落ち着いて眠ることができず、ひとりわびしく眠るのかと思うといっそう目が冴《さ》えてしまう。隔てた襖の北に寄ったあちら側で人の気配がするのに気づき、もしや、さっきの話に出た伊予介の若い妻が隠れているのではないか、どうしているのだろうと気になって、そっと起き上がり耳を澄ます。すると先ほどの子どもの、

「もしもし、どこにいらっしゃいますか」と訊くかわいいかすれ声が聞こえた。続けて、

「ここに寝ていますよ。お客さまはお休みになったのかしら。どんなに寝室の近くかと心配していたけれど、案外離れているわね」と答える声もする。その、すでに寝ていたかのような間延びした声が、子どもの声によく似ているので、姉だろうと光君は思う。

「この東側の廂《ひさし》の間《ま》でお休みになりました。噂に高いお姿を拝見しましたが、本当にすばらしかったですよ」と、弟がひそひそと言う。

「昼間だったら私ものぞいて拝見しましたのに」と眠そうに言って、夜具に顔を埋《うず》めた様子である。なんだ、もっと熱心に聞いてくれてもいいじゃないかと光君は不満に思う。

「ぼくはここで寝ます。ああ疲れた」と弟は言って、火を明るくしている様子だ。その姉は、この襖のすぐはす向かいに寝ているらしい。

「中将の君はどこにいるの。そばにだれもいないようで、なんだかこわいわ」と声がする。

長押《なげし》の下《しも》に寝ているらしい女房たちが「お湯を使いに下屋に下がって、すぐ参りますとのことです」と答えているのが聞こえる。

みな寝静まったようなので、光君は襖の掛けがねを試しに引き上げてみた。すると向こう側は掛けがねを下ろしていなかった。襖の入り口に几帳を立てて、内部はほの暗いが、目をこらすと、唐櫃《からびつ》のようなものがごたごたと置かれているのが見える。その合間を縫うようにして部屋の奥に進むと、伊予介の妻がただひとり、小柄な体を横たえてこぢんまりと眠っている。光君は、なんとなく気が咎《とが》めながらも、女が上に掛けている夜具を押しのける。女は、てっきり今し方呼んだ中将の君だとばかり思っている。

「中将とお呼びでしたので、近衛《このえ》の中将であるこの私のことだとばかり……。ずっとあなたのことを思っていたものですから、その甲斐あったのだとうれしく思います」

と光君が言うのを、何がなんだかわからず、女は悪夢にうなされるような思いで「あっ」と脅え声を上げたが、顔にかぶさった着物に消されてしまう。

「行きずりのいい加減な気持ちだとお思いになっても無理はないですが、ずっとあなたが好きでした。わかってもらえませんか。こういう時を待ちに待って、今ようやく願いがかなったのです。気まぐれなんかじゃありません」

鬼神さえもさからえないようなうつくしさの光君に、穏やかに言い聞かせられ、「だれか変な人がいます」と女はぶしつけに騒ぐこともできない。けれども夫のいる身として、あってはならないことだと思うと情けなくてたまらなくなり、

「人違いでございましょう」と言うのが精いっぱいである。消え入らんばかりに取り乱している女の様子が、痛々しくも可憐で、なんと魅力的な人なのだろうと光君は感じ入る。

「間違えるはずありません。本気でここまでやってきたのに、とぼけるとは心外です。好色めいたことはけっしてしません。私の思いを聞いてくれるだけでいいのです」

そう言うと光君は小柄な女を抱き上げて襖の外に出ようとした。そこへ、さっき呼ばれた女房の中将の君がやってきた。「ねえ」と光君に声をかけられ、中将の君は不審に思って手さぐりで近づいてみると、着物に焚《た》きしめられた香があたり一面に漂い、顔にも煙りかかるかのようである。さては源氏の君、と感づいた中将の君は驚愕《きょうがく》し、どうしたらいいのかとうろたえるが、言うべきことも思いつかない。相手がふつうの男なら手荒に引き離しもしようが、そうしたところで騒ぎ立てしたらこんな事態を多くの人に知らしめることになる。おろおろと光君の後をついていくが、光君はたじろぐ様子もなく堂々と自分の寝室の奥に入ってしまった。襖を閉めて、

「夜が明ける頃、迎えにきなさい」と言う。

女は、中将の君がいったいどう思うかと考えると、死にたいほどつらくなり、だらだらとしたたるように汗を流す。具合の悪そうな女を気の毒に思いながらも、光君は、

例によってどこから取り出してくるのか、女心も動かさずにはいられないような言葉を、いかにも情のこもった調子であれこれ語りかける。けれども女はあまりのことに、

「悪い夢を見ているようです。私はしがない身分の者ですから、こんなふうにお蔑みになる軽いお気持ちなのでしょう。身分の低い者は身分の低い者にすぎないと世間でも言います、あなたのようなお方とはご縁などないのです」

と言い、こんな無体なことをする光君の思いやりのなさを悲しんでいる。それももっともなことだと気が咎め、手出しもできず、光君は真面目に訴えた。

「あなたの言う身分がどうだのこうだのなんて、私はまだ何も知らない、こんなことははじめてなんですから。それをそのへんの浮気者といっしょにするなんて、ひどいじゃありませんか。今まで何かの時に私のことを耳にしたこともあるでしょう。何がなんでも無理を押し通すような好色な振る舞いをしたことなんてありません。それなのに、前世からの宿縁でしょうか、あなたに怒られても当然の、この狂おしいこの気持ちが、自分でも不思議なほどです」

そんなことを真剣に訴えるけれども、その姿は比べるものが思いつかないほどうつくしいので、女は身を許すことがどうにも惨めに思えてくる。なんて嫌な女だと思われたとしても、情のないわからず屋で押し通してしまおうと心に決め、つれない態度

を貫いた。もともと女はおとなしい性質ではあるのだが、無理をして心を強く保っているので、しなやかなよ竹のように、弱そうでいてかんたんには手折《たお》れそうもない。しかし……。

――心底傷ついて、こんな無理やりなお仕打ちはあんまりだと泣いている女の姿を見て、光君は胸の詰まるような思いだった。かわいそうだとは思うが、でも、ここで女をあきらめていたら、心残りだったろうとも思う。女が気を取りなおすこともなく泣き続けているので、光君はつい恨みがましく口にする。

「そんなに嫌わなくたっていいじゃないですか。思いがけずこんなことになったのは、二人のあいだに前世の宿縁があったとは考えられませんか。男女のことなんてなんにも知らない生娘のように悲しまれるのは心外です」

「もし私が受領《ずりよう》に嫁《あず》ぐ前の、まだ身の程の定まらない娘のままの身の上で、このようなお情けに与かるのでしたら、分不相応なうぬぼれだとしましても、いつかは私を見なおして愛してくださるかもしれないと、自分をなぐさめることもできたかもしれません。けれどほんのいっときの、あなたの気まぐれからの逢瀬《おうせ》だと思いますと、どうしようもなく悲しくなるのです。仕方がありません、せめて私と逢ったことはけっして口外なさらないでください」

と女が悲しみに打ちひしがれているのも、無理からぬことだろうと光君は思い、誠心誠意女をなぐさめ、この先のことまでも約束するのだった。

夜明けを告げる鶏《とり》も鳴いた。お供の人々が起き出して、

「ずいぶん寝過ごしてしまった」「お車を引き出そう」などと言い合っている。紀伊守も出てくる。「お方違えではありませんか。まだ暗いうちに急いでお帰りになることもありますまい」などと言う者もいる。

このような機会はもうないだろうし、わざわざここを訪ねることもないだろう。そして手紙のやりとりもまず無理だろうと思い、光君はたまらない気持ちになる。奥にいた中将の君もつらそうな様子で出てくる。いったん女を放したものの、また引き止めて、

「どうやってお手紙を送ったらいいのでしょう。戸惑うほどのあなたの冷たさも、どうにもならない私の恋心も、けっして浅くはない縁で結ばれた私たちの、あまりにもつらい思い出にするしかないのでしょうか」

そう言いながら泣き出してしまう光君は、なんとも言えずうつくしい。鶏がしきりに鳴き出し、光君は気ぜわしく歌を詠んだ。

つれなきを恨みも果てぬしののめにとりあへぬまでおどろかすらむ

（あなたの冷たい態度に恨み言も充分に言えないまま夜も白み、どうして鶏はせわしなく鳴いて私を起こすのでしょう）

女は、自分の身分や容姿、年齢などを思うと、光君とはいかにも不釣り合いだと思い知らされて恥ずかしくなる。身に余るほどの光君の言葉も、なんとも思わないのである。ふだんは見下してよそよそしく接している夫が滞在している伊予国が思い出される。このことが夫の夢にあらわれてしまうのではないかとおそろしくなる。

身の憂《う》さをなげくにあかであくる夜はとり重ねてぞ音《ね》もなかれける

（我が身の情けなさを嘆くにも、充分には嘆くことのできないまま明け離れるこの夜は、鶏の声に重ねて私も声を上げて泣いてしまいます）

空はどんどん明るくなり、光君は女を障子口《そうじぐち》まで送っていく。家の中でも外でも、人々が騒がしく動きはじめている。襖《ふすま》を閉め切って別れる時は、あまりにも悲しく、襖が二人のあいだを隔てる関のように光君には思えた。直衣《のうし》を着て、南に面した簀子の欄干に寄りかかって、光君はしばらく庭を眺めた。寝殿の西側の部屋では格子をあわただしく上げて、女房たちがこちらをのぞいているようだ。簀子の中央に立てた、低いついたての上からわずかに見える光君の姿を、ぞくぞくするような思いで眺めている恋多き女房たちもいるようだ。

夜が明けても月は空に残っていて、きらめくような光はないが輪郭だけははっきりと見えて、うつくしい夜明けである。無心な空の景色も、見る人の心持ちによって、優美にも悲しくも見える。けっして人には言えない光君の胸の内は、悲しみで引きちぎられるようだった。手紙をやりとりする手立てもないのにと考えては、後ろ髪引かれる思いで邸《やしき》を立ち去った。

邸に戻っても、光君はなかなか眠ることができない。ふたたび会えるかわからないけれど、自分のことよりあの人はいったいどんな気持ちだろうかと、気の毒な思いで考える。抜きん出てすばらしいわけではないけれど、それなりのたしなみを身につけた、中流の女ではあった。光君は、経験豊富な馬頭の言っていたことを思い出し、なるほどと納得するのだった。

光君はしばらく左大臣家に滞在していた。あのできごと以来、ずっとなんの便りもしていないので、女がどれほど思い悩んでいるかと気の毒になり、あれこれと考えたあげく、紀伊守《きのかみ》を呼んだ。

「このあいだの、衛門督《えもんのかみ》の末っ子を、私に預けてくれないだろうか。ずいぶんかわいらしい子だから、そばで使おうと思う。帝にも私から申し上げて、殿上《てんじよう》させよう」と言う。

「まことに畏れ多いことでございます。あの子の姉に伝えてみます」と紀伊守が言うので、光君はどきりとするが、

「その姉君というのはあなたの継母だろう。彼女に自分の子はあるのか」と何気なく訊く。

「いいえ、おりません。父に嫁いでから二年ほどになりますが、入内《じゅだい》させたいという親の気持ちに添えなかったことに、わだかまりがあるようです」

「それは気の毒なことだね。なかなかきれいな人だと評判だったが、本当にきれいなの」光君は訊く。

「悪くはございませんでしょう。母とはいえ、私にもまったくよそよそしい態度ですし、継母と継子《ままこ》が親しくすると父子が仲違《なかたが》いすると世間で言われている通り、私からも打ち解けるようなことはございません」と紀伊守は答える。

その五、六日後、紀伊守はこの末っ子を連れてきた。目をみはるほどうつくしいというわけではないが、物腰も優雅で、良家の子弟といったふうである。光君はそばに呼び、いろいろとやさしく話しかけた。小君《こぎみ》と呼ばれるこの子は、そうされることを子ども心にもじつにうれしく感じている。光君は彼の姉のこともあれこれと訊いてみ

た。訊かれたことにはちゃんと答えるが、光君が自分の思惑を恥ずかしく思うほど、この子がきちんとかしこまっているので、本題になかなか入りづらい。それでもなんとかうまく取り繕って話してみた。この光君と、姉とのあいだにそんなことがあったのかと、ぼんやりとでもわかったらしいのは意外だったが、まだ幼い小君は深く考えもせず、光君からの手紙を預かった。

驚いたのは弟からその手紙を受け取った女である。あまりのことに涙まであふれる。幼い弟が、自分のことをどう思ったのかと気恥ずかしくもあったが、さすがに手紙の内容は気になって顔を隠すようにして広げた。こまごまと書かれており、

「見し夢をあふ夜ありやと嘆くまに目さへあはでぞころも経《へ》にける

（先夜の夢が現実となり、もう一度逢える夜があるだろうかと嘆いているうちに、目までもが合わず、眠れないまま、何日もたってしまいました）

眠れないからあなたの夢を見ることもできません」

とある。そのまばゆいほど立派な筆跡も、涙で曇る女の目にははっきり見えない。望まないまま受領《ずりよう》の妻とおさまった自分に、思いがけずあらたに降りかかった光君との宿縁に思い悩み、女は臥《ふ》せってしまった。

翌日、光君は小君を呼び戻した。参上する前に、小君は姉に君への返事を催促した。

「あのようなお手紙を受け取るべき人はここにはおりませんと申し上げなさい」と言う姉に、小君はにやりとして言う。

「姉上に、と間違いなくおっしゃられたんだよ。そんなことは言えません」

あのお方はこんな幼い弟にすっかり話してしまったのだと思うと、女はたえがたい気持ちになる。

「そんなませた口をきくのはやめて。それなら参上するのはおよしなさい」女は不機嫌をあらわにして言うが、

「お召しがあったのに、いかないわけにはいかないよ」

と言って、小君は何も持たずに参上した。紀伊守は好色な男で、こんなに若い女が自分の父親の妻になったことをもったいないと思っていて、常日頃から女の機嫌をとろうとしており、弟である小君もだいじに扱い、どこに行くにも連れてまわっていた。この日もそのように紀伊守が小君を連れて参上した。

光君は小君を呼び寄せて、「昨日はずっと待っていたのに、私がきみを思うほど、きみは私をだいじに思ってはくれないんだね」と恨み言を口にする。小君は顔を赤らめた。

「返事は」と言われ、小君がことの次第を話すと、「なんということだ、あきれてし

まう」と、光君はまた手紙を書いて託した。

「きみは知らないだろうなあ。私はね、あの伊予の年寄りなんかより先にあの人と恋人だったんだよ。でもいかにも頼りない、首の細い若造だと見くびって、あんなにみっともない男を夫にして、私を馬鹿にするつもりなんだろう。きみは私の子どもだと思ったほうがいいよ。あの頼りになる年寄りは、どうせ先も長くないだろうからね」

と光君は話す。そんなでたらめを聞いて、そうだったのか、これはたいへんなことだと思っているらしい小君を見、光君は愉快な気持ちになる。

光君はこの子をそばに置いて離さず、宮中にも連れて参上した。自邸の衣服仕立所である御匣殿《みくしげどの》に命じてきちんとした装束も用意させ、本当の親のように世話をした。

女の元には、光君からの手紙がしょっちゅう届く。女は思う。手紙を持ってくる弟はまだ幼いし、本人がいくら気をつけていても、手紙を人に見られでもしたら、軽率な女という評判まで背負いこむことになる。受領の妻などという私の境遇には、あのお方の愛情などまったく分不相応なのだ。どんなにすばらしいできごとであっても、結局は、受け取る側の身分次第だ。そう考えて、女は気を許した返事を書くこともない。あの夜、ほのかに見た光君の姿は、噂《うわさ》に違《たが》わず信じられないようなうつくしさだったと思い出さずにはいられなかったが、受け取った手紙に応えるような手紙を書いたところでどうなるものでもあるまい、と考えなおすのだった。

光君はこの女を忘れることができず、せつなくも恋しくも思い出している。女が思い悩んでいた不憫《ふびん》な様子がいとしく思い出され、もの思いを晴らすこともできないでいる。人が出入りするのに紛れてこっそり忍びこもうかとも思うが、人目の多いところだから、人妻を訪れる自分の姿が見られないとも限らないし、そうなれば女をますます気の毒な目に遭わせてしまうと、思案に暮れる。

いつものように宮中に何日も滞在していた光君は、さりげなく方違《かたたが》えの日を選んで左大臣家に退出しようとし、途中から紀伊守の邸《やしき》に向かった。突然の訪問に紀伊守は驚き、この邸の遣水《やりみず》をお気に召したのだろうと恐縮しながらもよろこんでいる。小君には、今日の訪問のことは昼過ぎに伝えてあった。明けても暮れても親しく身近に置いていたので、この夜も真っ先に小君を呼んだ。

今夜訪れるという手紙をもらった女は、あれこれと思い悩んでいた。わざわざ人目を欺いてやってくるのだから、けっして軽い気持ちではないのだろうけれど、かといって、調子に乗って逢い、みすぼらしいこの姿をお目にかけたところで、夢のように過ぎたあの夜の悲しみをふたたび意味なくくり返すだけだろう……。そしてやはり、こんなふうに待ち焦がれているようなのはしたなくも思え、小君が出ていった隙に、

「お客さまの御座所《おましどころ》に近すぎて畏れ多い。気分がすぐれなくて、肩や腰などを叩《たた》いてもらいたいから、もっと離れたところに移りますね」と言い、渡殿《わたどの》の、あの中将という女房の部屋に行ってしまった。

光君は、女の部屋に向かう心づもりでお供の人々を早くに寝かせ、手紙を小君に託すけれど、小君は姉を見つけ出すことができない。あちこち歩きまわったあげく、ようやく渡殿に入りこんで姉をさがしあてた。こんな仕打ちはあんまりだと思い、

「ぼくがどんな役立たずかと思われてしまう」と泣かんばかりに訴える。

「こんな非常識なことがあっていいものですか。幼い人がこんな取り次ぎをするのは、いけないこととされているのに」と女は弟を叱りつける。「気分がすぐれないので侍女たちに按摩《あんま》をさせておりますと申し上げなさい。おまえがこんなところにいたら、みんなあやしみますよ」そう強く言って追いやったものの、心の中では違うことを思っていた。

こんなふうに受領の妻と身分の決まってしまった今ではなく、亡き両親の面影の残る生家にいたまま、たまさかでも光君のお出《い》でを迎えるのだったら、どんなにしあわせだっただろう。何もわからないふりで光君のお気持ちを無視している私を、どんなに身の程知らずかと思っていらっしゃるだろう。

逢わないとみずから決めたことだけれど、せつなさに心は乱れる。けれど、これがどうしようもない我が身の運命なのだから、強情な、気にくわない女だと思われたまま押し通そう、とあらためて心を決めた。

光君は、小君がどのようにことを進めてくれるのかと、あまりに幼いために心配しながら横になって待っていた。戻ってきた小君が、うまくいきませんでしたと言うので、にわかには信じがたい女の強情さに、「つくづく自分というものが嫌になったよ」と君はため息をつく。小君から見ても気の毒な姿である。光君はしばらくは何も言えず、ただ深いため息をつき、つらい思いに身を浸す。

「帚木《ははきぎ》の心を知らでそのはらの道にあやなくまどひぬるかな

（近寄ると消えるという帚木のような、つれないあなたの心も知らず、近づこうとして、園原《そのはら》の道に虚《むな》しく迷ってしまいました）

申し上げる言葉もありません」

と詠んだ。さすがに一睡もできなかった女も、

数ならぬふせ屋におふる名の憂《う》さにあるにもあらず消ゆる帚木

（しがない貧しい家に生えているのが情けなく、いたたまれずに消えてしまう帚木、それが私なのでございます）

と返した。

小君は光君がかわいそうでならず、眠いのも忘れて、歌のやりとりにうろうろと行き来している。それに気づけば侍女たちが変に思うだろうと、女はまたくよくよと思い悩む。お供の者たちは眠りこんでいるが、光君はひとり、おもしろくない気持ちで起きている。尋常ではない女の強情さが、消えていくどころではなくますます強く見せつけられるのは、癪《しゃく》ではあるが、同時に、だから惹かれるのだと納得もする。しかしやはり彼女の仕打ちは心外であり、情けなくもあり、どうとでもなれと思いはしても、そうもあきらめきれず、

「おねえさんが隠れているところに連れていっておくれ」

とうとう小君にそう頼む。小君は、君をひどく気の毒だと思いつつも、

「ひどくむさ苦しい奥まった部屋で、侍女もたくさんおりますから、お連れするのは畏れ多くございます」と言う。

「わかったよ、それならきみだけでも、私に冷たくしないでおくれ」

と光君は、小君をそばに寝かせた。まだ若く、うつくしい光君がやさしくしてくれることを、子どもも心にとてもよろこんでいるようなので、あの女よりずっとかわいいではないかと、君は思うのだった。

空《うつ》蟬《せみ》

拒む女、拒まぬ女

恋した人は、かたくなにつれない態度を崩さないまま、
蟬のように衣を残して去ってしまったということです。

*登場人物系図
△は故人

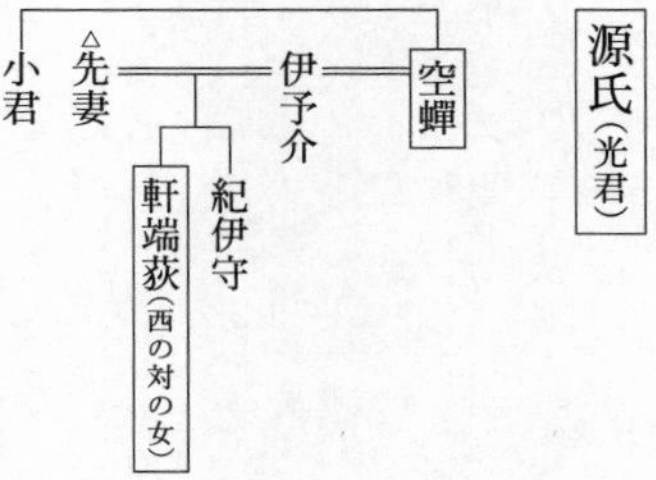
源氏(光君)
空蟬
伊予介
△先妻
小君
紀伊守
軒端荻(西の対の女)

光君《ひかるきみ》は眠ることもできず、

「こんなに人から冷たくされたことはないよ。今夜はじめて、こんなにつらいことがあると思い知らされて、恥ずかしくて、生きていかれそうもない」などと言う。それを聞いて小君《こぎみ》は横になったまま涙をこぼしている。この子は本当になんてかわいいのだろうと光君は思う。触れるとほっそりと小柄で、髪もあまり長すぎないところが、気のせいかあの女に似ていて、気持ちがなぐさめられる。しつこく居場所をさがして近づくのも体裁が悪いし、心底からひどい女だと忌々《いまいま》しく思いながら夜を明かし、いつものように小君にあれこれ言うこともなく、まだ暗いうちに光君は帰ってしまった。小君は、そんな光君を気の毒に思い、また、さみしくもあった。

女も、ずいぶん失礼なことをしてしまったと気が咎《とが》めてはいた。光君からの手紙も途絶えてしまった。あんな女はもう懲り懲りだとお思いなのだろうと思う。このまま何ごともなく終わってしまうのだったらつらいと思うが、かといってあんな強引な無茶苦茶を続けられても困る。もういい加減忘れてしまおうと思うものの、さすがに心穏やかにというわけにはいかず、あれこれと日々思い悩んでしまう。

本当にひどい女だと思うものの、かえって忘れることができず、このままでは自分の面目も立たないと思い、光君は小君を呼んだ。

「まったくひどいし、情けないしで、あきらめようとしているのに、それもできなくて苦しいんだよ。適当な折を見て、逢《あ》えるようになんとか手立てしてくれないか」

小君は、なんとも厄介なことだと思いながらも、こんなことでも光君が親しく話しかけてくれるのがうれしくてたまらない。子ども心にも、どういう折にお連れしたものかと機会をうかがっていたところ、紀伊守《きのかみ》が政務のため任国に下ったと耳にした。

紀伊守の邸《やしき》では、女たちだけがくつろいでいる夕方、道もはっきりしない夕闇に紛れて、小君は自分の車に光君を乗せて連れ出すことにした。こんな幼い子が、ちゃんとやってくれるだろうかと心配ではあるが、そう悠長にかまえてもいられず、目立たないような服装で、戸締まりをされないうちに急いで出かける。小君はひとけのない門から車を引き入れ、光君を降ろした。相手が子どもなので、宿直人《とのいびと》たちもとくべつ愛想を言ってくるでもなく、気楽なものである。東側の妻戸に光君に立っていてもらい、自分は南の隅の間から格子《こうし》を叩《たた》いて上げさせ、部屋に入った。

「上げっぱなしだと外からまる見えですよ」と、年配の女房が言うのが光君の耳に届く。

「こんなに暑いのにどうして格子を下ろしているの」と小君が訊《き》くと、

「お昼に西の対《たい》のお方がいらして、碁を打っておいでなのですよ」と答えている。

西の対のお方というのは、紀伊守の妹である。そんなふうに向き合って碁を打っている女の姿が見たいと光君は思い、そっと妻戸から歩み出て、格子と簾《すだれ》のあいだに入った。さっき小君の上げた格子はまだ下げられておらず、隙間が見えるので、光君は近づいて目をこらした。格子のそばに立てられた屏風《びょうぶ》も端を畳んであり、目隠し用の几帳《きちょう》も、暑いせいか帷子《かたびら》をめくってあって、うまい具合に室内の様子が見える。

碁を打つ二人の近くに火が灯《とも》してある。母屋の中央の柱の前、横向きで座っている人が忘れられないあの人だろうかと見つめる。濃い紫の単衣襲《ひとえがさね》の下着、その上に何か羽織って、ほっそりと小柄な人が目立たない様子で座っている。向き合っている人にも顔を見られないよう気をつけているようだ。碁石を置くその手も痩《や》せ細っていて、しきりに袖を引いてたしなみ深く手を隠している。もうひとり、西の対の女は東を向いて座り、光君からはそっくりそのまま見ることができた。白い薄物の単衣襲に、二《ふた》藍《あい》の小袿《こうちき》のようなものを無造作に着て、紅《くれない》の袴《はかま》の腰紐《こしひも》くらいまで胸をあらわにして、ずいぶんだらしない恰好《かっこう》である。たいそう色の白い、まるまると太った大柄のかわいらしい人で、髪のかたちや額もくっきりと印象的である。まなざしや口元に愛嬌《あいきょう》があり、はっきりとした顔立ちをしている。髪はふさふさとゆたかで、長くはないが、髪の垂れている肩のあたりがすっきりしている。とくにこれといって欠点のない美人である。なるほど、親である伊予介《いよのすけ》がこの上もなくかわいがっているのだろうと、光君は興味を持って見つめ続けた。欲をいえばもう少し落ち着いた感じだといいな、などと思う。頭の悪い女ではなさそうである。碁を打ち終えてだめを詰めるところでは機敏そうで、しかも陽気に騒ぎ立てている。

「お待ちなさい、そこはせきでしょう。このあたりの劫《こう》をまず片づけましょう」と女が言うが、

「いいえ、今度は私が負けました。ここの隅は何目でしょう、どれどれ」と指を折り、「十、二十、三十、四十」などと、目を数えている様子を見ていると、数多いという伊予の湯桁《ゆげた》もこの人なら数え上げられそうに見える。多少気品に欠けているが。

向かいに座る女は、すっかり袖で口元を覆い、はっきりとは見えないけれどじっと目をこらすと、自然に横顔が見える。まぶたが少し腫れぼったく、鼻筋もすっきり通

っているとはいえず、つややかさもない。はっきりいえばみっともないとも言える容姿を、まったく隙のない身のこなしでうまくごまかし、器量よしの女よりはたしなみがあって、だれもが目を惹《ひ》かれるだろうと思えた。西の対の女はほがらかで愛嬌があり、うつくしいのにますます陽気にくつろいで、笑ったりはしゃいだりしている。ぱっと派手な感じで、こちらはこちらでなかなかに魅力的である。浮ついていると自分で思いもするが、けっして堅物とはいえない光君は、この女にも無関心ではいられないのである。光君が知っている女たちはみんな、くつろいでいる時などなく、とりすまして横を向いたうわべの姿しか見せない。こうして気を抜いている女の姿をのぞき見したことなどなかった光君は、何も知らずに見られている女たちには気の毒だが、もっとずっと見ていたいと思う。けれども小君の出てくる気配がするので、そっとその場を離れた。

渡殿《わたどの》の戸口に寄りかかっている光君を見て、そんなところに立たせて申し訳ないと小君は思いながら、

「珍しいお客さんが来ておりまして、近寄ることもできません」と言う。

「今夜もこのまま帰そうというのか。あんまりにもひどいじゃないか」と光君が言うと、

「いいえ。お客さんが帰りましたら、なんとかいたします」と答える。

そう言うからには何か算段があるのだろう。まだ子どもだけれど、事情を察したり、人の気持ちを読み取ったりできる、落ち着いたところのある子だからと、光君は期待する。

碁を打ち終えたのか、そよそよと衣擦《きぬず》れの音がして、女房たちが部屋を出ていくようである。

「小君はどこにいらっしゃるのかしら。この格子《こうし》は閉めておきましょう」と女房ががたがたと音を立てている。

「寝静まったようだ。先に行って、後はうまくやっておくれ」と光君は言う。

姉が頑固で、なびきそうもないほど真面目であることを知っている小君は、話しても無駄だから、人が少なくなった時に光君を部屋にお入れしてしまおうと思っている。

「紀伊守の妹さんも来ているのか。私にもひと目見せておくれよ」と光君が言うと、

「どうしてそんなことができましょう。格子には内側に几帳が立ててあります」と小君は答える。

それはそうだろうが、しかしもうとっくに……と君は笑いそうになるけれど、すでにその人を見たことは言わないでおこう、かわいそうだもの、と思い、夜が更けるの

が待ち遠しいとだけ小君に告げる。

小君は、今度は妻戸を叩いて部屋に入る。女房たちはみな寝静まっている。「この障子口《そうじぐち》でぼくは寝ることにする。風がよく通るから」と言って、上敷《うわしき》を広げて小君は横になった。女房たちは東廂《ひがしびさし》に大勢で寝ているのだろう。妻戸を開けてくれた童《わらわ》もそちらにいって寝てしまったようだ。小君はしばらく寝たふりをしてから、灯の明るいほうに屛風を広げ、薄暗い中、光君をそっと部屋に入れた。どうなることやら、愚かな失敗をするのではないかと思うと、やめたほうがいいようにも思えてくるが、小君に導かれて母屋の几帳を引き上げ、光君は静かに中に入ろうとする。けれどみんな寝静まっている夜更け、光君の立てる衣擦れの音が、やわらかい音だけにはっきりとそれとわかってしまう。

女は、光君があれきり自分のことを忘れてくれたらしいことを、これでよかったと思おうと努めていたが、不思議な夢を見ているようだったあの一夜が心に張りついて、落ち着いて眠ることができずにいた。昼はもの思いにふけり、夜は目が冴《さ》え、春の「木の芽」ならぬ「この目」も休まるときがなく、ため息ばかりついている。それなのに碁の相手をしていた西の対の女は、今夜はここに泊まらせていただきますと無邪気に言って横になり、ぐっすり眠ってしまったようである。

そこへ、衣擦れの音とともに、着物に焚《た》きしめられた香が漂ってきて、女は顔を上げた。暗いなか、一重の帷子《かたびら》だけが掛けてある几帳の隙間に、だれかが近づいてくるのがはっきりと見えた。なんということだろうと思い、どうしていいのかわからないまま、女はそっと起き出して生絹《すずし》の単衣《ひとえ》を羽織り、すべるようにその場を抜け出した。

部屋に入った光君は、女がひとりで寝ているのを見て一安心した。帳台の下に女房が二人寝ている。女が上に掛けている夜着をはぎとって寄り添うと、このあいだよりは大柄な感じがするけれど、まさか別人だとは思いもしない。あの時とは妙に違って、女は目を覚ます気配もない。ようやく別人だと気づいた光君は、なんたることだと不愉快になるけれど、ここで人違いだとまごつくのを見られるのも嫌だし、女も変に思うだろう、目当ての人をさがしあてようにも、こうまで逃げるのならば甲斐《かい》もない、そんな間抜けなことをするわけにもいかないと、あれこれ思う。この女がさっきの灯《ほ》影《かげ》に見えたうつくしい人ならば、それはそれでかまわない。

——と、こういうところが、感心できない軽率さと言いましょうか……。

女は次第に目を覚まし、まったく思いもしない展開に驚いている様子だが、思慮深いようにもたしなみがあるようにも思えない。男をまだ知らないにしてはませたところがあり、消え入りそうに恥ずかしがるふうでもない。光君は、自分の素性を明かすつもりはなかったのだが、なぜこんなことになったのだろうとこの女が後々考えた時、彼女とのことを気づいてしまうのではないか、と思った。そうなったとして自分はかまわないけれど、彼女がひたすら世間体を気にしていることを思えば、真相が知られるのは気の毒なことである。それで光君は、これまで何度も方違《かたたが》えにかこつけてここにやってきたことを話し、それもみなあなたが目当てだったのだとまことしやかに女に言って聞かせた。勘のいい女ならば察しもつくだろうけれど、ませているとはいえまだ若い女は、真相を見抜くことはなかった。この女もかわいくないわけではないが、これといって惹かれるところもなく、やはりあの小柄な女のつれなさを、光君はひどく恨めしく思う。

きっとどこかに隠れていて、こんな私を間抜けな男だと思っているのだろう。こんなに強情な女にはお目に掛かったことがないと思うと、ますます目の前の女に気持ちを移すことができず、彼女のことばかりを考えてしまう。女はとくに気にするふうもなく、無邪気で屈託がない。そんな様子はやはりいじらしく、光君は、心をこめて将来の約束をするのだった。

「きちんと夫婦の契りを結ぶよりも、こうして人目を忍ぶ間柄のほうが、いっそう情愛も深いのだと昔の人も言っています。あなたも同じように私を愛してくださいね。

私は人目を憚《はばか》らなければならない身の上で、思うまま自由に振る舞うわけにいかないのです。あなたのご両親も、こうしたことは許してはくれないでしょう。そう思うとつらくなります。私のことを忘れないで、待っていてくださいね」と、あたりさわりのない言葉を並べてみせる。

「人にどんなふうに思われるか気になって、私からお手紙を差し上げることなんてできません」と女は何ひとつ疑わずに言う。

「だれ彼なしに言いふらしては困るが、私は小君に手紙を持たせましょう。受け取ってもそんな素振りは見せないように」

光君は言い、あのつれない女が脱いでいったとおぼしき薄衣をさりげなく拾い、部屋を出た。

邸を出ようと、光君は近くに寝ていた小君を起こす。光君のことを気にしつつ眠りに就いた小君はすぐに目を覚ました。光君が妻戸をそっと押し開けると、「そこにいるのはだれです」と年取った女房が仰々しい声で咎める。面倒なことになったと思いながら、「ぼくだよ」と小君は答えた。

「まあ、こんな夜中にどうしてお出かけになるのです」と世話焼き顔で戸口に近づいてくる。ますますうるさく思い、

「なんでもないよ。ちょっと出るだけだよ」と言って、光君を戸から押し出そうとするが、隅々まで照らし出す明け方近い月の下、その影が見えたのだろう、「もうひとりいらっしゃるのはどなた」と訊き、「ああ、民部《みんぶ》のおもとですわね。なかなか立派な背丈ですもの」と言う。背の高いことでいつもからかわれている女房を小君が連れていると、すっかり勘違いしたらしい。「あなたもすぐに同じくらいの背丈におなりでしょう」などと小君に言いつつ、いっしょに出てこようとする。困ったことになったと小君は思うが、さりとて押し返すわけにもいかない。光君が渡殿の戸口に身を寄せて隠れると、この老女房もついてくる。

「おもとや、今夜は御前に詰めてらしたの？　私は一昨日からおなかをこわしてしまって、そりゃもうつらくて、部屋に下がっていたんだけれど、人が少ないからとお呼びになったので昨晩上がったんです。でもね、やっぱりとてもだめ」と、人違いをしたまま愚痴を言う。返事も待たず、「あいたたた、おなか、おなかが痛い、後でまた」と行ってしまった。

ようやく光君は脱け出すことができた。……やはりこんな忍び歩きはやめたほうがいいと、光君もきっと懲りたと思いますよ。

小君を車に同乗させて、光君は二条院に着いた。今夜どんなことがあったのかを光君は小君に聞かせ、「きみはまだまだ子どもだな」とけなすように言い、強情な女の心を恨んで親指と人さし指で爪弾《つまはじ》きをしている。そんな気の毒な思いをしたのかと、小君は何も言うことができない。

「きみのおねえさんはずいぶん私を嫌っているようだから、そんな自分が私もつくづく嫌になったよ。逢ってくれないまでも、やさしい返事くらいなぜしてくれないのだろうね。どうせ私は伊予介にも劣っているってことなんだろう」と、おもしろくなさそうに言っている。そうは言いながらも、さっき手にした小袿《こうちき》を夜着の下に入れて横になった。小君を添い寝させ、恨み言を言い、かと思うとやさしい言葉をかけたりもした。

「きみはかわいいけれど、あの冷たい女の弟なんだから、いつまで仲よくできるかわからないよ」などと真顔で光君が言うので、小君はつらくてたまらなくなる。

しばらく横になっているが、光君は眠れないようである。硯《すずり》を持ってこさせて、あらたまって手紙を書くのではなく、懐紙《ふところがみ》に手習いのように書きすさぶ。

うつせみの身をかへてける木《こ》のもとになほ人がらのなつかしきかな

(蟬《せみ》が抜け殻を残して去ってしまった木の下で、もぬけの殻のように衣を残していったあなたの人柄に、やっぱり心惹かれます)

小君はそれを懐に入れた。親しくなった西の対の女にも手紙を書かなければいけない、彼女だって音沙汰なしなら変に思うだろうと考えるものの、あれやこれや思い返して、小君に手紙を託すことはない。あの薄衣は小袿だった。忘れがたい人の匂いが染みついたその小袿を、光君はいつも肌身離さずにいる。

紀伊守の邸に小君が行くと、待ちかまえていた姉君がきつく小言を言う。

「とんでもないことをしたものですね。私はうまく逃れたけれど、何かあったのかと疑われるに決まっているでしょう。本当に困ったこと。あなたのそういう幼稚な考えなしを、あのお方はどう思っていらっしゃるやら」

あちらからもこちらからも小言を受けて、小君は居心地《いごこち》悪い思いをしながら、光君の手紙を取り出した。女はさすがに手に取って見入る。あのもぬけの殻の小袿は、伊勢の海士《あま》の捨て衣みたいに汗染みていなかっただろうかと思うと気が気ではなく、心は千々に乱れるのだった。

西の対の女も光君からなんの便りもないので、顔も上げられないような思いで自分の部屋に帰っていったのだった。今朝方のことはだれにも知られていないので、ただひとり、もの思いにふけっている。光君とのあいだを行き来している小君を見ると不安で胸が押しつぶされそうだが、いっこうに便りはない。

よもや人違いだったなどとは思いもしない女であるが、ませているだけに、今までは味わったことのない悲しみを覚えてもいる。つれない女のほうも、なんとか気持ちを抑えてはいるが、光君は軽い気持ちではなかったと知り、自分が昔の娘のままだったらどんなによかっただろうと詮方無いことを思う。思いがあふれ、光君から贈られた懐紙の端に、こんなふうに書いていた。

うつせみの羽《は》に置く露の木《こ》隠《がく》れて忍び忍びに濡《ぬ》るる袖《そで》かな

(空蟬《うつせみ》の羽についた露が、木陰からは見えないように、私の袖も、人目につかずにひっそり涙に濡れることよ)

夕《ゆう》顔《がお》

人の思いが人を殺《あや》める

だれとも知らぬまま、不思議なほどに愛しすぎたため、
ほかの方の思いが取り憑いたのかもしれません。

＊登場人物系図
△は故人

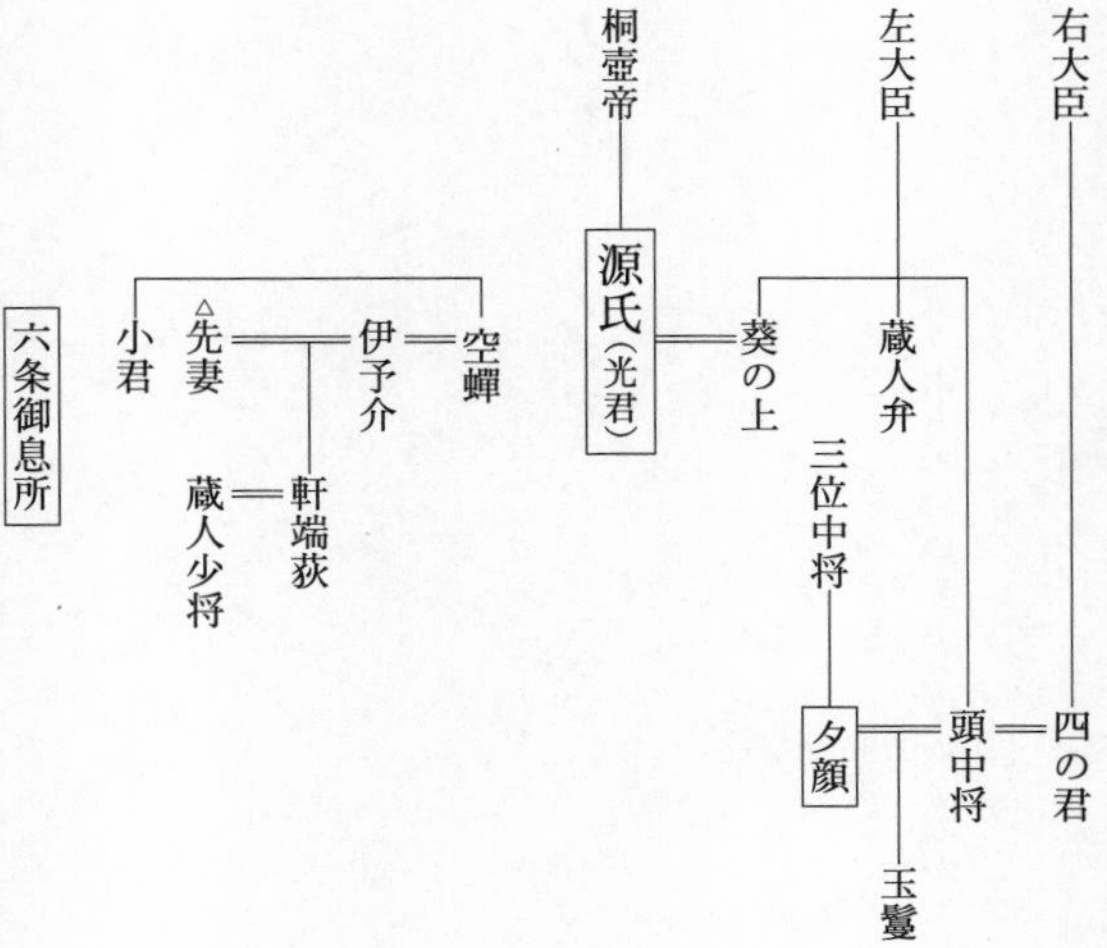
右大臣
四の君
左大臣
蔵人弁
頭中将
葵の上
三位中将
夕顔
玉鬘
桐壺帝
源氏（光君）
空蟬
伊予介
△先妻
軒端荻
蔵人少将
小君
六条御息所

光君《ひかるきみ》が六条あたりにお忍びで通っていた頃のことである。宮中から六条に向かう途中、乳母《めのと》を見舞うために五条にあるその家に立ち寄った。この大弐《だいに》の乳母は、重い病にかかって尼になっていた。

車のまま入れる正門は鍵が下ろしてあったので、光君はお供の者に、乳母の息子、惟光《これみつ》を呼びにやらせた。惟光を待っているあいだ、いかにもむさ苦しい大通りを眺めていると、乳母の家の隣に、檜垣《ひがき》をあたらしく作り、上部は半蔀《はじとみ》四、五間ほどつり上げて、真あたらしく涼しげな簾《すだれ》を掛けた家がある。簾の向こうにうつくしい額際をした女の影がたくさん透けて見える。こちらをのぞいているようである。立ち動いているようだが、ひどく高いところから額が見えるので、ずいぶん背の高い女たちばかりがいるように思える。どんな女たちが集まった家なのだろう、ずいぶん変わった家だ、と光君は眺めていた。

目立つことのないよう、車も粗末なものを使い、先払いの者にも声を立てさせなかったので、素性はばれるまいと気を許し、光君は少し顔を出して様子をうかがった。門も蔀《しとみ》を押し上げてあって、中がよく見える。庭も狭く、ものはかなげな住まいである。「世の中はいづれかさしてわがならむ行きとまるをぞ宿と定むる（古今集／この世のどの家をさして自分の居場所だと言えるだろう、たまたま行き着いたところを仮の宿とするばかりだ）」という古歌を思えば、こんな小さな家も、寝殿造りの玉の台も同じことだ、と光君は考える。

粗末な板塀に、青々と茂った蔓草《つるくさ》が覆っている中、白い花がひとつ、笑うように咲いている。この花はなんだろうと思った光君が、

「うちわたす遠方人《をちかたびと》にもの申すわれそのそこに白く咲けるは何の花ぞも（古今集／遠くにおられる方にお尋ねします、その白く咲くのは何の花かと）」という古歌から、「遠方人《おちかたびと》にもの申す」とひとりつぶやくと、お供をしていた随身《ずいじん》がすっとひざまずき、

「白く咲いておりますのは夕顔と申します。花の名前はいっぱしの人間のようでございますが、こうしたみすぼらしい垣根に咲く花でございます」と言う。

そう言われてみれば、ちいさな家ばかり集まったむさ苦しいこの界隈《かいわい》のあちこちに、みじめに傾いた軒にも蔓をのばし、這《は》いまつわるように白い花が咲いている。

「かわいそうな運命の花なんだね。一房折ってきてくれないか」

と光君が言い、随身は蔀を押し上げてある門に入って花を折った。粗末ながらも洒落《しやれ》た引き戸口に、黄色の生絹《すずし》の単衣袴《ひとえばかま》を長めにはいた、かわいらしい女童《めのわらわ》が出てきて、随身を招き入れる。深く香を焚《た》きしめた白い扇を差し出し、

「これにお花を置いて差し上げてください。手で提げると恰好《かっこう》のつかない花ですから」と言う。

随身は、ちょうど乳母の家から出てきた惟光に、その扇と花を渡し、光君に届けさせる。

「鍵をどこかに置き忘れまして、不都合なことでございます。あなたさまをどなたかとお見分け申すことのできる者もおりません界隈ですが、ごみごみした通りに車を停めさせてしまって」と惟光は光君に詫《わ》び、車を門の中に引き入れた。

大弐の乳母の子である惟光は、兄の阿闍梨《あじやり》、乳母の娘と娘婿である三河守《みかわのかみ》などが集まっているところへ、折良く光君が立ち寄ってくれたことを心からよろこび、礼を言う。大弐の乳母も起き上がり、

「今さら惜しくもないこの身ではございますが、尼になるのをためらっておりましたのは、こうして以前と変わった姿をあなたさまにご覧に入れるのを残念に思っていた

からでございます。出家して戒《かい》を受け、その御利益で生き返りまして、こうしてお見舞いにいらしてくださったお姿を拝見できましたから、今はもう阿弥陀仏《あみだほとけ》のお迎えも、心残りなくお待ち申せましょう」などと言い、さめざめと泣いている。

「近頃ご病気が思わしくないと聞いて、いつも心配しておりましたが、こうして世を捨てた尼のお姿になってしまったのは悲しいです。どうか長生きをして、私が出世するのを見届けてください。その後で、極楽浄土の最高位に、なんの差し障ることもなく生まれ変わってください。この世に少しでも執着が残るのは、よくないことだと聞いていますから」と、光君も涙ぐむ。

乳母という、お世話する子ならだれでもだいじに思うような人は、どんなに不出来でも立派な子だと思いこむものだが、まして、相手は欠点のない光君である。お世話した自分の身も誇らしく思っていた乳母は、光君からそんな畏れ多い言葉をかけてもらい、ひとしきり涙に暮れた。子どもたちはそんな母親を見苦しく思い、

「いったん捨てたこの世にまだ未練があるように、泣き顔を隠しもせずお目に掛けていらっしゃる」と、つつき合い、目配せをし合っている。光君は乳母をしみじみいとおしく思い、

「私がまだ幼い頃、かわいがってくれるはずの母も祖母も亡くなってしまって、世話

をしてくれる人はたくさんいたようですが、私が心から親しく思える人はあなただけでした。大人になってからは、子どもの頃のように、朝に夕にとそうしょっちゅう顔を合わせることもできず、思うように訪れることもできませんでしたが、やっぱりずっと会えないでいると、心細くなります。もうこのままずっと会えないなんてことがありませんようにと、願っています」

と、心をこめて話しながら袖で涙を拭う。その袖の香りが部屋いっぱいに満ちている。母を見苦しいと思った子どもたちも、なるほどいかにも考えてみれば、光君を育てたこの母は並々ならぬ幸運な人なのだと思い、もらい泣きをするのだった。

加持祈禱《かじきとう》をふたたびはじめるようにと言い残して、光君は乳母の家を出ようとし、惟光に紙燭《しそく》を持ってこさせて先ほどの扇を見た。長く使いこまれ、かぐわしい移り香が漂う扇に、うつくしい字で書き流してある。

心あてにそれかとぞ見る白露の光そへたる夕顔《ゆふがほ》の花

（当て推量ですが、源氏の君かとお見受けします。白露の光にひとしおうつくしい夕顔――夕影に光輝くそのお顔は）

だれとわからないように変えてあるその筆跡も、気品があり、奥ゆかしい。みすぼらしい家なのに、ずいぶんと気の利いた人が住んでいるのだなと感心し、光君は惟光

に、

「この西隣の家はどんな人が住んでいるのか、耳にしたことはないの」と訊《き》いた。

ああ、いつもの厄介な癖がはじまってしまった……と思いながら、

「この五、六日、こちらにおりますが、病気の母が心配で看病に追われておりましたから、隣のことは訊く余裕もありませんでした」と惟光はそっけなく答えた。

「私のことをしょうがない人間だと思っているんだね。でも、この扇については調べてみなければならないわけがありそうだよ。このあたりの事情を知っている人を呼んで、訊いてみてくれないか」

そう光君に言われ、惟光は家に戻り、管理人を呼んで訊いてみた。

「さる揚名介《ようめいのすけ》（地方の次官）の家でございました。夫は地方に行っていて、妻君は若く派手好きな人で、その姉妹が宮仕えをしていて、しょっちゅうやってくるそうです、と管理人が申しておりました。召使いなので、そうくわしくはないようですが」と惟光は聞いたことを伝える。

それではその宮仕えをしている姉妹だったのか、得意げに、ずいぶん馴《な》れ馴《な》れしく詠みかけてきたものだ……相手にするべくもない身分の低い女なのだろうと思いはするが、この私宛てに歌を贈ってきた気持ちはうれしく、無視するわけにもいかない。

……などと考えるのは、いつものこととながら、女のこととなるとじっとしていられない性分であるようで……。

懐紙《ふところがみ》を出し、まるきり筆跡を変えて、

寄りてこそそれかとも見めたそかれにほのぼの見つる花の夕顔《ゆふがほ》

（もっと近くに寄ってだれなのか確かめたらいかがでしょう、夕影の中、ほのかにご覧になった夕顔を）

と書きつけ、先ほどの随身に持たせた。

この夕顔の家の女たちは源氏の姿をまだ見たことはなかったが、はっきりと察しのつくほど高貴な横顔を見て、ついいきなり歌を詠みかけてしまったものの、返事もなく、ばつの悪い思いをしていたところにわざわざ返歌があったものだから、「どうお返し申したらいいかしら」などと調子に乗って言い合っている。身の程知らずもいいところだと、随身は渡し終えるとさっさと引き上げた。

一行は、先払いの松明《たいまつ》も目立たないようにして、乳母の家からこっそりと出発した。西隣の半蔀はすでに下ろしてある。その隙間から灯火がちろちろと漏れている。蛍の光よりいっそうかすかで、ものさびしげに見える。

目当てである六条の邸《やしき》に着いた。木立や植えこみなど、格段に趣深く、ゆったりとした優雅な暮らしぶりがうかがえる。光君を迎える女君は近寄りがたいほど気品に満ち、光君は先ほどの夕顔の家などすっかり忘れてしまう。

翌朝、少しばかり寝過ごした光君は、日が上る頃に邸を出た。朝の光の中で見るその姿は、世間の人が賞賛するのも無理からぬうつくしさである。

今日もまた、夕べ通った蔀戸の前を通る。今までも通っていたはずの道だけれど、昨日のささいなできごとが気に掛かり、どんな人が住んでいるのだろうと前を通るたび思うようになった。

数日後、惟光が光君の元に参上した。

「病人がまだよくなりませんで、何かと看病いたしております」などと言ってから、光君の近くに寄ってささやく。「仰せになられました通り、隣の家のことを知っている者を呼んで尋ねましたが、はっきりしたことは申しません。ごく内密に、五月頃から同居している方がいるようですが、どこのどなたなのかは、西の家の者たちにも知られないようにしているとのことです。時々私は垣根越しにのぞいてみますが、確かに若い女たちの透影《すきかげ》が見えるのです。上裳《うわも》のようなものを申し訳程度に引っかけていますから、仕えている女主人がいるのでしょう。昨日、狭い家の隅々まで夕陽が照らしている時に見てみますと、その主人らしい女性が手紙を書いているのが見えました。

じつにおうつくしい方でございました。どことなくさみしそうで、そばに仕える女房たちも声を抑えて泣いているのがはっきり見えましてね」

光君は穏やかにほほえみ、その女が何者か知りたいものだと思う。

軽はずみなことはできない身分でいらっしゃるけれども、君はまだお若いことだし、女たちも放っておけないほどの美貌なのだから、あんまり色恋と無縁の堅物でももの足りないし、だいいち風情《ふぜい》がない、色恋なんて不相応だと世間が思うような身分の低い者だって、女のこととなれば心は動いてしまうのだから……と、惟光は考え、口を開く。

「もしかしたら、何かわかることがあるかもしれないと存じまして、ちょっとしたきっかけを作って、女房に文《ふみ》を送ってみました。すると書き慣れた筆跡で、すぐに返歌を寄越してきましてね。なかなか捨てたものではない若い女房たちがいるようですよ」

「じゃあ、もっと近づきになってくれ。正体がわからないままではつまらないもの」

と、光君はまたしても命じた。

かつて話に出た、頭中《とうのちゆう》将《じよう》が相手にもしなかった下《しも》の下《しも》の者の家ながら、意外にもその奥にはうつくしい人がいるかもしれないと思うと、光君の気持ちは弾んでくるのだった。

さて、かの空蟬《うつせみ》のことも光君は忘れていなかった。あの強情な女が、ほかの多くの女たちと同じように素直に言うことを聞いていたなら、気の毒ではあるが出来心からの過ちだと忘れてしまっただろう。けれど、ふられたままで終わりそうだからよけいに気に掛かる。これまで、こんな身分の女のことまでは考えることもなかったのに、先だっての雨夜の品定め以来、いろいろな階級の女を知りたいと思うようになった光君は、ますます興味を抱くようになったのだろう。

疑うことなく、次の逢瀬《おうせ》を待っているだろうもうひとり、西の対の女を、かわいそうだと思わないこともない。けれどもあのつれない女が何食わぬ顔で彼女とのやりとりを聞いていたのかと思うと気恥ずかしくて、まずはあの女の本心を見極めてから……などと考えているうちに、伊予介《いよのすけ》が上京してきた。

伊予介は何はさておき、まず源氏の邸《やしき》に挨拶に上がった。舟旅のせいで少し日に焼けて、旅疲れの出ているその姿はでっぷりとして見映えが悪い。けれど伊予介はそうとうな血筋の者で、年を取ってはいるけれども整って立派な容貌をしており、こぎれいで、並々ならぬ風格の感じられる男である。彼の話す任国のみやげ話に耳を傾けながら、伊予の湯桁《ゆげた》はどうかと尋ねてみたくなるが、伊予介の顔をまともに見ることができずに、光君は後ろめたい気持ちになった。

真面目な年長者を前にして、こんな気持ちになるのはまったくよろしくない、いけないことだと光君は思う。こういう人妻との情事こそ、あってはならない不祥事だ。妻の不実は夫の恥だという、馬頭《うまのかみ》の話を思い出し、あの女の冷淡さは恨めしいけれど、この夫のことを思えば、妻として殊勝な態度だと言わざるを得ない、などと考える。

伊予介は、娘は適当な人を見つけて嫁がせて、妻を任国へ連れていくつもりだと言い置いて帰った。とたんに光君は矢も盾もたまらなくなって、もう一度彼女に逢《あ》えないものかと小君《こぎみ》に話を持ちかける。

よしんば心の通い合った相手だったとしても、お忍びで来るのは難しい。まして女のほうでは、自分なんて分不相応なのだから、未練たらしく待つのも見苦しいときっぱりあきらめている。それでも、まるきり光君に忘れられてしまうのはあまりにもつらい、という気持ちから、折々には真心をこめて返事を書いてはいた。さりげない文面ながら、妙に魅力的で、心に残る言いまわしもあり、光君はやっぱり女を恋しく思ってしまう。冷淡さが癪《しゃく》に障るけれど、忘れることができないのである。もうひとりの女は、もし夫がちゃんと決まったとしても、これまで同様心を交わしてくれそうだったので光君は安心していた。婿取りの話がいろいろと聞こえてくるけれど、それで心が乱されることはなかった。

いつしか季節は秋になっていた。

だれのせいでもない、自身の恋のせいであれこれともの思いにふけることが多く、光君が左大臣家に行くのも途絶えがちになり、左大臣家では恨めしく思っていた。六条の女君にしても、熱心に口説いていた頃のような気持ちには戻れずに、あたりさわりのない扱いしかできずにいては、女君も不憫《ふびん》である。

……関係を持つ前に執心したように、何がなんでも逢いたいという一途《いちず》な気持ちが消えたようなのは、いったいどういうことなのでしょう。

六条の女君は、何についても深く思い詰める性分だった。年齢も自分のほうがずいぶん年上で、そもそも不釣り合いなのだし、もし二人の噂《うわさ》が世間の人の耳に入ったらいったいどんなふうに言われるか。光君が逢いにこないさみしい夜に、ふと目を覚まし、女君はいっそうくよくよと思い悩んでは、悲しみに打ちひしがれるのだった。

霧の深いある朝のことである。暗いうちに帰るようにしきりに急《せ》かされ、眠たそうにため息をつきながら帰っていく光君の姿を、女主人にひと目見せたいと思ったのか、女房の中将の君は格子《こうし》を一間だけ上げて几帳《きちょう》をずらした。六条の女君は頭をもたげて外を眺めやる。色とりどりに花の咲き乱れている植えこみを、光君はしばらく眺めている。その姿は、類いまれなほどのうつくしさである。車に乗るため廊に向かう光君を、中将の君が送っていく。季節にあった紫苑色《しおんいろ》の表着《うわぎ》に、薄絹の裳《も》をすっきり結んでいる腰つきも、しなやかで優美である。光君は中将の君をふり返り、隅の間の高欄《こうらん》に座らせた。彼女の、たしなみのあるかしこまった態度や、黒髪の下がり具合も、さすがに気品があると光君は思う。

「咲く花にうつるてふ名はつつめども折《を》らで過ぎうきけさの朝顔《あさがほ》

（咲く花に心を移すと噂されないか気になるけれど、手折《たお》って我がものとせずにはいられない今朝のうつくしい朝顔）

あなたをどうしたらいいかな」

と、中将の君の手をとって光君は言うが、彼女はあわてることなく慣れた様子で

朝霧のはれまも待たぬけしきにて花に心をとめぬとぞ見る

（朝霧が晴れるのも待たずにお発《た》ちになるご様子で、花——ご主人さまにお心をお留めなさらないのですね）

と、うまく女主人のことにすり替えて歌を返す。

かわいらしい使いの少年が、洒落た身なりをして、指貫《さしぬき》の裾を露に濡《ぬ》らして花の中

に分け入り、朝顔を折っている様は、絵に描いたようにみごとなうつくしさである。とくべつな関係がなくとも、その姿をちらりと見ただけで、光君に心を奪われない者はいない。情緒など解さない山暮らしの田舎者でも、休憩するなら桜の木の下を選ぶように、光君の、文字通り光り輝く姿を見た人はそれぞれの身分に応じて、かわいがってきた娘を嫁がせたいものだと思い、また年頃の妹を持つ兄は、下仕えでもいいから光君のお邸に使っていただきたいと願うのだった。

ましてこの中将の君のように、折々にふさわしい歌を贈られ、光君のやさしい人柄に触れてしまうと、わきまえのある女であればなおのこと、光君をたいせつに慕わずにはいられない。お忍びで女主人のところにやってくるのではなく、朝も夜もゆっくりしていただけたらどんなにいいだろうともどかしく思っているようである。

それはそうと、あの惟光《これみつ》がまた報告にやってきた。頼まれていたのぞき見の件を、じつにくわしく調べてきたようである。

「西の家の女主人がどこのだれであるのか、まったくわからないのです。ずいぶんと慎重に、人目を忍んで隠れているようですよ。若い女房たちは退屈なのか、大通りに車の音がしますと、母屋の邸《やしき》から、例の半蔀《はじとみ》のある長屋に揃《そろ》ってやってきては、おもてをのぞいて見ているのですね。そんな時に、この女主人もいっしょに見にくることもあるみたいです。ちらりと見ただけですが、顔立ちはじつにかわいらしい。先日、先払いの者が声をかけながら、牛車《ぎっしゃ》を走らせていったんですが、それを見ていた童女《わらわめ》が、『右近《うこん》の君、早くごらんなさいませ、頭中《とうのちゅう》将《じょう》殿がお通りになられますよ』と言っているのです。すると中から、様子のいい女房が『しっ、静かに』と手で制しつつ、『どうして中将さまとわかったの。どれ、私も見てみよう』と言いながら出てきたのですよ。ところが、母屋から長屋に渡してある、打橋《うちはし》のような板を急いで渡ろうとしたものだから、着物の裾を引っかけて、よろよろと倒れて打橋から落ちそうになってしまったのです。『まあ、葛城《かずらき》の神さまったら、危なっかしく橋を架けてくれたものだわね』なんてぶつくさ言いながら、のぞき見る気もなくしたようです。それにしても、醜いことを気にして、昼は働かず夜しか働かない葛城の神が中途半端に架けた岩橋の伝説が、そんなふうにぱっと口をつくのですからたいしたものです。しかもこの童女が、『お車の中の中将殿は、御直衣《おのうし》姿で、御随身《みずいじん》たちもおりました。だれとだれがおりましたよ』なんて、証拠を挙げるみたいに、頭中将の随身や小舎人童《こどねりわらわ》たちを数え上げるのですよ」

それを聞いて光君は、

「それはその車を見届けたかったものだな」と言い、雨夜の品定めを思い出す。あの時頭中将は、行方不明になった忘れがたい女がいると話していたが、西の家の女主人はその女ではないだろうか、などと思うのである。そうするとますます女のことを知りたくてたまらなくなる。そんな光君の様子を見て、惟光は続ける。

「その西の家の女房を、私自身もうまく口説いておりまして、家の様子もすっかりわかってきたんですが、女房のひとりと見せかけて、ほかの女房たちとまるで仲間うちみたいに親しく話している若い女がいるのです。うまく隠しおおせているつもりのようですが、ときどきちいさな童《わらわ》なんかが、うっかりご主人さまに話しかけるようにていねいな言葉遣いをしてしまうのですが、それをなんとか取り繕って、ご主人さまなんていないかのようにごまかしているんですなあ」と、惟光は笑った。

「また尼君のお見舞いにいく時にでも、私にものぞかせておくれよ」と光君は言う。

仮住まいだろうけれども、ああいう家こそが、雨夜の品定めの時に頭中将が軽んじていた下《しも》の家々なのだろう。けれどその中に意外にもすばらしい女が隠れているかもしれないと、光君は期待せずにはいられないのだった。

惟光は、光君の言いつけならばどんな些細《ささい》なことも背くまいと思ってはいるが、もともと、自分自身もしたたかな好き者なので、あれこれ熱心に立ちまわって、ようやく光君が通う段取りにこぎつけたのである。

このあたりのことは、くだくだしくなるのでいつもの通り省くことにします。この女がどこのだれともわからないままなので、光君は自分も素性を明かさず、この女の元に通うようになった。ひどく粗末な身なりで、いつもとは違って熱に浮かされたように女の元に通い詰める。これはずいぶんなご執心だと思った惟光は、自分の馬を光君に譲り、

「こんなみすぼらしい姿で歩いているのを、あの家の者たちに見られてしまったら、なんともつらいものですな」とこぼしながら、徒歩でお供した。

このことをだれにも知られたくない光君は、以前、夕顔の取り次ぎをした随身と、先方に顔を知られていないはずの童をひとりだけ連れて、女の元に行くのだった。万が一にも感づかれてはいけないからと、隣の乳母《めのと》の家に立ち寄ることもしない。

女もさすがに不思議に思い、光君からの使いの跡をつけさせたり、夜明けに君が帰る時の道筋をさぐらせたり、住まいを突き止めようとするが、光君はいつもうまく彼らを撒《ま》いていた。そのくせ、逢わずにはいられないほど相手の女に惹《ひ》かれていた。こんな粗末ななりでお供もつけずに通うとは、貴人としてあるまじきことと苦しく思いながらも、気持ちとは裏腹に光君の足は女の元へ向かうのである。

恋をすれば、真面目な男でも我を失うこともある。光君は、そんなふうにみっともない失態だけは演じまいとずっと自重し、今まで世間から非難されるような振る舞いをしたことはなかった。それが今度は奇妙なことに、今別れてきたばかりの朝でも、日が暮れればすぐ逢える昼でも、女に逢いたくて気が気ではなく、苦しいほど女のことを考えてしまう。なんとももの狂おしく、こんなに夢中になるほどの恋ではないと気持ちを静めようとしてみる。女は、なんとも言えず素直でおおらかではあるが、思慮深いわけでもなくしっかりしているわけでもない。まったく初々しい少女のようでいて、しかし男女のことを知らないわけではない。それほど身分の高い姫君というわけでもない。この女のいったいどこにこれほど惹かれてしまうのかと、光君はくり返し考える。

光君は従者が着るような粗末な狩衣《かりぎぬ》を着て、顔も隠して、夜が更けて人が寝静まるのを待ってから出入りしている。まるで昔話によく出てくる化けものじみていて、女は気味が悪くなるが、しかし、暗闇の中で触れると、その手触りで、男が並の男ではないことがはっきりとわかるのである。

いったいどこのどなたさまなのかしら、やっぱりあの浮気男があれこれ手引きをしたに違いないわ、と惟光を疑うが、惟光はしらを切り、とんでもないとでも言いたそうに、自分の恋に夢中になっているふうなので、どういうことなのか女にはさっぱりわからない。そんなわけで女は、ふつうの恋とはまったく違う悩みに取り憑《つ》かれ、男のことを思うのだった。

心を預けてくれたように見えるこの女が、あるときふいに行方をくらましてしまったらどうしよう、と光君は考える。どこをさがしていいものやら、見当もつくまい。今の住まいはどう見ても仮の宿としか思えない、だからいつどこへ移ってしまうか予想することもできない。追いかけようとして見失ってしまい、それきりあきらめがつくのならば、その程度の気まぐれな恋として忘れられようが、そんなふうに終えられるようには思えない。

人目を気にして女の元に行くことのできない夜は、辛抱できず、恋しくて苦しくすらなってくる。もういっそ、素性もわからないまま女をこの二条院に迎えてしまおう、と光君は決意する。世間に知られれば非難もされようが、こうなるめぐり合わせなのだ、こんなにも女に心を奪われたことなど今までなかったのに、自分たちにはいったいどんな深い宿縁があるのだろうと思わずにはいられない。

「どこか、人の目を気にしないでいいようなところに行って、ゆっくりお話ししたいものだね」

光君はそんなふうに女を誘ってみた。

「でも、やっぱり心配です。そんなふうにおっしゃいますけれど、ふつうとは思えないお扱いですもの。私はなんだかおそろしいような気持ちです」

女はそんな子どもっぽいことを言い、それもそうだと光君はつい笑う。

「そう、私たちのどちらが狐《きつね》なのかな。ただ黙って私に化かされていてくれませんか」

とやさしく言うと、女はすっかりその気になって、それでもいいと思っているような様子である。どんな妙なことでも、黙って聞き入れようとするその心がいとしく、なんとかわいらしい人なんだろうと光君は思う。そう思ったとたんに、やはりこの女は、頭中将が話していた常夏《とこなつ》の女ではあるまいかと疑念も抱く。しかしそうだったにしても、秘密にしているのは何かわけがあるからだろうと、光君は女にとりたてて訊き出そうとはしなかった。

今のところ、拗《す》ねて行方をくらますような女には思えないけれど、もしかしてしばらく訪ねずに放っておいたら、そんなことにもなるのかもしれない。こんなにも一途に思いこんでしまう恋よりも、ちょっと飽きて夜離《よが》れをしたくらいのほうが、この女のひたむきさをもっと感じられて、恋は深まるかもしれない……、などと、光君はそんなことまで考える。

今宵八月十五日。夜、さえざえと夜を照らす中秋の満月の光が、隙間の多い板葺《いたぶ》きの家のあちこちから射《さ》しこんでいる。光君には、見慣れない暮らしの様子も興味深い。そろそろ夜明けも近いらしく、目を覚ました隣近所の男たちの野太い声が聞こえてくる。

「まったく寒くてたまんねえな」

「今年はもう米の出来もよくはねえし、田舎に買い入れにいくのもあてにならねえ、確かに心細いな。北隣さんよ、聞いてんのかい」

などと言い交わしている。それぞれの、細々とした暮らしのために早くから起き出して、気ぜわしく男たちが立ち働いている、その様子が間近に聞こえるのを女は内心恥ずかしく思っていた。もし体裁を気にする気取り屋の、いいところばかり見せたがる見栄っ張りだったら、消え入りたくなったことだろう。けれども女は恥ずかしさなどおくびにも出さず、恨めしいことも嫌なことも決まり悪いことも気に病むまいとして、のんびりと優雅にかまえている。隣の家から聞こえてくるあけすけな会話の意味も、じつのところ女にはよくわからないのである。そんな女の様子は、恥ずかしがって赤くなったりするよりは、光君にはかえって感じよく思えた。

ごろごろと雷よりもおそろしい音が枕元のすぐ近くで響く。臼で米をついている音だが、そんな物音を聞いたこともない光君は、この異様な音が何かもわからずに、あうるさいとこれには閉口する。……こんな具合にごたごたと雑多なことばかりが多いのです。

布を打つ砧《きぬた》の音が、かすかながらあちこちから聞こえ、空を飛ぶ雁《かり》の鳴き声がそれに重なり、もの悲しい秋の情趣をことさらにとり集めたようで、人恋しさを募らせる。光君の泊まっている寝室は庭に面していたので、引き戸を開けて女とともに外を眺める。ちいさな庭に、洒落た淡竹《はちく》が見え、植えこみの葉の先では露の光がきらめいている。光君の住む広大な邸ではこんなに近くで聞いたことのないこおろぎが、まるで耳のすぐそばでやかましく鳴いているのが光君には珍しくて味わい深い。

……女への愛の深さゆえ、なんでもかんでも味わい深くなってしまうのでしょうね。

夕顔の、白い袷《あわせ》に、着慣れた薄紫の表着《うわぎ》を重ねた、華美とはいえないその姿が、華《きゃ》奢《しゃ》で愛らしく、ほかの女よりとくべつどこが抜きん出ているというわけではないけれど、線の細いたおやかな彼女が何か一言言うだけでも可憐《かれん》に思え、ただもう君はいとしく感じるのだった。欲を言えば、もう少し気取ったところがあってもいいのにとは思うが、それでももっとこの人を知りたい、もっと気兼ねなくいっしょにいたいと光君は考えて、言った。

「ねえ、この近くにもっとくつろげる場所があるから、そこに行こう。そこで夜を明かそう。こんなところでしか逢えないなんてたまらないもの」

けれども彼女は、

「どうしてそんなことをおっしゃるのですか。あんまりにも急ですわ」とおっとり返事をして、動こうともしない。

この世ばかりでなく来世までいっしょにいると光君が誓うと、女は信じ切って素直に感動している。その様子が、男女のことに慣れた女とは違って初々しく、恋愛に長《た》けた女には思えない。光君は思いが高じて、人の目を憚《はばか》る余裕もなくなり、女房の右近を呼んで話をつけ、随身にも声をかけ、車を縁側まで引き入れさせた。この家の女房たちも、不安ではあったが、光君の気持ちがいい加減なものではないことだけはわかるので、だれとも知れないこの男を信頼しきっているのである。

夜明けも近づいた。暁を告げる鶏《とり》の声は聞こえず、祈りを捧《ささ》げる年寄りじみた声が聞こえてくる。御嶽《みたけ》に参籠する前に、千日の行である御嶽精進《みたけしようじん》を続けているのだろう。仏前に額をついているようだが、立ったり座ったりするのもつらそうである。こうして一日に何千回も、立っては仏の名を唱え、座っては礼拝する勤めを続けていると思うと、光君は老人をあわれだと思った。夕にはあとかたもなく消えてしまう朝露のような人生なのに、何をそんなに欲張って我が身の利益を祈るのだろう。けれど「南無《なむ》当来導師《とうらいどうし》」と弥勒菩薩《みろくぼさつ》を熱心に拝んでいる声を聞き、「ほら、聞いてごらん。現世利益かと思ったら、そうではない、あの人も今世ばかりとは思っていないようだ」と言い、詠む。

優婆塞《うばそく》が行ふ道をしるべにて来《こ》む世《よ》も深き契《ちぎ》り違《たが》ふな

（修行する人の仏の道に従って、来世でも、二人の深い約束に背かないでくださいね）

長恨歌《ちょうごんか》にうたわれる玄宗《げんそう》皇帝と楊貴妃《ようきひ》の例では縁起が悪いので、死んだら比翼《ひよく》の鳥に生まれ変わろうとは言わず、弥勒菩薩があらわれるはるか先の未来を持ち出して約束するのである。そんな遠い未来への約束はいかにも大げさなのだけれど、女は、

前《さき》の世《よ》の契り知らるる身の憂さにゆくすゑかねて頼みがたさよ

（前世の宿縁のせいでこんなにつらい身の上であることを思うと、未来のことも頼みにできそうもありません）

といかにも心細い返歌をする。

沈むのをためらう十五夜の月みたいに、行き先もわからないまま出かけるのをため

らう女に、あれこれと言い含めているうちに、月は雲に隠れ、空がゆっくりと白んでいく。人目につくほど明るくならないうちにと、光君は急いで先に出て、軽々と女を車に乗せてしまう。女房の右近もあわてて付き添い乗りこんだ。

そのあたりに近い、とある家に着いた。管理人を呼び、光君は荒れ果てた庭を眺める。門には忍草《しのぶぐさ》が生い茂り、木立も鬱蒼《うつそう》として薄暗い。朝霧も深く、車の簾《すだれ》を上げただけで、着物の袖がびっしょりと濡れるほどである。

「こんなふうなことをするのははじめてだけれど、いろいろ気苦労が多いものだね。

いにしへもかくやは人のまどひけむわがまだ知らぬしののめの道

(昔の人もこんなふうに心を惑わせたのだろうか、私が今まで知らなかった明け方の恋の道を)

あなたは経験がありますか?」

光君にそう訊かれた女は、恥ずかしそうに、

「山の端《は》の心も知らでゆく月はうはの空にて影や絶えなむ

(行く先もあなたのお気持ちもわからないのに、あなたを頼りについてゆく私は、山に沈もうとする月のように、空の途中で消えてしまうのかもしれません)

心細いです」

と、ひどくこわがって、気味悪そうにしている。あんなに立てこんだところに住んでいるからそんなにこわがるのだろうと思うと、なんだかおかしかった。

車を門の中に入れ、西の対《たい》に御座所《おましどころ》を用意させるあいだ、牛車《ぎっしゃ》の牛を外し、その轅《ながえ》を欄干に引っかけて車を停め、庭で待った。女房の右近は、ひとりはなやいだ気持ちになって、今までの姫君の恋愛についてつい思い出す。管理人が懸命になって世話に走りまわる様子を見て、姫君の元に通うこの男君がだれなのか、右近にははっきりとわかったのである。

ぼんやりほのかに周囲が見える頃、光君は室内に入った。急いで準備した御座所ではあるけれど、こざっぱりと整えられている。

「お供にちゃんとした人も付いていらっしゃらない。不用心なことですな」と言う管理人は、光君と親密な下家司《しもげいし》で、二条院にも出入りしている者だった。「どなたか、お付きするように呼びましょうか」と、右近に取り次がせて尋ねるが、

「わざわざひとけのない隠れ家をさがしたんだよ。おまえの胸におさめて、ぜったいに他言は無用だよ」と、光君にかたく口止めされた。

管理人は、朝食にと急いで粥《かゆ》の用意をしたが、配膳する人の手も足りない。女を連

れ出してくるなど、はじめての経験である光君は、そんなことも気にせずに「二人の仲はいつまでも……」と語らうことに余念がない。

日が高くなる頃に起き出して、光君はみずから格子《こうし》を上げた。庭はひどく荒れていて、人影もなく、遠くまで見渡せるほどだ。木立は気味の悪いほど古びていて、前庭に植えられた草木もうつくしいとはいえず、ただ荒れた秋の野である。池も水草で埋まり、不気味ですらある。別の棟に管理人一家が住んでいるようだけれど、そこはずいぶん離れている。

「薄気味が悪いところだな。でも、鬼でも私なら見逃してくれるだろうね」

光君はまだ顔を隠していたが、そのことを女が不満に思っているようなのに気づく。こんなに深い仲になってもまだ隠し続けているのも確かに不自然だと光君は思う。

「夕露《ゆふつゆ》に紐《ひも》とく花は玉鉾《たまぼこ》のたよりに見えしえにこそありけれ

（夕べの露に花開くように、こうして紐をといて顔を見せるのも、通りすがりの道で会った縁ゆえですね）

露の光を近くに見て、さあ、いかがですか」

と言う光君に女はちらりと目をやり、

「光ありと見し夕顔《ゆふがほ》のうは露《つゆ》はたそかれどきのそら目なりけり

（光り輝いていると思った夕顔の花の露は、夕方の見間違いでございました）」と細い声で言う。見間違いとはおもしろいと光君はひいき目に思う。心からくつろいでいる光君の姿は、物の怪《もののけ》が棲《す》みつきそうな荒れ果てた場所だけに、何か不吉に感じられるほどうつくしい。

「いつまでも名前を教えてくれないのがつらいから、私もこれまで隠していた顔をこうして見せたんだ。あなたももう名前を教えてくださいな。どこのだれとも知れないのは、なんだか気味が悪いから」光君は言うが、

「海士《あま》の子なれば」と女は甘えた様子で答えない。

「白浪の寄するなぎさに世を過ぐす海士の子なれば宿も定めず（和漢朗詠集／白浪の寄せる渚《なぎさ》に暮らす、家も定まらないいやしい身分で、名乗るほどのことはありません）」を女が引いたのに対し、「海士の刈る藻に住む虫のわれからとねをこそ泣かめ世をば怨《うら》みじ（古今集／海士の刈る藻につく『われから』という虫の名のように、自分のせいだと泣こう、世を怨まずに）」から、ならば「ワレカラ（私のせい）だね」などと恨み言を言ったり、仲睦《むつ》まじく語り合ったりして、二人は時を過ごした。

惟光が光君をさがしあて、果物や菓子を届けさせた。ここで顔を出すと、やっぱりこうなったのは惟光の手引きかと右近に文句を言われるに違いないと思い、光君に近

づくのはやめておいた。それにしても、女を連れ出して隠れ家にこもるほどの入れあげぶりが惟光には興味深く、光君をここまで夢中にさせるとは、いったいどれほど魅力的な女なのだろうと考えずにはいられない。自分がその気になればきっと我がものにできたろうけれど、光君にお譲り申したのだから、我ながらたいした度量の持ち主であるわい、などと不埒《ふらち》なことまで考える。

静まり返った夕方の空を光君は眺める。家の奥のほうを女が気味悪がっているので、廂《ひさし》と簀子《すのこ》のあいだにある簾を上げて寄り添った。夕暮れのほのかな明るさに浮かぶ互いの顔を見つめ合う。こんなことになるなんて思いもしなかったけれど、すべての嘆きの種を忘れ、だんだん心を開いて打ち解けてくる女が光君にはいとおしかった。何かをひどくこわがって、一日中ぴたりとそばに寄り添っているのも、あどけなく思えて愛らしい。格子を早々と下ろし、灯をつけさせて、

「こんなに深い仲になったのにまだ名前を教えてくれないなんて、あんまりだ」と光君は恨み言を口にする。そして思う。

今ごろ父帝《ちちみかど》はどんなに自分のことをさがし求めておいでだろう、使いの者はどのあたりをさがしているのだろう。それにしても、たまたま知り合った、身分の高いわけでもない女にこんなに惹かれるなんて、我ながら不思議なことだ。六条のあの方も、

さぞや思い悩んでいることだろう。恨まれるのはつらいが、どんなに恨まれても無理はない。申し訳ないという感情は、真っ先に六条の人を光君に思い出させた。男を信じ切って無邪気に座っている目の前の女をいとしいと思うと、あの人の、あまりにも思慮深く、こちらが気詰まりになるような重苦しさをなんとかしてくれればいいのにと、つい引き比べてしまうのだった。

日が暮れてしばらくたった頃である。うとうととまどろむ光君の枕元に、うつくしい女が座っている。

「こんなにもあなたをお慕いしている私には思いもかけてくださらないのに、こんななんということのない女をここに連れこんでかわいがっていらっしゃるなんて……。あんまりです」

と言い、女は、光君のそばに寝ている女を搔《か》き起こそうとする。何かに襲われるような気がしてはっと目を覚ますと、灯も消えていた。光君はぞっとして、太刀《たち》を引き抜いて魔除《まよ》けのために枕元に置き、右近を起こす。右近もおそろしく思っていたようで、すぐに近くに来た。

「渡殿《わたどの》にいる宿直《とのい》の男を起こして、紙燭《しそく》をつけて持ってくるよう言ってくれ」と光君は言うが、

「こんなに暗いなか、とても行けません」と答える。

「子どもっぽいことを言うね」と光君は笑い、手を叩《たた》く。その音がこだまになって奥から不気味に返ってくる。それを聞きつけてやってくる者は、しかしだれひとりいない。女はすっかり脅《おび》えてしまい、どうしていいかわからない様子である。汗をぐっしょりかいて、正気を失っているようにも見える。

「姫君は人よりずっとこわがりな性質《たち》ですので、どんな思いでいらっしゃるか」

と右近が心配そうに言う。昼間も、心細そうに空ばかり見上げていたのを思い出し、光君も女がかわいそうになり、

「私がだれかを起こしてこよう。手を叩いても山びこがうるさく返事をするだけだからね。おまえはしばらくそばにいてあげなさい」

と右近を引き寄せる。光君は西の妻戸に出て、戸を押し開けると、渡殿の灯も消えていた。風がかすかに吹いている。ただでさえ数少ない宿直の者はみな寝ている。この院の管理人の息子で、光君とも懇意な年若い臣下、殿上童《てんじょうわらわ》ひとり、他はいつもの随《ずい》身《じん》だけなのである。呼びかけると、管理人の息子が起きてきた。

「紙燭を持ってきておくれ。随身にも、魔除けのために弓を鳴らして絶えず声を出せと言いなさい。こんなひとけのないところで、よくそんなに熟睡できるな。さっき惟

光が来ていたようだが、どこへ行った」と光君が訊くと、

「お控えしておりましたが、仰せ言もありませんので、夜明けにお迎えに参上すると申して下がりました」と管理人の息子は答える。

この息子は、いつもは清涼殿《せいりようでん》の滝口で警備に当たっている武士なので、じつに慣れた手つきで弓弦《ゆづる》を鳴らし、「火の用心」とくり返し口にしながら管理人の部屋へと向かっていく。その声と弓弦の音が闇の中を遠ざかってゆく。光君は宮中を思い出し、今頃は殿上の宿直が名を名乗り出勤を知らせる名対面《なだいめん》の時も過ぎて、滝口の宿直が名乗りをしているところだろうと思いを馳《は》せる。まだ夜はそれほど更けていない。

部屋に戻り、暗闇の中、手さぐりでさがすと、女君はさっきと同じく横たわったままで、右近がそのそばでうつ伏せになっている。

「いったいどうしたというんだ。こんなにこわがるなんて馬鹿げている。こういう荒れてひとけのないところは、狐なんかが人を脅そうとして、薄気味悪く思わせるのだよ。でも、この私がいるんだから、そんなものに脅されるはずがない」と、光君は右近を引き起こす。

「もうどうにも気分が悪くなりまして、横になっておりました。それよりも、姫君がどれほどこわがっていらっしゃることでしょう」右近にそう言われ、

「そうだ、どうしたというのだ」と、光君は女に触れる。すると女はすでに息をしていない。揺り動かしてみるけれど、ぐったりとして気を失っているようだ。あまりにも子どもっぽいところのある人だから、物の怪に魅入られたのかもしれないと、光君は絶望的な気持ちになる。

管理人の息子が紙燭を持ってやってきた。右近も動けそうにないので、光君は几帳《きちょう》を引き寄せて女を隠し、

「かまわないから、もっと近くに持ってこい」と言いつけた。

警備の分際で主人の部屋に上がることなどもってのほかなので、彼は遠慮して長押《なげし》に上がることもできずにいる。

「いいから持ってこい、遠慮してる場合じゃない」

光君は言い、紙燭を受け取って女を見る。と、女の枕元に、夢に見たのとそっくりの顔をした女がまぼろしのようにあらわれて、ふっと消えた。昔話でこんな話を聞いたことがあるが、光君はただひたすらに薄気味悪く、おそろしい。しかしそれよりも、女がどうなってしまうのか気が気ではない。我が身の危険を考える余裕もなく、女に寄り添い、「おい、おい」と揺すぶってみたが、女の体はどんどん冷たくなって、息はとうに絶え果てている。光君は言葉を失う。どうしたらいいか、頼りにして相談で

きる人もない。僧侶がいればこんな時には頼りになるけれど……。さっきは、「この私がいるんだから」などと強がってみせたものの、まだ年若い光君は、女がむなしく息絶えてしまったのを見て取り乱し、女を強く抱きしめる。

「ああ、きみ、どうか生き返っておくれ。こんなに悲しい目に遭わせないでくれないか」

光君は言うが、冷えていく女の体を抱いているのはおそろしくなってくる。右近は、こわがっていたのも忘れたように泣き惑い、その様子も尋常ではない。南殿《なでん》の鬼が、なんとかという大臣を脅かしたが、大臣に一喝されて退散したという昔話を思い出して、光君は気丈に自分を励まし、

「いくらなんでもこのまま死んでしまうはずがない。夜の声はよく響くから、静かになさい」と右近をたしなめる。けれどもあまりに突然のことで、やはり呆然《ぼうぜん》とせずにはいられない。光君は管理人の息子を呼んだ。

「奇っ怪な話なのだが、物の怪に取り憑かれた人が苦しんでいる。今すぐ惟光の泊まっているところに行って、急いでこちらに向かうように伝えてほしい。兄の阿闍梨《あじゃり》もちょうどそこに居合わせたならここに来るよう内密に告げよ。あの尼君の耳に入るといけないから、大ごとにはするな。こんな忍び歩きをやかましく言う人だから」と、

なんとか話してはいるが、胸が詰まり、この人をこのまま死なせてしまったらどうしようとたまらなく不安な上に、周囲の不気味さはたとえようもない。夜中も過ぎたのだろうか、風が荒々しく吹きはじめている。松のあいだを吹く風は梢《こずえ》の奥深くから吹いてくるように聞こえ、鳥が異様なしわがれ声で鳴きはじめ、これが不吉だとされる梟《ふくろう》の声かと光君は思う。あれこれ考えはじめると、あたり一帯さびれて薄気味悪い上に人の気配もまったくしない、なんだってこんなつまらないところに泊まったのかと後悔せずにはいられなくなるが、今さらどうにかなるものでもない。右近は気を失ったかのように光君に寄りかかり、わなわなと震えて今にも息絶えそうである。右近までどうかなってしまうのかと、光君は夢中で右近の体をつかまえている。しっかりしているのは自分ひとりという有様で、まったく途方に暮れるばかりである。灯火はかすかにまたたいている。母屋との境に立ててある屛風《びょうぶ》の上やここかしこに黒々とした影がわだかまっているようである。物の怪がみしみしと足音を立てて背後から近づいてくるような気がする。惟光よ、早く来いと光君は念じる。好き者の惟光は居場所の定まらない男で、随身があちこちさがしまわっているが、夜が明けるまでの長さは、光君には千夜《ちよ》にも思えた。

待ちかねた鶏の声がようやく遠くで聞こえる。いったいどんな因縁があってこんな目に遭うのだろうと光君は考え、ふと藤壺《ふじつぼ》を思う。身分をわきまえずに、道に外れた恋心を抱いてしまった報いとして、後にも先にも語りぐさになりそうなおそろしいことが起きたのかもしれない。実際に起きたことは、隠していてもいつか父帝の耳に入るだろうし、世間もおもしろがって噂するだろう。京童《きようわらわ》と呼ばれるあの口さがない若者たちの口の端にも、弄《もてあそ》ばれるようにのぼるだろう。あげくの果て、大馬鹿者と言い立てられるに違いない。

やっとのことで惟光が到着した。真夜中だろうが早朝だろうが区別なく、こちらの意のままに動く男が、今夜に限ってはそばにおらず、呼び出してもなかなかやってこなかったことを、光君は憎々しく思うが、すぐに呼び入れてことの顚末《てんまつ》を話そうとする。ところが、あまりにもどうしようもできない奇異なできごとで、すぐには言葉も出てこない。右近は、惟光が到着した気配を耳にすると、この男の手引きではじまった一連のことが自然と思い出されて、こらえきれずに泣きはじめた。今まで女を抱きかかえていた光君も、惟光の顔を見て張っていた気が緩み、ようやく女を失った悲しみを感じ、堰《せき》を切ったように涙を流した。

やっと涙を抑え、光君はことの顚末を話す。

「本当に奇妙なことが起こったんだ。驚くのなんのって言葉にならないくらいのことだ。こんな非常時には読経をしてもらうのがいいらしいから、その手配をさせよう、願《がん》も立てさせようと、阿闍梨にも来てくれるよう頼んだのだけれど、どうなっている」

「それが、昨日比叡山《ひえいざん》に上ってしまったんです。それにしても、なんとも奇っ怪なことでございますな。姫君は、前からご気分がお悪いようなことはございましたか」惟光が問う。

「いや、そんなことはなかった」と答えて光君はまた泣き出す。その姿がじつにはかなげで痛々しく、惟光まで悲しくなって、おいおいと泣いた。

年齢を重ねて、世の中のあれこれに経験豊富な者ならば、こんな時には頼もしいのだろうが、光君も惟光もまだ年若く、どうしたらいいのかまるでわからない。それでも惟光は言った。

「ここの管理人に相談するのはまずいでしょう。管理人自身は信頼の置ける人だとしても、何かの折についロをすべらせてしまうような身内がいないとも限りません。まずこの家を立ち退《の》きなさいませ」

「けれど、ここよりひとけのないところなんて、あるだろうか」

「それはごもっともです。女君が前に住んでいたあの宿では、女房たちが悲しみに暮れて泣きうろたえるでしょうし、隣近所が立てこんでいて、聞き耳を立てる者も多いでしょうからどうしても噂は広がりますよ。山寺なら、葬儀などは珍しくありませんから、目立たないのではないでしょうか」と、惟光はあれこれと考えをめぐらせる。

「昔知っていた女が、東山で尼になっております。そのあたりに姫君をお移しいたしましょうか。私の父親の乳母《めのと》だった者ですが、すっかり老けこんでそこに住んでいるのです。そのあたりは人がよく行く場所ではありますが、ひっそりとしています」と言う。

すっかり夜が明ける前、管理人たちがそれぞれの仕事をはじめるざわめきに紛れて、車を寝殿につける。

光君は、亡骸《なきがら》を抱くことがとてもできそうもないので、昨夜共寝をした薄い敷物に彼女をくるみ、それを惟光が車に乗せる。女はひどく小柄で、死人という気味悪さもまるでなく、かわいらしい顔をしている。しっかり包めずに、敷物から髪がこぼれ出ている。光君の目は涙で見えず、どうしようもない悲しみに打ちひしがれて、せめて最後まで見届けようと思うものの、

「早く馬で二条院へお帰りになってくださいませ。人の往来が多くなりませんうちに、早く」

と惟光が急《せ》かす。惟光は、右近を亡骸に相乗りさせ、馬は光君に譲り、自分は歩きやすいよう指貫《さしぬき》の裾を膝まで上げて徒歩で行くことにする。まったく奇っ怪なできごとで、思いも寄らないような野辺《のべ》送りをすることになったものだ、と惟光は考えるが、光君の悲しみに沈んだ様子を見ると、死の穢《けが》れに触れようが、世間に何か言われようが、自分のことなどどうでもよくなるのだった。光君は何か考えることもできないいま、茫然自失の体で二条院に帰り着いた。

「いったいどこからお帰りになったのかしら。なんだかお具合が悪そうでいらっしゃるけれど……」と、その様子を見て女房たちは言い合っている。

光君は寝室に入り、騒ぐ胸を押さえて考えをめぐらせる。

なぜいっしょに車に乗らなかったのだろう……、もし女が生き返ったとしたら、私がいないことをどんなふうに思うだろう。見捨てていってしまったと恨みに思うのじゃないだろうか……。そんなことを動揺したまま考えていると、悲しみで胸が張り裂けそうになる。頭も痛くなり、熱も出てきて、どんどん気分も悪くなる。このまま病みついてきっと私も死んでしまうのだろう、と光君は思う。

日が高くなっても光君が起きてこないので、女房たちは不思議に思いながらも食事を勧めたが、苦しくて、このまま死ぬのではないかと光君は心細くてたまらない。そこへ、父帝からの使いが来た。昨日、父帝は光君をさがしたが、見つけられなかったので心配して、左大臣家の子息たちを使いに出したのである。光君はその中の頭中将だけを、

「立ったままどうぞ入ってください」と呼び、御簾《みす》を下ろしたまま話しはじめる。

「私の乳母だった人が五月頃から重い病にかかって、剃髪《ていはつ》して戒《かい》を受けたんだ。その験《げん》あってか、次第によくなったのにこの頃また悪くなったらしく、ずいぶん弱ってしまったようで、どうかもう一度見舞ってほしいと言われてね。幼い頃からよく知っている人がいよいよだっていう時に、薄情な、と思われてもいけないから、見舞いに行ったんだ。そうしたら、その家の下働きをしている病人が、ほかに移すのも間に合わないまま急死してしまった。私に遠慮して、夕方になってから亡骸を運び出そうと家の人たちが話し合っているのを聞いてしまったんだ。神嘗祭《かんなめさい》の折だから、そうして穢れに触れた私も謹慎すべきだろうと、参内《さんだい》しなかったんだよ。その上、この明け方から風邪でもひいたのか、頭も痛いし気分もよくなくて、失礼をして申し訳ない」

「では、その旨を奏上しよう。昨夜、音楽の遊びの時、帝はずいぶんあなたをさがしていらっしゃって、見つからないのでご機嫌も悪くていらっしゃった」と頭中将は言い、そのまま去ろうとして引き返してきた。「いったいどんな穢れに触れたんだい。

あれこれと説明してくれるけれど、なんだか本当のことには思えないな」

それを聞いて光君はどきりとし、

「今話したくわしいことはいいから、ただ、思ってもみない穢れに触れてしまったと奏上してほしい。まったく申し訳ない」とできるだけさりげなく言った。心の中では言うに言えない悲しいできごとを思い出し、気分もすぐれず、だれとも顔を合わせない。頭中将の弟である蔵人弁《くろうどのべん》を呼び、真顔で、同様の旨を奏上するように頼んだ。左大臣家にも、このようなわけで参上できないという手紙を書いた。

日が暮れてから惟光がやってきた。光君が穢れに触れたというので、邸に参上する人々もみな着席することなく退出していき、邸はひっそりとしている。光君は惟光を呼び、

「どうだった、やはりだめだったのを見届けたか」と訊くやいなや、袖を顔に押し当てて泣き出してしまう。

「もはや最期とお見受けしました。いつまでも山寺に安置しておくのもよくありませんし、明日なら日柄も悪くないようですから、葬儀のことは知り合いの高徳の老僧に頼みこんでおきました」

と惟光は伝える。

「付き添っていた女房はどうしている」光君は重ねて訊く。

「その者ですが、もう生きてゆけそうにはございませんと、自分も後を追わんばかりに取り乱しまして、今朝は谷に飛びこんでしまいかねない有様でございました。五条の家の者たちに知らせたいと申しますが、少し落ち着きなさい、事情をよく考えてからにしようとなだめておきました」

それを聞くと光君はますますやりきれない気持ちになり、

「私もひどく気分が悪くて、どうなってしまうのかと思うよ」と言う。

「何を今さらくよくよすることがありますか。何ごとも前世の因縁でございましょう。だれにも知られることはないと存じます。この惟光が念には念を入れて万事始末いたしておきます」

「そうさ、何ごとも因縁だと思おうとしているのだけれど、自分の無責任な恋心のせいで、人をひとり虚《むな》しく死なせたと非難されるに違いないんだ。それがつらくてやりきれない。少将命婦《しょうしょうのみょうぶ》にも内緒にしておくれ。尼君にはなおのことだ。忍び歩きをやかましく咎《とが》められるだろうから、私は合わせる顔もなくなってしまう」と光君は口止めをする。

「そのほかの僧侶たちにも、すべて違う話に言い繕ってあります」

と言う惟光を、光君は頼りにするしかない。

邸の女房たちは、この会話を漏れ聞いていったい何ごとなのだろうと不思議に思う。穢れに触れたとおっしゃって宮中にもいらっしゃらないのに、何をひそひそとお話しになっては悲しんでいらっしゃるのだろう……といぶかしむのだった。

「これからのこともうまくやっておくれ」と、光君は葬儀の段取りを指示する。

「いえ、何、大げさにすべきことでもございません」と惟光は立ち去ろうとするが、光君はまたしても悲しみに襲われて呼び止める。

「こんなことはすべきじゃないとわかっているけれど、もう一度あの人の亡骸を見ないことにはとても気持ちがおさまらないから、私もいっしょに馬でいくよ」

まったくとんでもないことだと思いながらも、

「そうお思いになるのなら仕方がございません。早くお出かけになって、夜の更けないうちにお帰りになられますように」と惟光は承知した。

最近の忍び歩きのためにこしらえた狩衣《かりぎぬ》に着替え、光君は邸を出た。まだ気分も悪く、気持ちも沈んでいるせいで、こんな非常識な軽はずみで出てきて、また昨夜の物の怪に襲われるのではないか、引き返したほうがいいのではないかと光君は迷う。けれども悲しみはやはり紛らわしようがなく、最期の亡骸を見ないことには、ふたたびいつの世で女の顔を見ることができようかと、気持ちを奮い立たせ、随身を伴って惟光と出かけたのである。

道は果てしなく遠く思えた。十七日の月が上り、賀茂河原のあたりにさしかかると、先払いの者が持つ松明《たいまつ》の明かりもほのかで、火葬場のある鳥辺野《とりべの》がぼんやり見えるのはいかにも薄気味悪いが、光君はもうこわいと思うこともない。気分のすぐれないまま、山寺に着いた。

あたり一面、ただでさえおどろおどろしいのに、板葺《いたぶ》きの家の傍らにお堂を建てて修行している尼の住まいは、ぞっとするほどさみしい光景である。お堂の灯明が戸の隙間から漏れている。板葺きの家からはひとりの女の泣く声がして、外では僧侶が二、三人、言葉を交わしながら話の合間に無言の念仏を唱えている。近隣の寺の勤めも終わり、静まり返っている。清水寺のほうは灯火もたくさん見えて、大勢の人が行き交っている様子だった。この尼の息子である高徳の僧が、尊い声で読経《どきよう》をはじめ、光君は涙を体中から絞り尽くすような気持ちでそれを聞く。

板葺きの家に入ると、灯火をそむけ、亡骸とのあいだに屏風を隔てて右近は臥《ふ》せっていた。その姿を見て、どんなにつらく悲しいことだろうと光君は思う。亡骸は、おそろしい感じがまったくせず、生前の時と寸分変わらず可憐《かれん》である。光君は女の手を取った。

「どうか、もう一度だけ声を聞かせておくれ。前世でどんな因縁があったのだろう……あっという間にだれよりもいとしい人になったのに、私を置き去りにして、こんなに悲しませるなんて、あんまりだ」光君は声を抑えることもできずに泣き続けた。

高僧たちは、この人はだれだろうと思いながらもついもらい泣きをしてしまう。

「さあ、二条院へ行こう」と、光君は右近を誘うが、

「ずっと長いあいだ、幼い頃からかたときも離れることなくお仕え申したお方と、急にお別れすることとなって、いったいどこに帰るところがありましょう。それに、ご主人さまはどうなさったと人に申せばいいのでしょう。お亡くなりになった悲しみもありますが、世間になんと言い立てられるかと思うとつらくて仕方がありません」右近はそう言って泣き崩れる。「ご主人さまの煙を追いかけたく思います」

「そう言うのも仕方がないことだと思うよ。けれど世の中とは無常なものだ。悲しくない別れなどないよ。今亡くなった女君も、残された私たちも、だれにも命に限りはある。気持ちを強く持って、私を頼りにしなさい」光君はそう右近をなぐさめながらも、「こんなことを言っている私だって、もう生きていけないような気持ちなんだ」と言ってしまうのは、いかにも頼りないことです。

「夜が明けて参ります。さあ、早くお帰りなさいますよう」

惟光に急かされ、光君は幾度もふり返りふり返りしながら、なおのこと胸のふさがるような思いでその場を去った。

帰りの道中は、草にたくさん露が下りている上に、ひとしお濃い朝霧が立ちこめていて、光君は、どこともわからずにさまよっているような気持ちになる。昨夜、まだ生きていた女が横たわる姿や、互いに着せ掛け合って寝た自分の紅《あか》い着物が、女の亡骸に掛けてあったことを思い出し、自分たちにはいったいどんな宿縁があったのかと、道すがらまたしても考えてしまう。光君が馬にもしっかり乗れないほど衰弱しているので、また惟光が付き添っていくのだが、賀茂川堤のあたりで光君はついに馬からすべり落ちてしまう。ひどく具合悪そうに、

「こんな道ばたでのたれ死んでしまうのかもしれないな。とても帰り着けるようには思えないよ」

などと言うので、惟光はひどくうろたえる。自分さえしっかりしていれば、いくら光君が行くと言ってもこんなところにお連れ申したりしなかったと、気が気ではない。川の水で手を洗い浄《きよ》め、清水寺の観音さまにお祈りするが、それにしてもどうしていいのやら、惟光は途方に暮れる。光君はなんとか気持ちを奮い立たせて、心の中で御《み》

仏《ほとけ》に念じ、ふたたび惟光に介抱されながらなんとか二条院に帰り着いた。

まったくわけのわからない深夜の忍び歩きを見て、女房たちは、

「まったくお見苦しい。いつもより落ち着きなく、せっせとお忍び歩きなさっているけれど、昨日はずいぶんとご気分が悪そうでしたのに。どうしてこうもうろうろお出かけなさるのかしら」と嘆き合うのだった。

自分で言った通り、光君は夜になるとそのまま苦しみ続け、二、三日しかたたないのにどんどん衰弱してしまった。このことは帝の耳にも入り、ひどく心配して、病治癒のため、方々で絶え間なく、大騒ぎして祈禱《きとう》をさせた。祭や祓《はらえ》、加持祈禱、とにかくありとあらゆることを行った。この世に二人といないであろう、物の怪に魅入られても無理もない美貌の持ち主がこうした病状とあっては、やはり長生きはできないのかもしれないと、天下くまなく騒ぎとなった。

そんなに重い病状でありながら、光君はあの右近を山寺から呼び寄せ、自分の寝室近くに部屋を用意した。惟光は気を動転させながらも、なんとか自身を落ち着かせ、主人を亡くして心細そうな右近の世話を焼き、面倒をみた。光君も、いくぶん気分のいい時は右近を呼んで用を言いつけるので、右近も、だんだん邸の勤めにも慣れてきた。悲しみの意を表してひときわ色の黒い喪服を着ている右近は、顔立ちはいいとは

いえないが、とくに目立った欠点のない若い女房である。

「不思議なくらい短かったあの人との宿縁のために、私ももうこの世にはいられないのだろう。長年頼りにしてきたご主人を失って、あなたも心細いだろうと思うよ。それではあんまり気の毒だから、私が生きているあいだは万事面倒をみようと思っていたけれど、もうじき私もあの人のところへ行くようだよ、残念なことだけれどね」

と、光君はひっそりと言って、さめざめと泣く。今さらどうすることもできない姫君のことはさておいて、光君にもしものことがあったらたいへんなことだと右近は思う。

二条院の人たちは地に足もつかない様子でうろたえている。帝のお使いは雨脚《あまあし》よりも頻繁にやってくる。帝が心配し心を痛めていると聞くと、光君は畏れ多さになんとか元気を出そうとする。左大臣家でも懸命に奔走し、左大臣が毎日訪れては、医者や薬の処置を手配をする。

そんな甲斐《かい》あってか、二十日あまり、一向に快復することなく光君は臥せっていたが、これといって後もひかずに快方に向かいはじめた。その快癒と穢れの忌み明けがちょうど同じ夜だった。光君は、心配してくれた帝の気持ちが畏れ多くもありがたいので、その夜、内裏《だいり》の宿直所《とのいどころ》に参内した。退出すると左大臣が車を用意していて、光君を左大臣邸に連れ帰り、病後の謹慎についてこまかく言い聞かせる。光君はまだぼんやりとしていて、その後しばらくは、まるで別世界に生まれ変わったような気持ちでいた。

光君が全快したのは九月の二十日頃だった。ひどく面やつれしているが、かえって気品が出て、うつくしさに磨きがかかったようである。その光君は、しょっちゅうもの思いに沈んでは、声を出して泣いている。それを見て不審に思う女房もいて、物の怪が憑いてしまったのではないかと言い合った。

ある穏やかな夕暮れ、光君は右近を呼んであれこれと思い出話をしていたが、ふと言った。

「やっぱり合点がいかないな。あの人は、どうして自分の素性をあんなにも隠していたのだろう。本当に『ただの海士《あま》の子』だったとしても、あれほど思っていた私の心を何も知らないかのように頑《かたく》なに隠しているんだから、恨めしかったよ」

するとと右近が言う。

「どうしてご主人さまが頑なに隠したりなどなさいましょう。そもそもあんなに短いあいだのことです、ご自分からいつ名乗ればよいのかおわかりにならなかったのではございませんか。最初から、異様な出で立《い》ちでこっそりいらしてましたから、本当に現実のこととは思えないとご主人さまはおっしゃっておいででした。あなたさまがお名前を隠していらっしゃっても、どなたかはうすうすわかっておいででしたよ。それでも、ただの気まぐれで、本気ではない遊びのお相手だから源氏の君とみずからお名乗りなさらないのだろうと、そのことをつらく思っていらっしゃいました」

「お互いにつまらない誤解をしたものだな。そんなふうに隠しておくつもりはなかったんだ。ただ、ああいう許されない関係ははじめてのことだった。主上《おかみ》からお小言をいただくし、ほかにもいろいろと気を遣う。女の人に軽口を叩いてもすぐに知られて評判になってしまう。でもね、あの夕方のできごとから、あの人のことがどういうわけか忘れられなくて、無理を押してでも逢いにいってしまった……それも思えば、こうしてすぐに別れてしまう縁だったからだね。そういうことだったのかと思いもするし、恨めしくもある。こんなにはかなく終わる縁なら、あんなに私を惹きつけないでくれればよかった。ねえ、もっとくわしく話しておくれ、もう何も隠す必要はないじゃないか。七日ごとの法要の供養も、名前がわからなくてはだれのためと祈願すればいいんだい」

それを聞くと、右近は口を開いた。

「わたくしが何を隠すことがありましょう。ご自身が秘めていらっしゃったことを、お亡くなりになった後でわたくしが軽々しく申すのもどうかと思っていただけでございます。——女君のご両親は早くにお亡くなりになりました。おとうさまは三位中《さんみのちゅう》将《じょう》でいらっしゃいました。女君を本当によくかわいがっていらっしゃったのですが、ご自身のご出世も思うようにいかないのをお嘆きで、お命まで思うようにいかずにお亡くなりになりました。その後、ふとしたご縁で、頭中将がまだ少将でいらっしゃった時分、女君の元にお通いになるようになって……。三年ばかりはご熱心にお通いになっていらっしゃいましたが、去年の秋頃、頭中将の奥さまのご実家である右大臣家から、たいそうおそろしいことを言ってきたのでございます。女君はともかく臆病でございますから、それはもうこわがられまして、やむなく西の京の、乳母が住んでおりますところにこっそり身を隠すことになりました。そこもずいぶんとむさ苦しく、住みにくくて、山里に移ろうかとお考えになっておいででしたが、今年からは方角が悪うございましたので、方違《かたたが》えのためにあのみすぼらしい宿においでになったのです。そんなところにあなたさまがお通いくださるようになったので、女君もずいぶんとお嘆きのご様子でした。並外れて恥ずかしがりやでございまして、人恋しくもの思いにふけっていると人から見られるだけでも恥ずかしがっておいでで……ですからいつもお目に掛かる時は、あっさりとしたご対応をなさっていたように存じます」

やはり彼女は頭中将が話していた女だったのだと知り、光君はますます女を不憫に思う。

「幼子を行方知れずにしてしまったと、前に頭中将が嘆いていたが、彼女にはそういう子がいたのか」と光君は訊いた。

「さようでございます。一昨年の春にお生まれになりました。女の子で、とてもかわいらしゅうございます」と言う右近に、

「どこにいるんだい。だれにも知られずに私のところへ連れてきてくれないか。あんなに呆気《あつけ》なく逝ってしまったあの人の忘れ形見だと思えば、少しはなぐさめられるよ」光君は言う。「頭中将にも知らせるべきだろうが、そうしたところであの人を死なせてしまった私が恨まれるだけだろう。父である頭中将とは親族だし、母の女君とは恋人だった私が、その子を引き取ってもなんの問題もないだろう。そのいっしょにいるという乳母に、私のところだとは知られずに、うまく言い繕って連れてきておくれ」

「それならばわたくしは本当にうれしく存じます。あのごたついた西の京でお育ちになるのはお気の毒だと思っておりました。五条ではちゃんとお世話する人がいないというので、あちらにいらしたのです」と、右近も同意する。

静かな夕暮れだった。空の景色もしみじみとしていて、枯れはじめた庭の草木から、鳴き嗄《か》れた虫の音が細く聞こえてくる。紅葉《もみじ》も次第に色づきはじめている。絵に描いたようなみごとな庭を眺め、思いがけなく高貴な宮仕えをすることになったと右近はしみじみ思い、あの夕顔の咲く、五条の宿を思い出しては恥ずかしくなる。竹藪《たけやぶ》の中で家鳩《いえばと》という鳥が野太い声で鳴くのを聞いて、光君は、あの家でこの鳥の声を女がひどくこわがっていたのを、ありありといとしく思い出す。

「あの人の年はいくつだったの。ふつうの人とはなんだか違って、今にもすっと消えてしまいそうだったのは、長くは生きられないからだったのかな」光君は言う。

「十九におなりでございました。わたくし右近は、女君の乳母の子でございました。その母がわたくしを残して亡くなりましたので、女君のおとうさまである三位の君がわたくしをかわいがってくださいまして、女君のおそばで育ててくださいました。そのご恩を思い出しますと、女君は亡くなったのに、わたくしがこの先どうして生きていかれましょう。女君とあれほど親しくさせていただいたことが、悔やまれるほどでございます。見るからにか弱い女君を、ただ頼りにして長年過ごして参りました」

「か弱い人のほうがずっといい。賢すぎて我の強い女性はまったく好きになれないよ。この私がしっかりしていないからかもしれないね。素直で、うっかりすると男にだまされそうで、それでいて慎み深く、夫を信頼してついていく女性がいちばんいい。そういう人にあれこれと教えながらいっしょに暮らして、成長を見守っていけば、情も深まるに違いないだろうね」

その光君の言葉を聞いて、

「まさに女君はそのようなお方でございましたのに、本当に残念なことでございます」

右近は泣き出してしまう。空が曇ってきて、風が冷たく感じられ、光君はしんみりともの思いに沈む。

見し人の煙《けぶり》を雲とながむればゆふべの空もむつましきかな

(恋しい人を葬った煙があの雲になったと思うと、夕方の空も親しく思えてくる)

と独り言のようにつぶやくが、右近は返歌もできない。自分がこうして光君のおそばにいるように、女君も生きていらして、お二人が並んでいらっしゃったのならどんなにすばらしいだろうと、胸がふさがれる思いである。

あのちいさな宿で、うるさいと感じた戸外の砧の音も思い出すと恋しくなり、光君は「八月九日正《まさ》に長き夜　千声万声了《や》む時なし」と、白楽天《はくらくてん》の詩を口ずさみながら横たわる。

さて、伊予介《いよのすけ》の家の小君《こぎみ》が参上することもあるが、光君はとくに以前のような言伝《ことづ》てをするわけではない。きっとあの女はもうだめだと、あきらめてしまわれたのだろうと胸を痛めているところへ、光君がお患いになっていると耳にし、女（空蟬《うつせみ》）はさらに悲しい気持ちになった。夫とともにいよいよ遠方の地に下るのもさすがに心細く、本当に自分のことはお忘れになったのだろうかと試みに、

「ご病気と伺って心配しておりますが、口に出しては、とても……

問はぬをもなどかと問はでほどふるにいかばかりかは思ひ乱るる

（私からはとてもご様子を伺えませんのを、なぜかとお訊きくださることもなく月日が過ぎます。どんなに私は思い悩んでいることでしょう）

『ねぬなはの苦しかるらむ人よりも我ぞ益田の生けるかひなき（拾遺集／じゅんさいを繰る、苦しいという人よりも私のほうがもっと生きる甲斐もない）』という古歌は、まさにこの私のことでございます」

と、文をしたためた。女のほうから手紙が来るなど、今までにないことだったので、けっして彼女のことを忘れていたわけではない光君は、さっそく返事を書く。

「『生きるかひなき』とはどちらのせりふでしょう。

空蟬《うつせみ》の世はうきものと知りにしをまた言《こと》の葉《は》にかかる命よ

（この世はつらいものだと思い知ったのに、またもお言葉にすがって生きようと思ってしまいます）

あなたのお手紙に命をつなぐとは、頼りないことです」

まだ筆を持つ手も震える光君の乱れ書きは、かえっていとしさをそそる手紙となった。

自分の脱ぎ捨てたもぬけの殻の小袿《こうちき》を、光君がまだ忘れていないのだと読み取り、恥ずかしく思いながらも、女は心をときめかせるのだった。逢おうという気持ちはなかったけれど、こうして心をこめた手紙は送る。冷淡で強情な女だと源氏の君に思われたくなかったのである。

もう一方、あの時碁を打っていたもうひとりの女は蔵人少将《くろうどのしょうしょう》を婿にもらったと光君は伝え聞いた。女が処女でないのを少将はどう思うかと気の毒であり、また、あの女の様子を知りたくもあって、光君は小君を使いに出すことにした。

「死ぬほど思っている私の気持ちはおわかりでしょうか。

ほのかにも軒端《のきば》の荻《をぎ》をむすばずは霧のかことをなににかけまし

（たった一夜の逢瀬ですが、もし結ばれていないのであれば、何にかこつけても恨み言など言いませんけれど）」

女の背が高かったのを思い出し、わざと丈の高い荻に文を結びつけ、「目立たないようにね」と光君は小君には言ったが、もし小君がしくじって少将に見つかったとしても、相手が私だと気づけば大目に見てくれるだろうと思っていた。……光君のこういううぬぼれは、まったく困ったものですこと。

小君は少将の留守に文を届けた。女は、光君を恨めしく思ってはいたが、思い出してもらったことで舞い上がり、返事はできばえよりも速さだとばかりに、小君に託す。

ほのめかす風につけても下荻《したをぎ》のなかばは霜にむすぼほれつつ

（あの夜をほのめかされるお手紙、とてもうれしいですが、下荻《したおぎ》の下葉が霜でしおれてしまうように、私は半ばしおれております）

字はうまくもないのに、それをごまかすように洒落《しゃれ》た書き方をしていて、いかにも品がない。いつだったか、灯火の光で見た女の顔を光君は思い出す。あの時、慎ましやかに対座していた小君の姉の様子は、今でも忘れることができないが、この女はなんの深みもなく、たのしそうにはしゃいでいたなと思い出すと、そんな姿も憎めないと思うのだった。……と、なおも性懲りなく、浮き名を流しそうな浮気心が残っているらしく……。

光君は、あの女の四十九日の法事を、比叡《ひえい》の法華堂《ほけどう》で目立たないように、けれど格調高く行うことにした。寺に寄進する故人の衣裳《いしよう》をはじめとして、法事に必要な品々を用意し、心をこめて誦経《ずきよう》のお布施をさせ、経巻や、仏像の装飾にまで惜しみなく気を配った。惟光《これみつ》の兄である阿闍梨《あじやり》は非常に高徳の僧だったが、彼がみなすべて請け負ってぬかりなく準備をした。みずからの学問の師で、親しいつきあいのある文章博士《もんじようはかせ》を呼び、亡き人を御仏《みほとけ》に頼む願文《がんもん》を作ってくれるように頼んだ。どこのだれと名を明かすことなく、愛していた人が虚《むな》しく亡くなってしまったので、彼女の後世を阿弥陀《あみだ》仏《ほとけ》に託したいという趣旨の草稿を書いて光君が師に見せると、

「そっくりこのままでよろしいでしょう。加えるべきことは何もありません」と博士は言う。

こらえてはいるけれど、光君は涙を禁じ得ず、悲しみに打ちひしがれている。その様子を見て博士は、

「お亡くなりになったのはいったいどのような方なのだろう。だれと噂にものぼらないのに、こんなにも光君を悲しませるとは、なんと強い運をお持ちの方だったのだろ

う……」とつぶやくのだった。布施として寺に寄進する故人の衣裳を、光君はひそかに新調させたのだが、それを持ってこさせて、袴《はかま》に、

泣く泣くも今日《けふ》はわが結《ゆ》ふ下紐《したひも》をいづれの世にかとけて見るべき

（涙ながらに今日は私がひとりで結ぶ袴の下紐を、いつの世にかまた逢って、心から打ち解けていっしょにほどくことができるだろう）

と書いた。

四十九日までたましいはさまようと言うが、来世は六道《りくどう》のどの道に生まれ変わるのだろうと光君は考えながら、心をこめて念仏をとなえ続けている。

頭中将《とうのちゆうじよう》を見かけるにつけ、女の遺《のこ》した幼子のことを知らせてやりたくて気持ちがざわつくのだが、どんなふうに非難されるかと思うと怖《お》じ気《け》づいて口に出せない。かつての女の仮の宿では、女君がどこへ行ってしまったのかと家の者たちが心配しているけれど、さがすこともできないでいる。右近までも女君といっしょにいなくなってしまったので、おかしなことだとみな嘆き合っている。確かな証拠はないが、通ってきていた男性の様子からして、源氏の君ではないかとかねてからみな噂していた。ならばこれには惟光が絡んでいるはずだと責めてみるが、惟光は相手にせず、自分は無関係だと言い募り、相変わらず別の女房に入れあげている。なんだかみな夢を見てい

るようで、ひょっとしたらこっそり通っていたどこかの受領《ずりよう》の息子などが、頭中将におそれをなして、あの朝、女君を連れて田舎に下っていったのではないかと想像したりするのだった。この宿の主《あるじ》は、西の京の乳母《めのと》の娘だった。その乳母の娘は三人いたが、右近は血のつながりがないから姫君のことを隠して教えてくれないのだろうと、泣いて恋しがっていた。右近は右近で、口々に非難されるのはつらいし、光君も世間に知られないよう秘密にしているので、姫君の幼い娘の噂さえ聞けずに、すっかり消息不明のまま日が過ぎていく。

光君は、せめて夢であの女に逢いたいと思っていたが、四十九日の法事の明くる夜、夢を見た。あのいつぞやの家そのままのところに、ぼんやりと女があらわれ、その枕元にあの時と同じように別の女が座っている。人の気配もなく荒廃したところに棲み着いた物の怪が、自分のうつくしさに魅せられた、そのせいであんなことが起きたのだと思い、光君はぞっとした。

伊予介《いよのすけ》は、十月のはじめ頃任地に下ることになった。妻と、仕えている女房たちとともに下っていくとのことで、光君は多すぎるほどの餞別《せんべつ》の品を渡した。また内々に、精緻な細工を施したうつくしい櫛《くし》や扇を用意し、道中の道祖神に捧《ささ》げる幣《ぬさ》も仰々しく揃え、それら贈り物の中にあの小袿《こうちき》をそっと紛れこませて女に贈った。

逢ふまでの形見ばかりと見しほどにひたすら袖の朽《く》ちにけるかな

(また逢う時までの形見と思っていましたが、小袿の袖も私の涙ですっかり朽ちてしまいました)

手紙には、ほかにもこまごまと書いてありましたが、くだくだしいので省略しましょう。

使いの者はそのまま帰して、女は、小君《こぎみ》を別に使いに出して、小袿の返事だけは光君に伝えた。

蟬《せみ》の羽《は》もたちかへてける夏衣《ころも》かへすを見てもねは泣かれけり

(蟬の羽のような夏衣を裁ちかえて、衣がえをすませた今、あの時の小袿をお返しになるなんて、蟬のように声高く泣かずにはいられません)

考えてみれば、驚くほどの意志の強さでこちらを振り切っていってしまったなあ、と光君は思い続けている。今日はちょうど立冬の日だったが、それに似つかわしく、時雨《しぐれ》がさっと通りすぎ、空はずいぶんものさみしい色に染まっている。光君は一日中もの思いにふけっている。

過ぎにしもけふ別るるも二道《ふたみち》にゆくかた知らぬ秋の暮かな

(死出の道に向かった女、旅路へと向かう女、それぞれ道は違うが、いったい

どこへ行ってしまったのか。秋の暮れもどこに去ったか）

やはりこういう秘めた恋はつらいものだと、光君も身に染みてわかったに違いありません。

このようなくどくどした話は、一生懸命隠している光君も気の毒なことであるし、みな書き記すのを差し控えていたのだけれど、帝《みかど》の御子《みこ》だからといって、欠点を知っている人までが完全無欠のように褒め称《たた》えてばかりいたら、作り話に違いないと決めつける人もいるでしょう。だからあえて書いたのです。あんまり慎みなくぺらぺらしゃべるのも、許されない罪だとはわかっていますけれどね。

若紫《わかむらさき》

運命の出会い、運命の密会

無理に連れ出したのは、恋い焦がれる方のゆかりある少女ということです。
幼いながら、面影は宿っていたのでしょう。

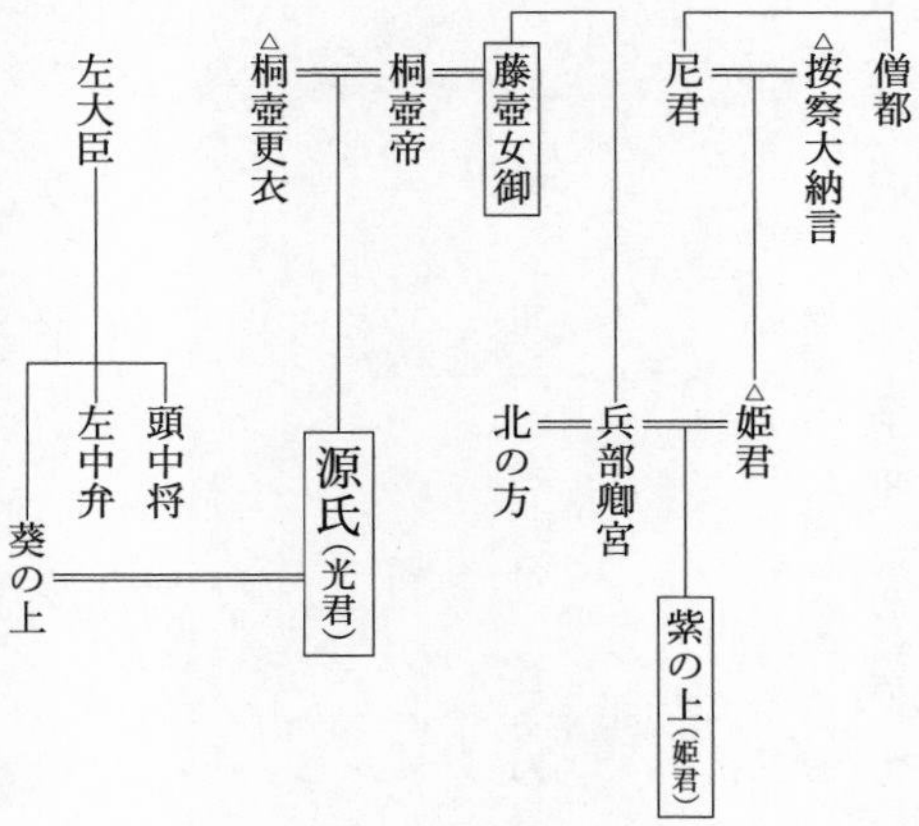

僧都
△按察大納言
尼君
△姫君
紫の上(姫君)
兵部卿宮
北の方
藤壺女御
桐壺帝
△桐壺更衣
源氏(光君)
左大臣
頭中将
左中弁
葵の上

*登場人物系図
△は故人

光君《ひかるきみ》がわらわ病《やみ》を患ってしまった。あれこれと手を尽くしてまじないや加持《かじ》をさせたものの、いっこうに効き目がない。何度も発作が起きるので、ある人が、「去年の夏も北山の何々寺というところに、すぐれた修行者がおります」と言う。「即座になおる病が世間に流行し、まじないが効かず人々が手を焼いておりました時も、即座になおした例がたくさんございました。こじらせてしまいますとたいへんですから、早くお試しなさったほうがよろしいでしょう」

それを聞いてその聖《ひじり》を呼び寄せるために使者を遣わした。ところが、「年老いて腰も曲がってしまい、岩屋から出ることもままなりません」という返答である。

「仕方がない、内密で出かけることにしよう」と光君は言い、親しく仕えている五人ばかりのお供を連れて、まだ夜の明けきらないうちに出発した。

その寺は山深く分け入ったところにあった。三月も終わろうという時期で、京の花はみなもう盛りを過ぎている。けれども山の桜はまだ満開で、分け入っていくにつれて広がる霞《かすみ》がかった光景を、光君は興味深く眺めた。こうした遠出の外出も今までしたことのない窮屈な身分なので、珍しく思えるのだった。寺の様子もじつに趣深いものだった。峰が高く、岩に囲まれた奥深いところに、その聖はこもっていた。光君は素性を明かすこともなく、またたいそう地味な身なりをしてはいるが、そのたたずまいから高貴な人だとはっきりわかったらしく、聖は驚きあわてている。

「これは畏れ多いことです。先日お召しのあったお方でしょうか。今は現世の俗事と縁を切っておりますので、加持祈禱《かじきとう》の修行もすっかり忘れておりますのに、なぜこのようにわざわざお越しくださいましたのか」と聖は笑みをたたえて光君の姿を眺める。いかにも尊い感じのする高徳の僧である。しかるべき護符などを作っては光君にのませ、加持祈禱をはじめる。そうしているうち日も高く上った。

岩屋から外に出てあたりを見やると、高いところなので、あちこちにいくつもある僧坊が見下ろせる。幾重にも折れ曲がった山道に、ほかの僧坊と同じく小柴垣《こしばがき》ではあるが、きちんと周囲にめぐらせて、家屋も渡殿《わたどの》もこぎれいに立て並べ、木立もまた風情のある庵室《あんしつ》が一軒あるのを見つけ、

「だれが住んでいるのだろう」と光君は訊《き》く。お供のひとりが、

「あの何々の僧都《そうず》が、この二年のあいだこもっているところだそうでございます」と答える。

「立派な人の住んでいるところなのだね。みっともないほどみすぼらしい恰好《かっこう》で来てしまったな。私のことが耳に入ったら困ってしまう」

こぎれいな女童《めのわらわ》たちが大勢出てきて、仏に水を供えたり、花を折ったりしているのもはっきりと見える。

「あんなに女童がいるということは、あそこには女の人が住んでいるのか」

「僧都が女を囲っているわけはないからなあ」

「いったいどういう人なんだろう」

と、お供の者たちは口々に言う。下りていってのぞいて見る者もいる。

「きれいな娘たちと、若い女房、それに女童たちがいる」と言う。

仏前のお勤めをしているうちに日も高くなっていくので、病がぶり返さないかと光君は不安になるが、

「何か気分をお紛らわしになって、お気になさらぬのがようございます」

とお供の者に言われ、後ろの山々に向かい、京の方角を見下ろした。ずっと遠くま

で霞がかっていて、木々の梢《こずえ》がどことなく一帯に煙って見える様子は、まるで絵に描いたようだ。

「こういうすばらしいところに住む人は、満足して思い残すこともないだろうね」と光君が言うと、

「このような景色はたいしたものではありません。よその国にあります海や山の光景をご覧に入れましたならば、どんなにか御絵も上達なさることでしょう」「富士の山だとか、何々の岳とか」とお供の者たちが言う。また、西のほうの風情《ふぜい》ある浦々や、海辺の景色について話し出す者もいて、なんとか君の気を紛らわせようと努める。

「近いところですと、播磨《はりま》の明石《あかし》の浦《うら》、これがやはり格別でございます。どこといって深い趣があるわけではありませんが、ただ海を見渡したその光景が、不思議とほかの場所とは違って、広々としているのです。その国の前《さき》の国守《くにのかみ》で、近ごろ出家した者が娘をたいせつに育てております家は、たいしたものです。大臣の子孫で、出世もできたはずの人なのですが、たいそうな変わり者で、宮廷勤めを嫌って、近衛中将《このえのちゅうじょう》という役職も捨てて、みずから願い出て国守となったわけですが、その国の人々にも少々馬鹿にされたりして、『どんな面目でふたたび都に帰ることができようか』と言って出家してしまったのです。多少とも奥まった山中に隠棲《いんせい》することもせず、人の多

い海岸で暮らしておりますのは妙なことですが、なるほど考えてみますと、播磨の国には出家した人の隠棲にふさわしいところは方々にありますが、ひとけもないものさびしい山奥など、若い妻子が心細く思うに決まっておりますし、それに、自分の気晴らしのためもあるのでしょうね。先頃、播磨国に参りましたついでに、様子を見ようと立ち寄ってみましたら、京でこそ失意の者のようでしたが、今はその辺一帯の土地を占有して、邸宅をかまえておりました。なんと申しましても国守の時の権勢でそのようにしたわけですから、余生を充分裕福に過ごせる用意ができているのです。極楽往生のためのお勤めもじつによく励んでおりますから、かえって出家して人柄の格が上がった人物ですね」とお供の者が話すと、

「ところで、その娘というのは」と、光君は訊く。

「容貌もたしなみも、相当のもののようでございます。代々の国守が、格別の心遣いをして求婚しているようですが、いっこうに承知しません。『この私がこうして虚《むな》しく落ちぶれているだけでも無念なのだ。このたったひとりの娘の将来については私に特別な考えがある。万が一私に先立たれて、この志がかなえられず、私の思い決めている運と食い違うようなことがあれば、海に身を投げてしまえ』と父親が常に遺言をしているのだそうですよ」

と話すのを、君はおもしろく聞いた。

「海の龍王のお妃《きさき》にふさわしい秘蔵娘というわけか。高望みもつらいところだ」

と、お供の者たちは言い合って笑う。

この明石の話をしたのは、播磨守《はりまのかみ》の子で、今年六位の蔵人《くろうど》から五位に叙せられた良《よし》清《きよ》という男である。お供の者たちは、

「実際、好き者のあなたのことだ、その入道の遺言を反故《ほご》にしてやろうという魂胆なんだろう」

「それで入道の家のまわりをうろうろしていたのか」と、口々に良清をからかう。

「いや、そうはいっても田舎くさい娘だろうよ。子どもの頃から明石なんて田舎で育って、頭の古い親の言いつけを守っているだけなんてね」

「母親はいい家柄の出らしいよ。きれいな若い女房や、女童たちを、京の身分ある家々からつてを頼ってさがし集めてきて、ぜいたくな育て方をしているそうだ」

「風情のない娘に育ってしまったら、そんなふうに田舎に置いて高望みをしているわけにもいかないからね」

などと口々に話している。

「けれどどうして明石の入道は、海の底までなんて深く思い詰めているのだろう。は

た目にもうっとうしい話だね」と言う光君は、並々ならぬ関心を抱いたようである。並外れて風変わりなことにご興味をお持ちになる性分だから、こんな話にも興味を覚えてしまわれるのだろう、とお供の者たちはそれぞれこっそりと思うのだった。

「もう日も暮れてきましたが、ご発作もお起こりにならなくなったようです。さっそくお帰りなさいませ」

とお供の者が言うが、聖が止める。

「物《もの》の怪《け》も憑《つ》いているご様子でございましたから、今晩はやはり静かに加持をなさいまして、明日お帰りになるのがよろしいかと思います」

それももっともなことだと一同は言い、このような旅寝の経験がない光君は興味を引かれ、「それでは明け方に帰るとしよう」と言った。

春の日は長く、なかなか暮れず、することもなく退屈な光君は、夕暮れのたいそう霞《かす》んでいるのに紛れて、さっきの小柴垣のあたりに出かけてみた。惟光《これみつ》のほかはお供の者たちは帰してしまって、惟光とともに垣の内をのぞいてみると、すぐそこの西に面した部屋に持仏《じぶつ》を据えてお勤めをしている尼がいた。簾《すだれ》を少し巻き上げて花を供えているようである。中の柱に身を寄せて座り、脇息《きょうそく》を机がわりにして経巻を置き、大儀そうに読経《どきょう》をしている尼は、ふつうの身分の人とも思えない。四十過ぎくらいで、色が白く気品があり、ほっそりしているけれども、頬はふくよかで、目元のあたり、うつくしく切り揃えられた髪も、長い髪よりかえって洒落《しゃれ》た感じだと光君は感心して眺めた。こぎれいな二人の女房と、女の子が、出たり入ったりして遊んでいる。その中にひとり、十歳くらいだろうか、白い下着に山吹襲《やまぶきがさね》の着慣れた表着《うわぎ》を着て走ってきた女童がいた。ほかの大勢の女童たちとは比べものにならないほどかわいらしく、成人したらひときわうつくしくなるだろうと思えるほどの容姿である。髪は扇を広げたようにゆらゆらとして、泣き腫《は》らしたような顔は、こすったのか真っ赤になっている。

「何ごとですか。子どもたちと喧嘩《けんか》でもなさったの」と見上げる尼君と似ているところがあるので、娘だろうかと光君は思う。

「雀《すずめ》の子を犬君《いぬき》が逃がしてしまったの。籠を伏せてちゃんと入れておいたのに」と、さも残念そうに女童は言う。その場に座っていた女房が、

「またあのうっかり者の犬君が、そんないたずらをしてお叱りを受けるとは、しょうがない人ですね。雀の子はどこに行ってしまったのでしょう。だんだんかわいらしく育ってきていたのに、烏《からす》なんかに見つかったらたいへんですわ」と言い、部屋を出ていく。ゆったりと髪の長い、こざっぱりした人である。少納言の乳母《めのと》と呼ばれているところを見ると、この子の世話役なのであろう。

「なんてまあ子どもっぽい。聞き分けもなくていらっしゃること。私がこうして今日明日をも知れない命だというのに、なんともお思いにならず、雀を追いかけていらっしゃるなんて。罰が当たりますよといつも申しておりますのに、情けないことです」と尼は言い、「こっちへいらっしゃい」と呼ぶと、女童はそこに膝をついて座る。頬のあたりがまだあどけなく、眉のあたり、無邪気に髪を掻《か》き上げたその額、髪の生え際がなんともかわいらしい。これからどんなにうつくしく成長していくのだろうと、光君はじっと見入った。が、じつは、限りなく深い思いを寄せている人に女童がたいそう似ているので、目が引きつけられていたのだ、と気づいたとたん涙がこぼれてくる。

尼君は女の子の髪を撫《な》でながら、

「櫛《くし》を入れることもお嫌がりになるけれど、きれいな御髪《みぐし》ですこと。本当に子どもっぽくていらっしゃるのが心配でたまりませんよ。これくらいのお年になると、こんなふうでない人もありますのに。亡くなったあなたのおかあさまは、お父上が先立たれた十ばかりの時は、もうなんでもよくわきまえていらっしゃいましたよ。私があなたを今残していってしまったら、どうやって暮らしていかれるおつもりなのでしょう」

と言ってひどく泣き出してしまうのを見て、光君もわけもなく悲しくなる。幼心にも、さすがに尼君をじっと見つめる女童の、伏し目になってうつむいたところにこぼれかかってくる髪が、つやつやと光っている。

生《お》ひ立たむありかも知らぬ若草をおくらす露ぞ消えむそらなき
（これからどうやって育っていくかもわからない若草のようなこの子を残しては、露のような身の私は消えようにも消える空がありません）

尼君が詠むのを聞いて、そばにいた女房が「本当に」と泣き、

初草《はつくさ》の生《お》ひゆく末《すゑ》も知らぬまにいかでか露の消えむとすらむ
（萌《も》えはじめたばかりの若草のような姫君のこれから先もわからないうちに、どうして露が先に消えることなどお考えなのでしょう）

と詠む。そこへ僧都があらわれて、

「こちらは人目につきましょう。今日に限って端のお部屋においでなのですね。ここの上の聖の坊に、源氏の中将殿がわらわ病のまじないにおいでになっておられるのを、たった今耳にしました。たいそうなお忍びでしたので、存じませんで、ここにおりながらお見舞いにも参上いたしませんでした」と言う。

「まあ、たいへん。見苦しいところをどなたかに見られてしまったかしら」と、尼君は簾を下ろした。

「世間で評判になっていらっしゃる光源氏の君を、この機会に拝見されたらいかがですか。俗世を捨てた法師にとっても、この世の悩みごとも忘れ、寿命も延びるかと思うほどのおうつくしさです。さて、ご挨拶に参りましょう」

と言って立ち上がる気配がするので、光君は急いでその場を離れる。なんと心惹《こころひ》かれる人を目にしたことだろう。こういうことがあるから、好色な連中はあちこち出歩いては、意外な女をうまく見つけ出すというわけか。たまにこうして出かけただけでも、思いがけないことに出会うのだから……と、光君はおもしろく思う。それにしても、なんとかわいらしい女童だったろう。どういう素性の人なのか。あのお方の御身代わりにともに暮らしたら、明けても暮れても気持ちがなぐさめられるだろう、という思いに深く取りつかれた。

光君が聖の坊で横になっていると、僧都の弟子が惟光を呼び出した。狭いところなので、会話は光君の耳にも届いた。

「こちらにいらっしゃっているとつい今しがた人から聞きました。何はともあれご挨拶に参るべきでございましたが、拙僧がこの寺にこもっておりますことをご存じでいらっしゃりながら、ご内密になさいましたので、何かわけがおありなのかと差し控えました。旅先のお宿もこちらに用意いたしましたのに。残念でございます」と弟子は言う。

「それが、今月の十日過ぎあたりからわらわ病を患ってしまって、度重なる発作にこらえかねて、人に教えてもらうままにこの山奥までやってきました。このように高名な聖ほどのお方が、もし祈禱の効き目もあらわさなかったら、世間体の悪さも並の行者以上だろうと憚《はばか》られまして、内密にしたのです。そのうちそちらにも伺います」と、光君は惟光を通じて答えた。

弟子が去ると、すぐに僧都がやってきた。法師とはいえ、世間からも尊敬される重々しい人物で、光君は地味なお忍びの姿が決まり悪くなる。このように山中にこもって修行している暮らしのことを話した後に、「変わりばえのしない草庵《そうあん》ですが、いささか涼しい水の流れでもご覧に入れましょう」と、僧都はしきりに誘う。まだ自分を見たことのない女性たちに、僧都が大げさに自分のことを話していたのを思い出して恥ずかしくなる。けれどあのうつくしい女童のことも気になるので、出向くことにした。

僧坊は、格別念入りに、木や草をも風情ゆたかに植えしつらえてある。月のない頃なので、遣水《やりみず》のほとりで篝火《かがりび》を焚《た》き、軒先の灯籠《とうろう》にも火が入れてある。来客用の南側の部屋は、じつにさっぱりと整えてある。部屋に焚かれた薫香が奥ゆかしく香り、仏に奉る名香《みょうごう》も部屋を満たしている上、光君の着物に焚きしめた香も風が運び、奥の部屋の女たちもなかなか落ち着くこともできないでいる。

僧都は、この世の無常やあの世のことなどを話して聞かせる。それを聞いていると光君は自分の罪の深さがおそろしくなり、どうすることもできない思慕の情にたましいを奪われて、生きている限りこのことで苦しまねばならないのだろう、ましてあの世での苦しみはどれほどだろうと考える。いっそ世を捨ててこんなふうな出家生活をしたいと思うものの、昼間の女童の顔がありありと浮かび、忘れがたく恋しい。

「こちらにいらっしゃいます女の方はどなたですか。そのお方の素性を確かめてみたいと思う夢を見たことがあります。今日、こちらに参って思い出しました」

光君が言うのを聞いて僧都は笑う。

「ずいぶんと突然の夢のお話でございますね。お確かめになったところでがっかりなさるのがオチでございましょう。按察大納言《あぜちのだいなごん》は亡くなってから久しくたちますので、ご存じではありますまい。その妻がわたくしの妹でございます。その按察が亡くなって後、尼になっておりますが、このところ病み患うようになりました。ご覧の通りわたくしが京にも出ずに山ごもりしておりますので、ここを頼りにしてこもっているのでございます」と、僧都は話す。

「その大納言にはご息女がいらっしゃると伺ったことがありますが……。いえ、色めいた気持ちではなくて、真面目に申し上げているのですが」と光の君は当てずっぽうに言ってみる。すると僧都は話を続けた。

「娘がひとりおりました。もう亡くなって十数年になりますか。父である大納言が、入内《じゅだい》させようとたいそうだいじに育てていましたが、その望みを見届ける前に自分は亡くなってしまいましたので、妹が苦労して育て上げました。それが、いったいだれが手引きしたものやら、兵部卿宮《ひょうぶきょうのみや》さまがお忍びで通ってこられるようになりましたんですが、兵部卿宮さまのもともとの奥さまはご身分の高い方で、娘には心の休まらないことが多くて、明けても暮れても思い悩んで、とうとう亡くなってしまいました。気苦労から病気になるものだということを、目の当たりにしましてね……」

ということは、あの女童は、兵部卿宮とその亡くなったひとり娘との子なのだろうかと光君は考える。先帝の皇子《みこ》である兵部卿宮は藤壺《ふじつぼ》の兄、なるほどだからあのお方に似ているのかと思い、なおいっそう心惹かれ、我がものにしたいと思う。品格があってかわいらしいし、なまじっかの小賢《こざか》しさもないようだし、親しくともに暮らして、思いのままに教育して成長を見守りたい。

「それはたいそうお気の毒なことですね。そのお方は、お残しになった忘れ形見の御子もいらっしゃらないのですか」

あのあどけない少女の素性をなおはっきりと確かめたくて光君はそう訊いた。

「亡くなります直前に生まれました。それも女の子でした。女の子ですから心配の種も尽きないと、老い先短い妹は嘆いております」

という僧都の言葉を聞いて、やはりそうかと光君は納得し、口を開く。

「つかぬことを申し上げますが、この私をその幼いお方のお世話役にお考えくださるよう、尼君にお話しいただけませんでしょうか。私には妻もおりますが、どうにも気持ちがしっくりといかず、思うところあってひとり身のような暮らしを続けております。まだ不似合いな年齢なのにと、世の常の男の申し出と同様にお考えになられますと、この私は間の悪い思いをすることになりますが」

「まったくよろこんでお受けするべき仰《おお》せ言《ごと》でございます。けれどまだいっこうに頑是《がんぜ》ない年でございますので、ご冗談にもお世話いただくわけには参りません。そもそも女性というものは、周囲の人に何かと世話をされて一人前になるものですから、僧都のわたくしからくわしい意見は申し上げられません。あの祖母によく相談いたしました上でご返事申し上げましょう」

僧都は取りつく島もない様子でそっけなく言い、年若い光君は気が引けて、それ以上うまく話すことができない。

「阿弥陀仏《あみだぼとけ》のいられますお堂で、お勤めをする刻限でございます。夕べのお勤めをまだしておりません。すませてからまたこちらに伺いましょう」と言って、僧都は堂に上っていった。

光君が悩ましい気持ちを抱えていると、小雨が降ってきて、冷たい山風も吹きはじめる。滝つぼの水嵩《みずかさ》も増して、水音も高く聞こえる。少し眠たそうな読経の声がとぎれとぎれに聞こえてくるのが心に染みて、場所が場所だけに、無関心な人でも何かしら神妙な気持ちにもなるだろう。まして光君はあれこれと考えることが多く、まんじりともできない。夕べのお勤めと僧都は言っていたけれど、夜もずいぶん更けてきた。

奥の部屋でも、まだだれか起きている様子が聞こえてくる。数珠《じゅず》が脇息《きょうそく》に触れて鳴る音がかすかにし、ものやさしい衣擦《きぬず》れの音もして、光君はその上品な音に聞き入る。その音がそんなに遠くはないので、立てめぐらしてある屏風《びょうぶ》の中ほどを少し引き開け、光君は扇を鳴らして人を呼ぶ。奥の人たちはこんな時間に思いもよらぬという様子ながら、聞こえないふりはできないと思ったのか、だれかがいざり出てくるようである。

少し下がり、

「あら、聞き間違えかしら」と不審そうに言うのを聞いて、

「仏のお導きは、暗い中でもけっして間違いのないはずですのに」と光君はささやいた。

その声がじつに若々しく、また気高いので、どんなふうに話していいのか決まり悪く思いながら、「どのようなご案内をいたせばよろしいものやら、わかりかねますが……」と女房は困惑している。

「なるほど、だしぬけに何を、と不審に思うのももっともですが――

初草《はつくさ》の若葉のうへを見つるより旅寝の袖《そで》も露ぞかわかぬ

（初草の若葉のようなかわいらしいあの方を見かけてから、旅寝の衣の袖も恋しさの涙の露に濡《ぬ》れて、乾くことがないのです）

お取り次ぎくださいませんか」と君は伝えた。それを聞いた女房は、

「そのようなことを伺って理解できるような方はここにはいらっしゃらないと、ご存じなのではございませんか。いったいどなたにお取り次ぎいたしましょう」と答えるが、

「こんなふうに申し上げるのにはしかるべきわけがあると、お考えになってくださ い」と君がなお言うので、女房は下がってそれを尼君に伝えた。

まあ、なんて大胆なことを。姫君が男女のことがわかる年齢だとお思いなのかしら。

それにしても、あの「若草」の歌をどこでお聞きになったのでしょうね……と、尼君はあれこれと不審がって気持ちが乱れるが、返事が遅くなっては失礼にあたると思い、

「枕ゆふ今宵《こよひ》ばかりの露けさを深山《みやま》の苔《こけ》にくらべざらなむ

（今宵だけの旅寝の枕に結ぶ草の露を、深山に住む私どもの苔の衣の露とお比べにならないでください）

私どもの袖こそ乾きそうにございませんのに」と、返歌を伝えた。

「このようなお取り次ぎを介してのご挨拶は、私にはまったくはじめてのことです。恐縮ではございますが、真面目に申し上げたいことがあるのです」と光君が伝えると、

「何を誤解なさっているのでしょう。本当にご立派なご様子ですから、ご対面してどのように返答してよいのやらわかりません」と尼君はためらっている。

「けれど、決まり悪い思いをさせてしまってはいけませんから」と、女房たちは対面を勧めた。

「そうですね、年若い女性なら困ったものでしょうが、そうではない私ならかまいますまい。御心をこめておっしゃってくださるのだから、畏れ多いことです」と、尼君はいざり寄った。

「はじめてお目にかかりますのに突然こんなことを申し上げては軽薄と思われるかも

しれませんが、私自身はいたって真剣です。御仏はもとより私の真意をお見通しと思います」

と光君は話しはじめるが、尼君の落ち着きはらった気詰まりな様子に気後れして、すぐには言い出すことができない。

「いかにも、思いもかけませぬこのような時に、こんなに親しくお話を伺えますのは、軽薄なんてとんでもないことです、ひとかたならぬお気持ちからと存ぜられますが」

と尼君は言う。

「姫君はおいたわしいお身の上と伺いました。この私を、亡くなられたという母君のかわりと思ってくださいませんか。私もごく幼少の折に、親身にお世話いただけるはずの人に先立たれ、ずっと頼りない気持ちで虚しく月日を過ごしています。姫君も私と同じようなお身の上でいらっしゃるようですから、お仲間にしていただきたいと心から申し上げたいのです。こうした機会はめったにありませんから、どのようにお思いになられてもかまわないと思い切って申し出た次第なのです」

それを聞いて尼君は言う。

「本来ならたいへんうれしく存ぜられますお話ですが、何か聞き間違えていらっしゃることがおありではないかと、憚られます。老いた私ひとりを頼りにしている娘はおりますが、まだ聞き分けもない年頃でして、大目に見ていただけるところもまるでないと存じますので、お話を本気で伺う気持ちにはなれません」

「私はすべてくわしく聞かせていただきました。どうぞ堅苦しくお考えにならないでください。いい加減などではない、私の思いの深さをどうかご理解ください」

と光君は言うが、いかにも不釣り合いなことをそうともわからずにおっしゃっているのだと尼君は思い、真面目に取り合おうとしない。そこへ僧都が戻ってきたので、

「まあ、いいでしょう。お願いの口火はもう切りましたから、心丈夫というものです」と光君は屛風を閉めた。

明け方近くなり、法華三昧《ほけざんまい》をお勤めする堂の、懺法《せんぼう》の声が、山から吹き下ろす風にのって聞こえてくる。じつに尊いその響きが、滝の音と響き合っている。

吹きまよふ深山《みやま》おろしに夢さめて涙もよほす滝の音かな
（吹きすさぶ深山おろしの風にのって聞こえてくる懺法の声に煩悩の夢もさめて、感涙を誘う滝の音であることよ）

と光君が詠むと、
「さしぐみに袖ぬらしける山水《やまみづ》にすめる心は騒ぎやはする
（はじめておいでのあなたはこの山川の音に感涙で袖をお濡らしですが、心を

澄ましてここに住むわたくしは動かされることもありません）もう聞き慣れてしまいました」

と僧都は返す。明けてゆく空はたいそう霞んでいて、山の鳥たちが姿を見せずさえずりあっている。名前もわからない草木の花々が色とりどりに咲き乱れ、まるで錦を敷いたかのようだ。そこへ鹿が立ち止まりながら歩いていくのも光君には珍しく、気分の悪いことも忘れてしまった。聖は身動きするのも不自由な様子だが、やっとのことで護身の修法《ずほう》を施した。陀羅尼《だらに》を読み上げる聖の、しわがれた、隙間の空いた歯からゆがんで絞り出される声は、しみじみと尊く聞こえる。

京から迎えのお供たちがやってきて、快方に向かったお祝いをし、帝《みかど》からのお見舞いを伝える。僧都は、お供たちが見たこともないような果物を山の谷まで採りにいき、光君をもてなした。

「今年いっぱいの山ごもりの誓いがありますので、京までお見送りにいくこともできませんが、かえって名残惜しい気持ちでございます」と僧都は酒を光君に差し出した。

「この山川の景色に心が残りますが、帝からご心配とのお言葉がありましたのも、畏れ多いことですので……。またすぐに、この桜の咲いているあいだに来ることにします。

宮人に行《ゆ》きて語らむ山桜風よりさきに来ても見るべく

(帰って宮中の人たちにこの山桜のうつくしさを語って聞かせましょう。花を散らす風が吹かないうちに見にくるように)」

と言う光君の姿ばかりか声音までも、まぶしいほど立派である。

優曇華《うどんげ》の花待ち得たるここちして深山桜《みやまざくら》に目こそ移らね

(あなたさまにお目にかかりましたのは、三千年に一度咲くと言われている優曇華にめぐり合わせたような気持ちで、この山奥の桜などには目も移りません)

僧都が詠むと、

「長い時の後に一度咲くというその花とは、めったに出合えないとのことですから、私とは違います」と光君はほほえんだ。聖は盃《さかずき》をもらい、

奥山の松のとぼそをまれにあけてまだ見ぬ花の顔を見るかな

(引きこもったままの奥山の松の扉を珍しくも開けて、まだ見たことのない花のようなお顔を拝見いたします)

と涙をこぼし光君を拝み、お守りにと、密教の仏具である独鈷《とこ》を光君に授けた。僧都は、聖徳太子が百済《くだら》で手に入れた金剛子《こんごうじ》の数珠を玉で飾ったものを、百済から入れ

てきたままの唐風《からふう》の箱に入れ、透かし編みの袋に入れて、五葉松の枝に結びつけ、さらに、紺碧《こんぺき》の瑠璃《るり》の壺《つぼ》にいろいろな薬を入れて藤や桜の枝に結びつけ、こうした場所柄にふさわしい数々の贈り物を光君に捧《ささ》げた。あらかじめ用意していたさまざまの品を取りに京へ人を送ってあったので、光君は、聖をはじめとして、読経した法師たち、近辺の木こりにまで、相応の品々を贈り、誦経《ずきよう》の料を渡して出立《しゆつたつ》の準備をした。

僧都は奥に入って、源氏の君の言葉を尼君にそのまま伝えるけれど、「今はどうともお返事の申し上げようがございません。もしお気持ちがあれば、四、五年たってからでしたらいかようにも……」と言うのみである。

その尼君の言葉を僧都から聞き、前と同じ返事であることに光君はがっかりした。尼君への手紙を、僧都の元にいるちいさな童《わらわ》にことづける。

夕《ゆふ》まぐれほのかに花の色を見てけさは霞《かすみ》の立ちぞわづらふ

（昨日の夕暮れどきにちらりとうつくしい花の色を見ましたので、今朝は霞とともにここを立とうにも、立ち去りがたい思いです）

すると尼君から

まことにや花のあたりは立ち憂《う》きと霞《かす》むる空のけしきをも見む

（本当に花の元を立ち去りにくいのでしょうか、そうはおっしゃいますが、は

っきりとしない空――あなたさまのお気持ちを見届けたいことでございます）

と、じつに奥ゆかしい筆遣いで気品ある文字を無造作に書いた返事が届いた。

光君が車に乗ろうとすると、左大臣家から「どちらへともおっしゃらずにお出かけになったと聞きました」と、お迎えの人々や子息たちが大勢でやってきた。頭中将《とうのちゅうじょう》や左中弁《さちゅうべん》、そのほかの者たちも光君の後を追ってきて、

「こういう時のお供は勤めさせていただこうと思っているのに、置いていかれるなんてひどいことです」と恨み言を言い、「まったくすばらしい花の下に、少しも足を止めずに帰るなんてつまらないではありませんか」と、岩陰の苔《こけ》の上にずらりと座って酒を酌み交わす。落ちてくる水の風情も味わい深い滝のほとりである。頭中将は懐から横笛を取り出して吹きはじめる。弁の君は扇で拍子をとりながら、「豊浦《とよら》の寺の西なるや」と、うたい出す。左大臣家の子息たちはみな格別にすぐれた貴公子であるが、気だるそうに岩に寄りかかって座っている光君が不吉なほどにうつくしく、それにかなう者はひとりもいない。例によって、篳篥《ひちりき》を吹く随身《ずいじん》も、笙《しょう》の笛を従者に持たせている風流人も一行の中にいる。僧都はみずから琴を持ってきて、

「これを一曲お弾きになってくださいまし。山の鳥を驚かしてやりとうございます」と光

君にしきりに頼む。

「気分がよくなくて、本当につらいのですが」と答えるも、不愛想にならない程度に一曲掻き鳴らして、一同は出発した。別れがたくて、とるに足らないような法師も子どもたちもみな涙をこぼしている。まして奥では、老いた尼君たちも、あんなにうつくしい人は今まで見たことがなかったので、「この世の人とはとても思われません」とみなで言い合っている。

「本当に、どんな前世の因縁で、あのようにうつくしいお姿で、このわずらわしい日《ひの》本《もと》の末世にお生まれなさったのだろうと思うと、本当に悲しいことだ」と言って僧都は目を拭う。

あの少女も、幼心に光君をすばらしい方だと思い、「父宮のお姿よりもご立派でいらっしゃったわ」などと言っている。

「それなら、あのお方のお子におなりになったら」と女房が言うと、少女はうなずき、それはすてきなことだと思うのだった。人形遊びをしても、絵を描いても、これは源氏の君と決めて、きれいな着物を着せてだいじにしている。

京に戻った光君はまず宮中に向かい、父帝にここ数日の話をした。光君を見て、本当にひどくやつれてしまったものだと帝は心配になる。聖の験《げん》の力がいかにすぐれて

いるかと光君がくわしく話すと、

「阿闍梨《あじやり》に任ぜられてしかるべき人物なのだろう。それほど修行の年功がありながら、朝廷で少しも知られていなかったとは……」と帝は尊敬をこめて言う。

ちょうど参上していた左大臣がやってきて、

「お迎えにと存じましたが、お忍びのお出かけですので、どうかと思って遠慮いたしました。私どもの邸《やしき》で一日二日、ゆっくりご休息なさいませ」と言う。「これから私がお供いたしましょう」

光君は気が進まなかったが、その気持ちにほだされて退出することにした。左大臣は自分の車に光君を乗せ、自分は末席に座る。こうして自分のことをだいじに世話してくれる左大臣の誠意を、さすがに心苦しく思うのだった。

左大臣の邸では、光君がやってくるのを心待ちにしてあれこれ用意をし、光君が久しく顔を見せないうちに、ますます玉で飾った高殿よろしく邸を飾り立て、何もかも華麗に整えていた。妻である女君（葵《あおい》の上《うえ》）は、いつものように引っ込んだままで、すぐには姿をあらわさない。左大臣に強く勧められて、やっとのことであらわれたものの、まるで絵に描いた物語のお姫さまのように座り、身じろぎもせず、堅苦しいまでに行儀よくしている。光君が心の中の思いをそれとなく口にしたり、山に行っていた話をしてみても、女君は少しも打ち解ける様子がない。気の利いた返事でもしてくれるのならば話し甲斐《がい》もあって、愛情も湧いてこようものを、光君を気詰まりな相手だと思っているかのようによそよそしい。いっしょになってから年月が重なるのにつれて、どんどん気持ちが離れていくようで、光君はさすがにやりきれない気持ちになって、言った。

「たまには人並みの妻らしいところを見てみたいものですね。病でたえがたいほど苦しんでいたのに、いかがですかと問うてもくれないのは、今にはじまったことではないが、やはり恨めしく思いますよ」

「では『問はぬはつらき』という古歌の心があなたもおわかりになって?」と、流し目で光君を見る葵の上のまなざしは、なんとも近づきがたいほどの気品にあふれたうつくしさである。

「たまに何か言ってくれるかと思うと、とんでもないことを言いますね。『問はぬはつらき』などという間柄は、れっきとした夫婦である私たちにはあてはまりませんよ。情けないことだ。いつまでたっても取りつく島もない仕打ちだけれど、考えなおしてくれることもあろうかと、いろいろ手をかえてあなたの気持ちを試そうとしているのですが、それでますます私のことが嫌になるのでしょうね。まあ、仕方ない。命さえ長らえていれば、いつかはわかってもらえるでしょう」と言って、光君は寝室に入った。

女君はすぐには寝室に入ってこない。光君は誘いあぐねて、ため息をつき横になった。なんともおもしろくない気持ちなのだろうか、眠そうなふりをして、男と女のことについてあれこれ思いをめぐらせている。

さて、山で見かけたあの少女の成長ぶりを、やはりこの目で見たいという思いを光君は捨てることができない。けれど不釣り合いな年齢だと尼君が言うのももっともであるし、なんとも交渉しづらい。なんとか手立てを打って、気軽にこちらに迎えて、朝も夕もいっしょに暮らしたいものだ……。父君の兵部卿宮《ひようぶきようのみや》はじつに優雅で上品なお方だが、はなやかなうつくしさがあるわけではない、なのになぜあの少女は、ご一族のあのお方にあんなに似ているのだろう、兵部卿宮とあのお方が、同じ母宮からお生まれになったからだろうか……。そんなことを考えていると、あのお方との姪《めい》という縁《ゆかり》がなんとも慕わしく、どうにかして是非にでも、と切実な気持ちになる。翌日、手紙を書いて北山に届けた。僧都にも思うところをそれとなく書いたようである。尼君には、

「まったく取り合ってくださらなかったご様子に気が引けて、心に思っておりますことを存分に言い切ることができなかったのを残念に思っております。こうしてお手紙でも申し上げることからしても、私がどれほど真剣かをおわかりいただけましたら、どんなにうれしいでしょう」

と書き、ちいさな結び文を同封した。そこには、

「おもかげは身をも離れず山桜心の限りとめて来《こ》しかど

（山桜のうつくしい面影は体から離れることがありません。心のすべてはそちらに置いてきたのですが）

夜のあいだの風も、山桜を散らしてしまうのではないかと心配でなりません」

と書いた。

筆跡がみごとであるのはいうまでもなく、無造作に包んだ風情《ふぜい》も、年老いた尼君たちの目にはまぶしいばかりにすばらしく見える。ああ困った、なんとお返事差し上げようと尼君は悩む。

「先だってお通りすがりの折のお話は、ちょっとしたお思いつきのように存じましたが、わざわざお手紙をいただきましては、お返事の申し上げようもございません。まだお習字の『難波津《なにわづ》』の歌すら、ちゃんと続けては書けないのですから、お話になり

ません。それにしても

嵐吹く尾《を》の上《へ》の桜散らぬ間を心とめけるほどのはかなさ

(激しい山嵐が吹いていずれは散ってしまう峰の桜の、散らないあいだだけお
心を留められたとは、ほんの気まぐれではございませんでしょうか)

お手紙を拝見し、いっそう心配でなりません」

と返事を書いた。僧都からの返事も似たようなものだったので、光君は残念でならず、二、三日たってから惟光《これみつ》を使いに送った。その際、

「少納言の乳母《めのと》という人がいるはずだから、その人を訪ねて、くわしく相談せよ」と言い含めた。

なんとまあ、抜け目のないお心であることよ。はっきり見たわけではないけれど、まだほんの子どもだったじゃないかと、ちらりと垣間見た時のことを思い出し、さすがは光君……と、惟光は感心すらしてしまう。

光君からわざわざ手紙を送ってもらったので、僧都も恐縮して返事をした。惟光は少納言の乳母にも面会を申し入れて会った。源氏の君の気持ちや言っていた言葉、日頃の様子までくわしく話して聞かせた。口の達者な惟光は、もっともらしくいろいろ話すが、姫君はまだどうともできないお年なのに、源氏の君はいったいどういうおつ

もりなのだろうと、僧都も尼君も気味悪くすら思うのだった。光君は心をこめて書いた手紙に、ふたたび結び文を入れている。

「その一字一字たどたどしくお書きになったお手紙がやはり拝見したいのです」

あさか山浅くも人を思はぬになど山の井《ゐ》のかけ離《はな》るらむ

（あなたを浅くも思っておりませんのに、どうして相手にならず、かけ離れてしまわれるのでしょう）

尼君からの返事は、

汲《く》みそめてくやしと聞きし山の井《ゐ》の浅きながらや影を見るべき

（汲みそめてくやし——うっかり汲んでしまって後悔したと古歌にも詠われた山の井のように、あなたのお心のその浅さでは、どうして姫君を差し上げることができましょう）

というもので、惟光はこれをそのまま光君に伝えた。

「尼君の御病気が多少とも快方に向かわれましたら、もうしばらくのあいだここで過ごして、京の邸《やしき》にお帰りになってからご挨拶申し上げましょう」という少納言の返事を光君はもどかしく聞いた。

藤壺《ふじつぼ》の宮が病気にかかり、宮中を退出することとなった。心配し、気をもんでいる帝《みかど》の様子をいたわしく思いながらも、せめてこうした折にでもと光君は気もそぞろになり、他のどの女君をも訪ねることなく、内裏《だいり》でも自邸でも、昼間は所在なくもの思いにふけり、日が暮れると藤壺の宮についている女房、王命婦《おうみようぶ》につきまとって藤壺と逢《あ》わせてくれるよう頼んだ。

そして、王命婦がいったいどのように策を弄したものか、無理な手立ての後にようやく逢うことがかなった。そうして逢っているあいだも、光君にはまったく現実のことと思えず、そのことがつらく感じられる。藤壺の宮も、以前の思いもかけなかった悪夢のような逢瀬《おうせ》を思い出し、あれ以来いっときも忘れることのできない悩みの種となったのだから、あれきりにしようと心底から決心していたのにと、情けない思いでいる。とてもつらそうな面持ちではあるものの、やさしく可憐な態度で接し、それでいて馴《な》れ馴《な》れしくはせず、奥ゆかしく気品ある物腰を崩さない。やはりこんなお方はどこにもいないと光君は思い、どうしてこのお方には少しの欠点もないのだろうかと、恨めしくさえなるのだった。

積もる思いのどれほどを言い尽くすことができようか。暗いと名のついたくらぶ山なら、いつまでも夜が明けないだろうから、そこに泊まりたいところだけれど、その願いに反して夜は短く、逢わないほうがよかったとさえ思えるつらい逢瀬である。

見てもまた逢ふ夜まれなる夢のうちにやがてまぎるるわが身ともがな

（こうしてお逢いしても、ふたたびお目にかかれる夜はめったにない、夢のような逢瀬ですから、いっそこのまま夢の中に消えてしまいたい）

と涙にむせる光君に、さすがに藤壺も感極まって、

世語りに人や伝へむたぐひなく憂《う》き身をさめぬ夢になしても

（世間の語り草として人は語り伝えていくのではないでしょうか、自分では、この上なく不幸せな我が身を、さめることのない夢の中のものと思ってみても）

と返し、心は千々に乱れている様子である。それもまたもっともで、畏れ多いことである。

王命婦は脱ぎ捨てられた直衣《のうし》を掻き集め、呆然《ぼうぜん》と悲しみに暮れている光君に渡し、無言で帰りを促す。

自邸の二条院に帰った光君は、それから横たわって泣いてばかりいた。藤壺の宮に手紙を送るも、いつものように王命婦から、ご覧になろうともなさいませんとの返事ばかりがある。わかっていながらもひたすらに苦しく、正気ではないほど悲しみ、宮

中へも参上せずに二、三日引きこもったままでいる。また具合でも悪いのかと帝が心配しているだろうと思い、そして自分の犯した罪の重さに光君は震え上がる。藤壺の宮もまた、なんとあさましい身の上だろうかとひたすら嘆き、どんどん具合も悪くなってきて、宮中から早く参内《さんだい》なさるようにとしきりにお使いが呼びにくるけれど、とてもそんな気持ちにはなれない。その具合の悪さもいつもとは異なり、どうしたことだろうと思いながらも、思いあたることがないわけではなく、ただならぬ不安を覚え、これからいったいどうなってしまうのかと藤壺は深く思い悩んでいる。暑いうちは起き上がることもままならない。

三月《みつき》にもなると、懐妊したことが人目にもはっきりとわかるようになり、お付きの女房たちもだんだんと気づきはじめてくる。なんとおそろしい因果だろうと藤壺は我が身を情けなく思わずにはいられない。

お仕えする女房たちは、まさかお腹の子の父が源氏の君だなどとは思いもせず、この月になるまで帝にご報告なさらなかったとは、と意外に思っている。藤壺の宮だけは、父はだれかということがわかっていた。お湯殿でも身近に仕え、何ごとも様子をはっきりわかっている乳母子《めのとご》の弁や王命婦は、これはただごとではないと思うけれども、互いに口にすべきことでもないので黙っている。王命婦は、どうしても逃れようのなかった藤壺と光君の宿縁を思い、なんということだろうかと内心で驚きおそれている。帝には、藤壺に取り憑《つ》いていた物《もの》の怪《け》のせいではっきりせず、すぐには懐妊の兆候もあらわれなかったので、なかなかわからなかったと奏上したようである。女房たちもそれを信じた。帝は身ごもった藤壺をいっそういとしくだいじに思い、お見舞いの勅使をひっきりなしに送ってくるが、藤壺の宮はそれもまたひたすらおそろしく、あれこれと思い悩んで心の休まる時もない。

光君も、ただごとではない異様な夢を見て、夢解きの者を呼んで夢の意味を尋ねた。夢解きは、まったく想像もつかない、あり得ないようなことを解いた。光君が天子の父となるだろうというのである。

「けれどそうしたご運勢の中には順調にいかないところもあり、ご謹慎せねばならぬことがございます」と夢解きは続け、厄介なことになったと思った光君は、

「自分の夢ではなく、さるお方の夢を語りました。この夢が事実となるまではだれにも話してはなりませんよ」と口止めし、いったいどういうことなのだろうと考えている。そんな折、藤壺の宮がご懐妊なさったという噂《うわさ》が聞こえてきた。もしやそれは自分の子で、夢解きの言葉とも関係があるのではないかと思った光君は、ますますせつなげな言葉を尽くして藤壺に逢いたい旨を訴えるが、まったく困ったことになったと

責任を感じてもいる王命婦は、なんとも計らいようがない。それまでは、ほんの一行ほどのお返事も、たまにはあったものだったが、今ではそれもすっかり途絶えた。

七月になって藤壺の宮は参内した。しばらくぶりで目にする藤壺がしみじみといとおしく、帝の寵愛《ちょうあい》は以前にもまして深くなった。お腹もすこしふっくらとして、気分が悪かったせいで面やつれしているその様子は、やはり比べるもののないうつくしさである。帝は例によって昼も夜も藤壺の御殿にばかり出向き、音楽の催しも興が乗る秋の季節なので、光君もいつもそばに呼んでは琴や笛などを演奏させる。光君は懸命に隠してはいるが、こらえきれない様子であるのがどうしても漏れ出てしまい、光君につれなくしている藤壺の宮も、さすがにあれこれと思わずにはいられないのだった。

あの山寺にこもっていた尼君は、いくらか体調もよくなり、山を出て京に戻ってきた。もともと住んでいた、亡き夫、按察大納言《あぜちのだいなごん》の家である。光君は戻ったことを聞き、京の住処《すみか》にしばしば手紙を届けた。尼君からの返事は依然としてはかばかしくないが、それももっともなことに思え、その上ここの幾月かは藤壺《ふじつぼ》の宮のことばかり思い、ほかのことなど考えるゆとりもなく日が過ぎていく。

秋も暮れようとする頃、光君はさみしくてたまらなくなり、ため息を漏らしていた。

月のうつくしい夜、ようやく思い立って、ひそかに通っていたところに出かけた。時雨《しぐれ》がぱらついている。出かける先は六条京極のあたりで、宮中からだといささか遠く感じられる。道中、古びた木立が鬱蒼《うっそう》と茂り、ぽっかりと暗い庭の、荒れた家がある。毎度のお供の惟光《これみつ》が、

「ここがあの、故按察大納言の家でございます。先日ついでがありまして立ち寄ってみましたら、あの山寺の尼君がひどくお弱りになられていたので、心配で何も手につかないと少納言が申しておりました」と言う。

「それはお気の毒なことだ。お見舞いすべきだったのに。どうしてそうと教えてくれなかったのか。入っていって挨拶しよう」

と君が言うので、惟光は使いを邸《やしき》に入れて、案内を乞うた。わざわざ源氏の君がお立ち寄りになられたと使いに言づて、その使いが入っていって「こうしてお見舞いにおいでになりました」と伝えると、女房たちは驚いて、

「それは困ったことです。このところ、尼君はすっかり回復の見込みもおぼつかなくなっておられますので、お目にかかることもできますまい」

と言うが、帰ってもらうのも畏れ多いことだと南の廂《ひさし》の間を取り片づけて、光君を案内した。

「むさくるしいところではございますが、せめてお見舞いのお礼だけでも申し上げたいとのことです。ぶしつけに、こんな奥まったうっとうしいところでございますが」

と女房が言い、確かにこうしたところはあまり見たことがないと光君は思う。

「いつもお伺いしようと思いながら、すげなくされるばかりなので、遠慮しておりました。ご病気が重いことも伺っていなかったのは、うかつなことです」と光君が言うと、

「気分のすぐれないのはいつものことでございますが、もういよいよという有様になりまして……。畏れ多くもお立ち寄りくださいましたのに、直接ご挨拶申し上げることもできません。仰せになられます例の件ですが、万が一お気持ちが変わらないようでございましたら、このようにたわいない年頃が過ぎましてから、かならずお目をかけてやってくださいませ。たいそう心細い有様のままこの世に残して参りますのが、往生の障りと思われることでしょう」

との尼君の言葉である。

病床がすぐ近くらしく、尼君の心細げな声がとぎれとぎれに聞こえてくる。

「本当に畏れ多いことでございます。せめて姫君が、お礼の一言でも申し上げられる年齢でしたら……」と尼君は女房に漏らしている。それをしみじみと悲しく聞き、君

は言った。

「いい加減な気持ちでしたら、こんな奇異にも思われかねない振る舞いをお見せするものですか。どのような前世の因縁なのか、はじめてお見受けした時から、不思議なほど、心からいとしくお思い申し上げております。この世だけのご縁とは思えないのです。ここへ来た甲斐もないように思えてなりません、あのかわいらしい子のお声を、どうか一声でも」

それに対して女房が、

「もう何もおわかりにならない様子で、ぐっすりとお休みになっておりますので」と答えるが、ちょうどその折しも、向こうからやってくる足音がし、続けて、

「おばあさま、北山のお寺にいらした源氏の君がいらっしゃったのですって。どうしてご覧にならないの」と幼い声がする。女房たちはひどく決まり悪そうに、

「しっ、お声が大きいですよ」と制するが、

「あら、だって、源氏の君をご覧になったら気分の悪いのもすっかりよくなったとおっしゃっていたじゃないの」と、得意げになって言うのが聞こえる。

光君はそれを聞いてたまらなくかわいく思うが、女房たちが困り切っているので、聞かなかったふりをして、生真面目なお見舞いの言葉を述べて帰ることにした。なる

ほど、まったく子どもっぽいなと思うが、同時に、自分でみごとに教え育てたいと思うのだった。

その翌日も、光君はじつにていねいにお見舞いの手紙を送った。いつものようにちいさな結び文に、

「いはけなき鶴《たづ》の一声《ひとこゑ》聞きしより葦間《あしま》になづむ舟ぞえならぬ

(あどけない鶴の一声を聞きましてから、葦のあいだを行き悩む舟は、ただならぬ思いでおります)

いつまでも慕い続けるだけなのでしょうか」

と、わざと子どもっぽく書いてあるが、それでもやはりじつに立派なので、「このまま姫君のお手本になさいませ」と女房たちは言い合っている。

少納言から光君に返事があった。

「お見舞いいただきました尼君は、今日一日も持ちそうにない有様でございます。これから山寺に引き移るところでございます。わざわざお見舞いいただきましたお礼は、あの世からでも申し上げることになりましょう」

それを読み、光君の心はひどくざわめいた。ちょうど秋の夕暮れで、心を休めるひまもないほど恋い焦がれるあの方をいっそう思う光君は、そのゆかりの少女を無理し

てでも手に入れたいという気持ちも募るようである。北山の寺で、「露のような身の私は消えようにも消える空がありません」と尼君が詠んだ夕べを思い出し、あの少女を恋しくも思い、また、ともに暮らしたら期待外れもあろうかとさすがに不安にもなる。

手に摘《つ》みていつしかも見む紫の根にかよひける野辺《のべ》の若草
（この手に摘みとってみたいものだ。紫草の根とつながっている、野辺の若草を）

十月には、朱雀院《すざくいん》への行幸《ぎょうこう》が予定されていた。その日の舞人には、高貴な家の子息たちや上達部《かんだちめ》、殿上人《てんじょうびと》たちなど、その方面にすぐれている人々がみな選抜された。親《み》王《こ》たちや大臣はそれぞれ得意な技芸を練習するのに忙しい日々を送っている。

北山の尼君にしばらく便りを出さなかったことを思い出して、光君はわざわざ使者を送ったところ、僧都の返事だけがあった。

「先月の二十日頃についに命終わるのを見届けまして、世のことわりとは申しても、やはり悲しみに暮れております」

と書かれているのを読んだ光君は、人の世のはかなさをしみじみと感じ、そして尼君が気に掛けていたあの少女はどうしているだろうと思う。幼心に一途《いちず》に尼君を恋しがっているのではなかろうかと、はっきりとは覚えていないものの、亡き母に先立たれた時のことを淡く思い出し、心をこめてお悔やみの品や手紙を送った。その都度少納言がぬかりなく立派な返事を寄越《よこ》した。

三十日の忌みごもりも過ぎて、少女が京の邸《やしき》に戻ったと耳にし、しばらくたってから、光君は用事のない暇な夜に出かけた。見るからに荒れ果てていてひとけも少なく、幼い人はどんなにおそろしい思いをしているだろうと光君は思う。以前と同じ南の廂《ひさし》の間に案内され、少納言が尼君の亡くなった時の様子などを泣きながら話すのを聞くうち、他人《ひと》ごとながら光君ももらい泣きして袖を濡《ぬ》らした。

「父君の兵部卿宮《ひょうぶきょうのみや》が姫君をお引き取りになるというお話ですが、姫君の亡くなった母宮は、兵部卿宮の奥方は本当に意地悪で思いやりのないお方だと思っていらっしゃいました。そんなところに、まるきり幼いというわけでもありませんが、人の振る舞いや考えなど、まだはっきりとご理解になれないような、どちらともつかずのお年で、大勢いらっしゃるという宮家のお子たちにまざって、軽くあしらわれながら暮らすことになるのではないかと、お亡くなりになった尼君も始終心配しておりました。確かになるほどそうかと思うこともたくさんありますので、このようにもったいない、あなたさまのかりそめのお言葉は、後々の思《おぼ》し召しがどうなるのかはともかく、尼君亡き今本当にうれしく存じます。けれども姫君はあなたさまに似つかわしいような年齢ではございませんし、実際のお年よりずっとあどけなくお育ちですので、まったくどうしていいものやら困り果てております」

少納言の話を聞いて、光君は言う。

「これほど幾度もくり返し打ち明けている私の気持ちを、どうして素直に受け取ってくれないのですか。そのあどけないご様子が、本当にいとしくなつかしく思えますのも、前世からの格別な宿縁があるからだと私には思えてならないのです。やはり人づてではなく、じかに私の気持ちを申し上げたい。

あしわかの浦にみるめはかたくともこは立ちながらかへる波かは

(姫君にお目にかかることが難しかろうとも、このまま寄せては立ち返る波のように私が帰るとお思いですか)

このまま帰すなんて、あんまりでしょう」

「本当に、畏れ多いことでございます」と少納言は言う。

「寄る波の心も知らでわかの浦に玉藻《たまも》なびかむほどぞ浮きたる

(打ち寄せる波のようなあなたさまのお気持ちを確かめもせず、和歌の浦でう

　つくしい藻——姫君が波になびくとしましたら、あまりに先行きが頼りないことでございます）

　仕方がございません」

と言う少納言が前より打ち解けて見えるので、光君は少々大目に見ようかと思い、

「人知れぬ身はいそげども年を経てなど越えがたき逢坂《あふさか》の関（後撰集《ごせんしゆう》／人知れず気が急《せ》くけれど、何年たってもなぜ逢《あ》えないのだろう）」から、「なぞ越えざらむ（絶対逢ってやろう）」とつぶやいている。

　それを若い女房たちはぞくぞくするような気持ちで聞いた。

　その姫君は、亡き尼君を恋しがって泣きながら眠ってしまったが、遊び相手の女《め》童《わらわ》たちが、

「直衣《のうし》を着た人がいらっしゃいましたよ。父宮がおいでなのでしょう」と言うので、起きて、

「少納言、直衣を着ている人はどこなの。父宮がいらっしゃったの？」と近づいてくる。その声がなんとも言えずかわいらしい。

「父宮ではありませんよ。でも、私もまた近しくしてもらっていい人間だ。こっちにいらっしゃい」

と言う声を聞き、あのご立派だったお方だと、姫君は幼心に理解して、まずいことを言ってしまったと思い、少納言にぴたりとはりつき、

「もう行こうよ、眠たいもの」と言う。

「今さらどうしてお逃げになろうとするの。私の膝の上でおやすみなさいな。もう少しこちらにいらっしゃい」と光君が言うと、

「ですから申し上げましたのです、まだこんなに頑是《がんぜ》ないお年頃でいらっしゃいますと」

そう言って少納言は姫君をそっと光君のほうに押しやった。姫君はそこにおとなしく座りこむので、光君は御簾《みす》に手を差し入れてさぐってみる。姫君のやわらかな着物に、つややかな髪がふさふさと掛かっているのに手が触れる。驚くほどみごとな髪に思える。光君に手をつかまれた姫君は、知らない人がこんなふうに近寄ってくるのは気味悪く、おそろしく感じ、

「眠たいって言っているのに」

と逆らって逃げようとする。その隙に光君はするりと御簾の内側に入ってしまった。

「これからはおばあさまのかわりに私があなたをかわいがってあげる。そんなふうに嫌がらないで」

「まあ、嫌ですわ、あんまりでございます。何をお言い聞かせなさっても、その甲斐もございませんでしょうに」と、困り果てた様子の少納言に、

「いくらなんでもこんなに幼い人を、私がどうかするとでもお思いですか。どうか世にまたとないこの愛情を終わりまで見届けてください」と光君は言う。

霰《あられ》が降ってきて風も荒くなり、おそろしい夜になってきた。

「どうしてこんなに人も少ないところで、心細くお暮らしになっているのですか」と光君は泣き、とてもこのままにしてはいられないと見るや、「格子《こうし》を下ろしなさい。今夜はおそろしい夜になるから私が宿直人《とのいびと》になろう。みんな近くに来るがいい」と言い、しれっとした顔で御帳台《みちょうだい》の中にまで入ってしまう。これはとんでもないことになったと女房たちは茫然《ぼうぜん》としてその場に控えている。少納言は、たいへんなことになってしまったと気が気ではないけれど、声を荒らげて咎《とが》めるわけにもいかず、ため息をついて座っている。姫君は、いったい何が起きたのかと脅《おび》えて震え、いかにもうつくしい肌もぞくぞくと粟立《あわだ》つような様子なのを、光君はいとしくいじらしく思い、単衣《ひとえ》だけで姫君をすっぽりと包みこみ、これは確かに尋常ではない振る舞いだと自覚しながらも、心をこめてやさしく話しかける。

「さあ、私のところへいらっしゃい。きれいな絵もたくさんあるし、お人形遊びもで

きますよ」

気を引くようなことを言う光君に、幼いながらも姫君は心惹かれ、そうひどくおそろしいわけではないが、それでもさすがに気味が悪くて眠れそうになく、もじもじしながら横になっている。

颪は夜中じゅう吹き荒れた。

「こうして源氏の君がいてくださらなかったら、どんなに心細かったかしら」

「どうせなら、お似合いのお年頃でいらしたらよかったのに」

と女房たちはささやき合っている。少納言は心配で、御帳台のすぐわきに控えていた。

風がいくらか弱まり、光君はまだ暗いうちに帰ろうとする。……それもなんだか恋人のところから帰るみたいなのですが……。

「本当においたわしく思っておりましたが、これからはいっそう、姫君がかたときも忘れられなくなるでしょう。明けても暮れても私がもの思いにふけって、さみしく暮らしているところに、お連れいたしましょう。こんな心細いところで、どうしてお過ごしになられようか。よくこわがらずにいらしたものだ」

「父宮の兵部卿宮さまもお迎えに、とおっしゃっていましたが、尼君の四十九日が過ぎてからにしていただこうと思っております」と少納言は言う。

「実の父君は頼りになるだろうが、ずっと別々に暮らしてこられたのだから、姫君はこの私と同じようによそよそしくお感じになるでしょう。私は今夜はじめてお目に掛かったのだが、私のけっして浅くない気持ちは、父君に負けないと思いますよ」と光君は言いながら姫君の髪を掻き撫で、後ろ髪を引かれるようにしながら帰っていった。

空一面に霧がかかり、いつもとは異なる風情《ふぜい》であるのに、その上、霜が真っ白に降りている。もしふつうの恋愛の後ならばこんな朝帰りももっと趣深いだろうに、なんだかもの足りなく感じる。そういえばこのあたりに、内密で通う家があったと思い出し、お供の者に門を叩《たた》かせるけれど、返事はない。仕方なく、お供たちの中で声のいい者にうたわせる。

朝ぼらけ霧立つ空のまよひにも行《ゆ》き過ぎがたき妹《いも》が門《かど》かな

(明け方の空に霧が立ちこめて、あたりの見分けがつきませんが、素通りしがたいあなたの家の門です)

と、くり返し二度ばかりうたわせると、門の中から品のある下女が出てきて、

立ちとまり霧のまがきの過ぎうくは草のとざしにさはりしもせじ

(霧の立ちこめたこの家の垣根のあたりを素通りできかねるのでしたら、門を

閉ざすほど生い茂った草など、なんの妨げにもならないでしょう）

と詠み返して、引っこんでしまう。それきりだれも出てこないので、このまま何もなく帰るのも風情がないが、空もだんだん明るくなってきて、人に見られたら恰好《かっこう》悪いと光君は二条院に帰っていった。そしてかわいらしかった姫君の、忘れられない面影が恋しくて、ひっそりと思い出し笑いをしながら横になった。

日が高く上ってから光君は起き出してきて、姫君に手紙を送ろうとするが、いつもの、朝帰りした時に相手に送る手紙とは、まったく勝手が違うので、筆を幾度も幾度も置いては、また手にして書き、きれいな絵をいっしょに送った。

ちょうどその日、姫君の邸に兵部卿宮がやってきた。この数年よりもすっかり荒れ果てて、仕える人も一段と少なくなって広々とした古い邸はずいぶんさみしい様子である。兵部卿宮は邸を見渡して、

「こんな荒れさびれたところで幼い人が、どうして少しのあいだでも暮らせよう。やはりあちらの邸に移ったほうがいい。いや、気兼ねのいるようなところではないのだよ。乳母は部屋をかまえてお仕えすればよいし、あちらには年若い姫君たちもいることだから、いっしょに遊んでたのしく暮らしていけるだろう」と言う。

兵部卿宮が姫君を近くに来るように呼ぶと、あらわれた姫君の着物に染みこんだ光

君の移り香が漂う。「これはいい匂いだ。けれどお召し物はすっかりくたびれているね」と、宮は痛々しく思って言う。「これまでずっと、病気がちのお年寄りといっしょに暮らしているから、時々は私の邸にも遊びにきて、私の妻ともなじんでほしいと言ってきたのだが、こちらでは妙に嫌がって……そんなだから妻もおもしろく思わなかったようだ。尼君が亡くなった今になって、いよいよ本邸に連れていくのも気の毒なようだが……」

「いえ、そちらにお移りになるには及びません。お心細いけれど、しばらくはここでお暮らしになりましょう。いくらか分別がおつきになりました頃にお移りなさるのが、いちばんようございましょう」と少納言の乳母は言う。「夜も昼も尼君を恋しがっていらして、ちょっとしたものもお召し上がりになりません」

確かに姫君はひどく面やつれしているが、かえって気品にあふれてうつくしく見える。

「なぜそんなに悲しむのか。亡くなった人のことはもうどうすることもできないのだ。父であるこの私がついていますよ」と宮はなだめる。

日が暮れて、宮が帰ろうとすると心細く思うのか泣き出し、宮もついもらい泣きをしてしまう。

「そんなに思い詰めてはいけないよ。今日明日のうちにお迎えにきますからね」と何度もなだめて、帰っていった。

父宮が帰ってしまい、姫君は悲しみの紛らわしようもなく泣き続ける。この先自分がどうなるのかなどと考えているわけではない。ただずっとかたときも離れずにいっしょだった尼君が亡くなってしまったと思うと悲しくてたまらず、幼心にも胸がふさがれる思いである。以前のように遊ぶこともなくなって、昼はまだなんとか気も紛らわせているが、夕暮れになるとひどくふさぎこんでしまう。これでは、これからどのように過ごしていけばいいのかと、なぐさめることもできずに少納言もいっしょに泣いた。

光君はその夕方、姫君の邸に惟光《これみつ》を使いに出した。

「私が参上すべきなのですが、宮中からお召しがありました。姫君のおいたわしいご様子を拝見しまして、どうにも気に掛かったものですから」と、惟光に伝えさせ、宿直人も遣わせた。

「まったく情けないことです。ご冗談だったにしてもご結婚というのでしたら、ご縁組の最初には三夜は通ってくださるはずが、こんな冷たいお仕打ちをなさるとは。父宮さまがこのことをお耳にされましたら、おそばの者たちの不行き届きとお叱りを受けましょう。けっしてけっして、何かのはずみにも源氏の君のことをお口にはされませんよう」

と少納言は言い聞かせるが、姫君がなんとも思っていないようなのは張り合いのないことである。少納言は惟光相手にあれこれと悲しい話をしてから、言った。

「これから先のいつか、源氏の君とのご宿縁も逃れがたいものになっていくのかもしれません。けれど今は、どう考えてもまるで不釣り合いなことと思いますのに、源氏の君の不思議なほどのご執心と、そのお申し出も、いったいどんなお考えがあってのことなのか見当もつかず、思い悩んでおります。今日も父宮さまがいらっしゃって、『心配のないように守ってほしい。軽率な扱いをしてくれるな』と仰せになりました。私もそれでたいへん気が重くなりまして、あのような酔狂なお振る舞いもあらためて気に掛かるのでございます」

昨夜、光君と姫君に何があったのか惟光が不思議に思うといけないと思い、光君の訪れがないことの不満は言わないでおいた。

惟光も、いったいどういうことになっているのか、合点のいかない思いで戻り、事の次第を報告した。光君も姫君のことを思い、惟光を使いにやったことを申し訳なくも思うのだが、三夜続けて通うのはさすがにやりすぎのように思えたのである。世間に知られたら、身分にふさわしくない奇異な振る舞いだと思われるかもしれないと憚《はばか》る気持ちもあった。いっそ、こちらに引き取ってしまったらどうだろうと思いつく。

幾度も手紙を送った。日暮れになると、いつものように惟光を遣わせる。

「いろいろと差し障りがありまして、そちらに参上できませんのを、いい加減な気持ちと思いでしょうか」などと手紙には書いた。

「兵部卿宮さまが、急だけれど明日お迎えにあがるとおっしゃいましたので、気ぜわしくしております。今まで長年住み慣れたこのさびしいお邸《やしき》を離れるのも、さすがに心細く、女房たちもみな取り乱しております」と少納言は言葉少なに伝え、ろくに相手をすることもなく、着物を縫ったりとあれこれ忙しそうにしている。惟光は仕方なく戻っていく。

光君は左大臣家にいたけれど、例によって女君（葵《あおい》の上《うえ》）はすぐにはあらわれない。光君はおもしろくない気持ちで和琴《わごん》を軽く掻き鳴らし、「常陸《ひたち》には　田をこそ作れ」と風俗歌を優雅な声で口ずさんでいる。戻ってきた惟光を呼び、邸の様子を訊いた。これこれと次第を聞き、まずいことになったと光君は思う。兵部卿宮《ひようぶきようのみや》に引き取られてしまえば、そこからわざわざこちらに迎えるのも好色めいたことになってしまうし、年端もゆかぬ少女を拐《かどわ》かしたと非難されるだろう、ならば宮の邸に移る前に、しばらく人にも口止めをして二条院に引き取ろうと決意する。

「明け方にあちらに行こう。車の支度はそのままにしておいて、随身《ずいじん》をひとり二人待機させておいてくれ」と言うと、惟光は了解した。

いったいどうしたらいいものか、と光君はあれこれ考えをめぐらせる。世間に知られたらなんと好色な、と思われるに違いない。せめてあの姫君が男女のことを理解するほどの年齢だったなら、情が通い合ったのだろうと世間も思うだろうし、そうしたことならよくあるのに。それに、連れ出してしまった後で兵部卿宮に知られたら、こちらも恰好がつかない、言い訳も立たないことだろう。けれども、それでこの機会を逃してしまったら悔やんでも悔やみ切れない……。そして明け方、まだ暗いうちに光君は左大臣家を出ることにした。女君はいつも通り気を許すことなく、不機嫌である。「二条院に、どうしても片づけなければならない用事を残してきたことを思い出しました。終わったらすぐに戻ってきます」と光君は女君に言って出かけたので、お付きの女房たちも気づかないのだった。

光君は自分の部屋で直衣に着替え、惟光だけを馬に乗せて出発した。

門を叩かせると事情を知らない者が開けたので、車をそっと邸内に引き入れさせる。惟光が妻戸を叩き、咳払《せきばら》いをして来訪の旨告げると、少納言の乳母があらわれる。

「源氏の君がおいでになっていらっしゃいます」と惟光が言うと、

「姫君はお休みになっております。いったいどうしてこんな暗いうちにお出ましなのでしょう」どこかからの朝帰りのついでなのだろうと思いながら少納言は訊《き》いた。

「父宮のお邸《やしき》に移られると聞きました。その前に申し上げておこうと思いまして」と言う光君の真意をはかりかね、

「何ごとでしょう。こんな夜明け前ですから、姫君もさぞやはきはきお答えになることでしょうね」と少納言は冗談を言って笑っている。

光君はそれを無視して奥へと入ってしまうので、

「年長の女房たちがあられもない恰好で寝ておりますので」少納言はあわてて止める。

「まだお目覚めではないでしょうね。なら、目を覚ましていただきましょう。こんなにすばらしい朝露を知らないで眠っているなんてことがあるものかしら」

と、光君は御帳台にすっと入ってしまうので、少納言は「ちょっと」と止めることもできない。何も知らずに眠っている姫君を光君は抱いて起こす。目を覚ました姫君は、寝ぼけながら、てっきり父宮が迎えにきたものだと思いこんでいる。姫君の髪をやさしく撫でて、

「さあ、いらっしゃい。父宮のお使いで参上しましたよ」と光君が言うと、父その人

ではないとようやく気づいて姫君は驚き、恐怖を覚える。

「こわがるとは情けないな。私だって父宮と変わりはないよ」

姫君を抱いて御帳台から出てくる光君を見て、惟光も少納言も「いったいなんということを」と声を上げた。

「こちらにはしょっちゅう参ることもできずに気掛かりだから、気やすいところにお迎えしようと申し上げたのに、情けないことにあちらにお移りになるとのこと。そんなことになったらいっそうお話ししにくくなってしまう。さあ、だれかひとりお供しておくれ」

光君は言い、気の動転した少納言は、あわあわと言い連ねる。

「今日は、でも本当に都合が悪いのでございます。父宮さまがこちらにおいでになりましたらどのように申し上げたらいいのでしょう。そのうちいずれ、そうなりますご縁がありましたら自然とそうなりましょう、でも今はなんの用意もない突然のことですので、お仕えする私たちも困ってしまいます」

「ではいい。女房たちは後からでも来たらよろしい」光君は言い捨てて、車を呼ぶ。邸の者たちは一同驚きあきれて、どうしたものかと途方に暮れる。様子が変だと気づいて姫君も泣き出す。どうにも止めようがないと心を決めた少納言は、昨晩縫った姫君の着物を手にし、自分も適当な着物に着替えて車に同乗した。

二条院はそう離れてはおらず、着いた時にはまだ明るくなりきってはいなかった。寝殿の西の対《たい》に車を寄せ、光君は降り、それからじつに軽々と姫君を抱き上げて車から降ろした。

「まだ夢を見ているようでございます。どうしましたらよろしいのでしょうか」おろおろと言う少納言に、光君は、

「それはあなたの気持ち次第だ。ご本人はもうお連れした。あなたが帰りたいというなら送りますよ」と言い放つ。仕方なく車を降りるが、あまりにも急なことで、呆然《ぼうぜん》としたまま胸の鼓動もおさまらない。兵部卿宮がどんなにお怒りになり、お叱りになるか……それにしても姫君はいったいどうなる運命でいらっしゃるのか……とにもかくにも頼りにする母君にも尼君にも先立たれてしまったのがご不運なのだ……そんなことを思っていると涙がとめどなくあふれてくるが、さすがにあたらしい生活のはじまりに泣き暮れるのは縁起でもないので、なんとかこらえた。

西の対の部屋はふだん使っていないので、御帳台も何もない。光君は惟光に命じ、御帳台、屏風《びょうぶ》などを部屋のあちこちにしつらえさせる。几帳《きちょう》の帷子《かたびら》を下ろし、御座所《おましどころ》を整えさせると、東の対の自分の部屋から夜具を持ってこさせ、寝支度をする。姫君

はおそろしく、どうなるのかもわからずに震えているが、さすがに声を立てて泣くようなことはできず、「少納言といっしょに寝たい」と言うその声が、なんともじつにあどけない。

「もうそんなふうに、乳母とお休みになってはいけませんよ」と光君に言われ、すっかり心細くなって姫君は泣き伏してしまう。少納言は横になる気にもなれず、無我夢中の思いで目を開けていた。

空がだんだん白んできて、少納言は部屋を見まわした。御殿の造りや部屋の装飾はいうまでもなく、庭の白砂も玉を敷き重ねたように見えて、どこもかしこも光り輝くようだ。あまりの立派さに少納言は自分など場違いだといたたまれなく感じるが、幸い、この西の対には女房たちは控えてはいない。ときたまやってくる客人のための部屋だったので、御簾の外に男たちだけが詰めているのである。どうやら女性をお迎えになったらしいと耳にした人たちは、「どなたなのだろう。ご自宅にお迎えになられたのだから、たいへん深く愛していらっしゃるに違いない」とひそひそ噂している。

朝の洗面の支度や朝食の粥《かゆ》などが運ばれてくる。日が高くなってから起きた光君は、「女房がいなくては不便だろうから、しかるべき人を夕方になってから呼び集めたらいい」と言い、東の対に女童たちを呼び集めた。「ちいさい者だけ、とくべつに集めるように」とのことだったので、じつにかわいらしい姿の童が四人やってきた。

着物にすっぽりとくるまって寝ている姫君を無理に起こして、

「これ以上私に情けない思いをさせないでおくれ。いい加減な男が、こんなふうに親切にするものか。女は素直がいちばんですよ」などと、もう教育をはじめている。姫君の顔かたちは、離れて見ていたよりも、ずっとうつくしく気品に満ちている。光君はやさしくあれこれと機嫌をとりつつ、うつくしい絵やおもちゃなどを持ってこさせ、姫君の気に入るようなことをいろいろとやって見せる。ぐずぐずと起き出した姫君はその絵などを見るが、よれよれになった鈍色《にびいろ》の喪服を着て無邪気に笑っているその姿があまりにもかわいらしく、眺めている光君もつい頰をゆるめる。

光君が東の対に行ったので、姫君は部屋の端まで行って庭の木立や池のほうをのぞいてみた。霜枯れの植えこみは絵に描いたように趣深く、見たこともない四位、五位の人々が、それぞれ黒や緋《ひ》の着衣の色を交えて、ひっきりなしに出入りしている。本当にすばらしいお邸なんだわ、と姫君は思った。屛風など、心惹かれるような絵が描かれているのを見ながら気持ちを紛らわせているのも、なんともあどけないことである。

光君は二、三日参内《さんだい》もせず、姫君をなつかせようとずっと相手をしている。そのままお手本になるようにというつもりなのか、手習いや絵をあれこれ描いては姫君に見せている。とてもみごとなものがたくさん描き上がった。

「知らねども武蔵野といへばかこたれぬよしやさこそは紫のゆゑ（古今六帖／武蔵野と聞いたけれど恨み言も言いたくなる。それも武蔵野は紫草ゆかりの野だから）」という古歌を、光君は紫の紙に、墨の跡もみごとに書きつけた。姫君はそれを手にとってじっと眺める。脇にちいさく

ねは見ねどあはれとぞ思ふ武蔵野の露分けわぶる草のゆかりを

（まだともに寝ることはできないけれど、いとしくてならない。武蔵野の露を分けかねている草（藤壺《ふじつぼ》）の、そのゆかりの人が）

と書いてある。

「さあ、あなたも書いてごらん」と光君は言うが、

「まだ上手には書けません」姫君は光君を見上げて答える。その様子もじつにかわいらしく、光君はついほほえむ。

「下手だからといってまったく書かないのはよくありません。教えてあげよう」

それを聞いて姫君は横を向いて隠しながら何か書きつけるが、筆をとるその姿があどけなく、光君はひたすらいとしさを覚え、その自分の心が自分でも奇妙に思えてく

る。

「書き損ないました」と姫君が恥ずかしがって隠そうとするのを、光君は無理に見てみる。

かこつべきゆゑを知らねばおぼつかないかなる草のゆかりなるらむ

(恨み言をおっしゃるそのわけを知りませんから、なんのことだかわかりません。どんな草のゆかりなのでしょう)

と、まだ幼くはあるが、将来の上達が目に見えるほどふくよかに書いてある。亡くなった尼君の字に似ていた。今風の手本で習ったなら、きっと上手になるだろうと光君は思う。人形なども、わざわざ家をたくさん作っていっしょに遊んでいると、逢えない人へのもの思いも、この上なくなぐさめられる。

あちらの邸に残った女房たちは、兵部卿宮がやってきて姫君の行方を問い詰めても、なんとも答えることができず困り果てた。しばらく人に知らせないでおこうと光君も言っていたし、少納言もぜったいに口外しないようにと言っていた。少納言が姫君さまをどこかわからないところにお連れしてお隠ししたと、困ったあげく女房たちは答えた。

仕方がないと落胆した兵部卿宮は考える。亡くなった尼君も、本邸に姫君が引き取られることをひどく嫌がっていたから、少納言は出過ぎた考えから、一途に思い詰めてしまったのだろう。お渡しするのは困りますなどと穏やかに言えばいいものを、そうも言わずに自分の一存で姫君を連れ出して、行方をくらましてしまったのだな……。どうすることもできず、兵部卿宮は泣く泣く帰っていった。

「もし行方がわかったら知らせなさい」と言われても、女房たちは迷惑に思うばかりだった。兵部卿宮は、北山にいる僧都にも行方を尋ねてみたが、どこにいるかはわからずじまいである。もったいないほどだった姫君のうつくしい器量を恋しがり、兵部卿宮は胸を痛めた。その妻も、姫君の母だった女を憎いと思う気持ちも失《う》せて、姫君を自分の好きに扱ってやろうと思っていたあてが外れて、残念に思うのだった。

西の対にはだんだん女房たちが集まってきた。遊び相手の女童や幼い子どもたちは、姫君と光君が、見たことがないほど素敵な二人なので、屈託もなくいっしょになって遊ぶ。姫君は、光君のいない夕暮れなどはさみしがり、亡き尼君を恋しがって泣くこともあるが、父宮のことをとくに思い出すことはない。もともといっしょに暮らしていたわけではないからだ。今はただ、このあたらしい親にたいそう慣れ親しんでいる。光君がよそから帰ってくると真っ先に出迎えて、あどけなく相手をし、遠慮することも気詰まりに思うこともなく、光君の懐に抱かれている。まだ夫婦ではないにせよ、それはそれとして、光君にはかわいくて仕方のない存在である。もう少し分別がついて、何かと面倒な関係になってしまうと、気まずくならないかと男も遠慮するし、女は女で恨み言を言いはじめたりして、思わぬ揉《も》めごとが起きてくるものだが、この姫君はまったくなんとかわいらしい遊び相手だろう。自分の娘でも、このくらいの年頃になれば、打ち解けて振る舞ったり、心置きなくいっしょに寝たりすることは、とてもしてはくれないだろう。まったくこれは、本当に風変わりな間柄のだいじな娘だ……と、光君は思っているようだ。

末摘花《すえつむはな》

さがしあてたのは、見るも珍奇な紅い花

荒れた垣根の向こうにすばらしい女君が、という思いが捨てられないようで……。

見なければよかった、ということも時にはあるようです。

＊登場人物系図
△は故人

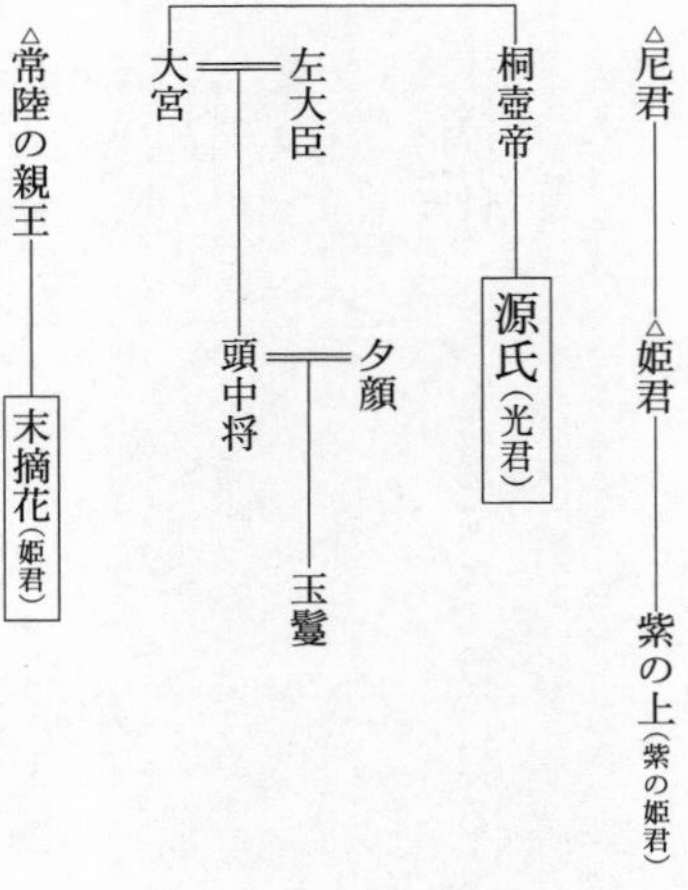

いくら思いを寄せても、なお飽きることのなかったあの人が、夕顔の露のようにはかなく消えてしまった悲しみを、月日がたっても光君《ひかるきみ》は忘れることができないでいた。あの女もこの女も、心を開いてくれない人ばかりで、気取り澄まして、たしなみの深さを競っているような有様だ。彼女たちとはちがい、心を開いて自分を信じ切ってくれたあの人の愛らしさを、光君は恋しく思うのである。

どうにかして、そんなに大層な身分の家の娘ではなく、本当にかわいらしくて心を許せる人を見つけられないだろうかと、光君は性懲りもなく思い続けている。なので、少しでもすばらしい女君がいるという評判があると漏らさず聞きとめて、この人こそは、と思えるところには、ほんの一筆でも恋文を送っているようだ。けれども、それになびかずそっけなくしている女はまずいない……というのもおもしろみはないけれど、いつものこと。とはいえ、なかなかなびかない気の強い女は、薄情で生真面目で、ものごとの機微がわからない。それでいてその生真面目さを最後まで貫くかといえばそうでもなく、意地も誇りもかんたんに捨てて、たいしたことのない男の妻におさまってしまう女もいるので、光君のほうから途中で手を引いてしまうこともあった。あの最後まで強情だった空蟬《うつせみ》を、何かの折に光君は忌々《いまいま》しく思い出す。軒端荻《のきばのおぎ》にも、適当な機会があると手紙を書き送ることもあるようだ。灯火に照らされたしどけない彼女の姿を思い出し、またあんなふうな恰好《かっこう》を見たいものだと思うこともある。結局のところ、光君はかかわりのあった女たちを忘れるということができないのであった。

左衛門《さえもん》の乳母《めのと》という、光君が大弐《だいに》の乳母の次にたいせつに思っている者がいる。その左衛門の乳母には娘がいて、これを大輔命婦《たいふのみょうぶ》という。宮中に仕えており、父親は皇族の血を引いた兵部大輔《ひょうぶのたゆう》という役人である。命婦はたいへんな浮気者であるがおもしろいところもあるので、光君はよく呼びつけて用事を言いつけたりしていた。母の左衛門の乳母は筑前守《ちくぜんのかみ》と再婚をして、夫とともに任地に下っていったので、大輔命婦は父親の住まいを実家として宮中に出入りしている。

この命婦が、ある時何かの拍子に、亡き常陸親王《ひたちのみこ》が晩年にもうけて、それはそれはかわいがって育てた姫君が、親王の亡くなった後は心細く暮らしているらしいと光君に話した。

「それはかわいそうなことだね」と光君はその様子を熱心に聞き出す。

「姫君の顔かたちなど、くわしいことはわかりません。ひっそりとお暮らしで、ひどく人見知りをなさるようです。何か用事のある宵などは、几帳《きちょう》や簾《すだれ》などの向こうからお話をしてくださいます。琴《きん》がいちばん親しいお友だちとお思いのようですよ」命婦が言うと、

「『白氏文集《はくしぶんしゅう》』で三友といえば琴と酒と詩だが、酒は女の人には似合わないね」光君は昔の詩文を引いて笑い、「その琴を私に聴かせてくれないか。父親王は、音楽にはずいぶんと造詣の深いお方だったから、きっと姫君も並の腕前じゃないんだろう」

「そんなふうにあらたまってお聴きになるほどのものではないと思いますよ」と命婦は言う。

「やけにもったいぶるね。近いうちに、朧月夜《おぼろづきよ》の晩にこっそりと出かけよう。その時にはあなたも宮中を下がっておいでよ」

と光君が言うので、面倒なことになったと思いながらも、宮中でも用事の少ない、のんびりして静かな春の折、命婦は退出した。父の兵部大輔は再婚して他所《よそ》に移り住んでいたので、命婦は時々姫君の暮らす常陸宮《ひたちのみや》邸を訪れていたのである。命婦は、父

と再婚したあたらしい母親となじめずに、姫君のお邸《やしき》をなつかしんで、父の住まいではなくここにやってくるのだった。

言葉通り、十六夜《いざよい》の月がうつくしい頃に光君は邸にやってきた。

「まあ、困りましたわ。琴の音が冴《さ》えて響くような夜ではございませんのに」と命婦は言うが、

「そう言わずに姫君のところにいって、ほんの一曲でも弾いてくれるようお勧めしておくれよ。何も聴かずに帰るのは忌々《いまいま》しいじゃないか」

と言われ、光君をふだんの自分の部屋に通して、何か失礼がないか、気掛かりにも、畏れ多くも思いながら姫君のいるところに向かった。姫君は、格子を上げたままで香り高く咲いている梅を眺めている。ちょうどいい折だと思った命婦は言った。

「お琴の音がどんなにすばらしく響くかと思える今夜の風情《ふぜい》に心惹《こころひ》かれまして……。いつもお伺いしてもせわしなく失礼して、なかなかゆっくりとお聴かせいただけないのを残念に思っておりました」

「琴のよさをわかってくれる人がいるのですね。宮中に御出入りしている方に聴かせるほどのものではありませんけれど」

と何も知らずに常陸宮の姫君は琴を手に取る。光君がどうお聴きになるだろうと命

婦はどきどきしはじめる。

姫君がかすかに弾いてみせるのを、なかなか風情があると思って光君は聴いた。それほど上手なわけでもないが、琴はもともと格式高い音色を出す楽器なので、けっして聞き苦しくはない。それにしてもあたり一面荒れ果ててさみしい邸である。常陸親王という方が、昔ながらのしきたりを崩さず、たいせつに育て上げただろうに、そのあとかたもないこの荒れた邸で、姫君はどれほどもの思いの限りを尽くしているのだろうか、と光君は思う。こんな荒れ果てたところにこそ、思いがけないほどうつくしい人が住んでいて、恋が生まれるといった話が物語にはよくあるのだし、何か言葉をかけて近づいてみようか。しかし姫君がぶしつけに思うかもしれないと気が引けて、それもためらってしまう。

命婦は気の利く女で、何かアラが出てしまう前に……と思い、

「空も曇ってきたようでございます。私のところにお客さまが来るとのことでした。あまりこちらにおりましては、避けているように思われますので、これで失礼させていただきます。そのうちゆっくりと……。御格子《みこうし》もお下げいたしましょう」

と琴を弾くのをやめさせて光君の元に帰ってくる。

「ずいぶん中途半端に終わったものだね。うまいかどうか聞き分ける間もないくらい

だったよ。残念だな」と言う光君は、姫君に興味を持ったようである。「どうせなら、姫君の近くで立ち聴きをさせてよ」

しかし命婦は、光君がもっと聴きたいと思うところでやめておこうという心づもりなので、

「いや、どうでしょう。このような不自由なお暮らしで、心細そうに沈んでいらっしゃって、気の毒なほどのご様子ですから、心配ですし……」

と言う。

なるほど確かに、すぐにこちらも向こうも親しくなってしまうような人は、その程度の身分だということだ、ここの姫君はそうではなくて、本当にいたわしいほどの高い身分の方なのだ、と光君は納得し、「それなら、私の気持ちをそれとなく伝えてくれ」と言い含めた。

ほかにも約束していたところがあるのだろう、ひっそりと帰ろうとする光君に、命婦は言う。

「主上《おかみ》が、あなたさまは生真面目な堅すぎるお方だと心配していらっしゃいましたが、なんだかおかしく思えることがちょくちょくございます。でも今夜のようなお忍びのお姿は、主上のお目に留まるようなことはありませんでしょうね」

光君は立ち止まって笑う。

「ほかの人の言うようなことを言わないでほしいよ。この程度のことを浮気っぽいと言うのなら、だれかさんの色恋沙汰なんて弁解もできないだろう」

それを聞いた命婦は、光君はこの私をあまりにも浮気な女だとお思いになって、時々こんな皮肉をおっしゃる、と思って恥ずかしくなり、それ以上は何も言わない。

寝殿のほうに行けば、もしかして姫君の気配でも聞こえるのではないかと、光君はそっと部屋を出た。竹を編んだ透垣《すいがい》がわずかに残っている物陰のほうに立ち寄ると、すでにそこにだれかが立っている。だれだろう、ここの姫君に思いを寄せる好き者もいるのだなと思い、物陰に寄り添って隠れてみる。

そこに立っていた男は頭中将《とうのちゅうじょう》だった。夕方、光君とともに宮中を退出した頭中将は、君が左大臣家にも帰らず、自宅の二条院にも向かわず、別れていったので、いったいどこへ行くのだろうと気になって、自分にも行き先があるのに、光君の後をつけて様子をうかがっていたのである。頭中将があまり立派でない馬に乗って、身軽な狩《かり》衣姿《ぎぬすがた》でやってきたので、光君は気づかなかったのである。光君が荒れ果てた邸に入っていくので、頭中将はわけもわからないまま、琴の音が聞こえてきて思わず耳を澄ませた。そうしているあいだに光君が出てくるのではないかと、心待ちにしていたのである。

光君は、その男がだれだかまだわからずに、自分の正体を知られまいと抜き足で立ち去ろうとした。そこへ男がすっと寄ってきて、言った。

「私を振り捨てて行ってしまったのが恨めしいから、お見送りしていたんだ。

　もろともに大内山《おほうちやま》は出《い》でつれど入《い》るかた見せぬいさよひの月
（いっしょに宮中を退出したのに、十六夜の月のように行方をくらましてしまった）」

などと恨み言を言われるのは癪《しやく》に障るが、それが頭中将だとわかると光君はなんだかおかしくなった。

「人を驚かせるにもほどがある。

　里わかぬかげをば見れどゆく月のいるさの山を誰《たれ》かたづぬる
（どの里をもあまねく照らす月を仰いでも、その月が入っていく山まで、だれが尋ねていくだろう）」

「こんな具合に私が後をつけまわしたらどうする？」などと頭中将はからかうように言ってから、続ける。「真面目な話、こんな忍び歩きにはお供の腕次第でうまく事が運ぶこともある。今後私を置いてきぼりにはしないほうがいいよ。身をやつしての忍び歩きには、ご身分にふさわしからぬ間違いも起こるかもしれないし」と忠告をする。

頭中将にいつもこうして見つけられてしまうばかりなのを、光君はくやしく思いながらも、あの夕顔の宿の撫子《なでしこ》（頭中将と夕顔の子）の行方を頭中将はまだ知らないが自分は知っているのだ、と手柄のように思い出す。

別れがたくなり、二人とも約束があったのにその人のところに行くこともせず、いい気分で同じ車に乗りこんだ。月が趣深く雲に隠れている夜の道を、二人は笛を吹きながら車を左大臣家へと向かわせた。先払いもさせず、こっそりと邸に入り、人目につかない渡殿《わたどの》で持ってこさせた直衣《のうし》に着替える。何気ない顔つきで、今着いたばかりのように二人で笛を吹き合っていると、左大臣は聴き流さずに自分も高麗笛《こまぶえ》を取り出した。笛に長《た》けている左大臣はじつにみごとに吹いてみせる。そればかりか琴も持ってこさせて、御簾《みす》の内でも、音楽に長けた女房たちに弾かせるのだった。

葵《あおい》の上《うえ》に仕える中務《なかつかさ》の君という女房はとりわけ琵琶《びわ》を得意としているが、冴えない顔つきで柱に寄りかかるようにしてうつむいている。というのも、頭中将が口説いても中務の君はなびかず、ただ光君がほんのときたま掛けてくれるお情けがうれしく、それればかりを慕わしく待っているのだが、邸中にそのことが知れ渡ってしまい、左大臣の妻、大宮もおもしろく思っていないのである。そのせいで気まずく、邸でも居心《いご》地《ち》悪いのだった。中務の君はいっそのことお暇をもらおうかとも思うのだが、光君の姿のまったく見えないところに離れていくのも心細く、あれこれと思い悩んでいる。

光君と頭中将は先ほど耳にした琴《きん》を思い出す。あのみすぼらしく荒れた住まいの様子を思い出しては、なかなか風変わりで趣があると思う。あんな荒れ果てたところにうつくしくて可憐《かれん》な人がひっそりとさみしく暮らしていたとして、見初めて胸が苦しいほど恋してしまい、世間でも噂《うわさ》になるほど見苦しく心を取り乱してしまうことになりはしないだろうか、と、頭中将はそんなことまで空想するのだった。光君が、あんなふうにただならぬ様子で訪ねていくことを思うと、とてもこのままですませはしないのだろうと、忌々しいような落ち着かない気持ちになるのだった。

そのうち、光君ばかりか、頭中将までが負けじと姫君に恋文を書くようになった。けれどどちらにも返事はなく、様子がまったくわからないので気に掛かるし、おもしろくない。「あまりにもひどい話じゃないか。ああいうわびしいところに住む人こそ、どれほど情緒をわかっているか、なんでもない草木や空模様を歌に詠みこんだりして、どんな人かが自然に感じられるような折々があってこそ、ますますいとしいと思えるものを……。いくら重々しい身分だからといって、こんなふうに引っ込み思案なのはおもしろくない。まったくよろしくない」と、頭中将は光君以上に苛立《いらだ》っている。頭

中将はいつもの開けっぴろげな性分から、

「あの方からのお返事は見ましたか。私も試しに気持ちをほのめかしてみましたが、相手にされないままで終わってしまった」と光君に愚痴をこぼした。

やっぱり口説いたのだな、と光君はにやにやとして、

「さあ、しいて見ようとも思わないから、見たというわけでもないよ」と答えた。

さては光君には返事があるのかと頭中将は妬ましく思う。

一方、光君は、そんなに深く思っているわけでもなくて、こう無愛想に扱われるのでだんだん気持ちが冷めていたのだが、こうして頭中将がしきりに言い寄っているのを知って落ち着かない。女は、言葉数が多く、口説き慣れた手紙のほうになびくものだ。その時に得意になって、先に言い寄った私をふったような顔をされたらたまったものではないと、命婦に真剣に相談を持ちかける。

「私の気持ちをどう思っているのかまったくわからないし、見向きもされないのが情けなくて仕方ないよ。いっときの浮気じゃないかと姫君は疑っているのだね。私はそんな移り気な人間ではない。相手のほうに私を信じようというおおらかな気持ちがないと、何かにつけておもしろくなくて、結局悪いのは私ということになってしまう。気の長い人で、あれこれ入れ知恵したり文句を言う親きょうだいもなく、心許せる人

ならば、かえっていとしく思えるだろうに」

「あの、そのような風情あるお立ち寄りどころとしましては、あまりに不釣り合いで、とても無理ではないかと思います。姫君はただもう恥ずかしがりやで、内気という点では、世にも珍しいほどでございまして……」と命婦は自分の知っている姫君について話す。

「気も利かないし、才気もないと言うのだろう。しかし本当に純真無垢《じゅんしんむく》でおっとりしているのなら、そのほうがかわいらしいと私は思うよ」と、夕顔のことを思い出しながら命婦に言う。

わらわ病《やみ》にかかったり、胸に秘めた藤壺《ふじつぼ》への思いに気をとられたりと、光君の気持ちの休まることもないまま、春夏が過ぎていった。

秋になり、静かにもの思いにふけっていると、あの夕顔の宿で聞いた砧《きぬた》の音も、耳について聞き苦しかった唐臼《からうす》の響きまでもが、自然に恋しく思い出された。そんな折々に常陸宮邸に手紙を書き送っていたが、相変わらず返事はまったくない。ふつうの女ではないなと思い、不愉快ですらあるが、ここでやめたら負けだ、などと意地になり、命婦を責める。

「どういうことなんだ。本当にこんなこと、一度だって体験したことはないよ」と、

不愉快な気分そのままに伝えると、命婦もさすがに気の毒になり、

「お話にならないような不釣り合いなご縁だなどと、私は姫君に申し上げたこともありません。ただ姫君がとにかく遠慮深くていらっしゃるので、お返事することもできないのだと思います」と言う。

「それが世間知らずというものだ。分別もつかない年頃だとか、親がかりで自分の思うように振る舞えない身の上だとかならば、そんなふうに恥ずかしがるのもわかるさ。姫君は落ち着いた分別もおありだろうと思うからなぜ返事もくれないのかと……。私はいつもなんとなくさみしくて心細いんだ、親きょうだいのいない姫君が同じように心細い気持ちで返事をくださったら、それで本望なんだよ。あれこれと色恋めいたことではなくて、あの荒れた簀子《すのこ》に佇《たたず》んで話ができればいいんだ。こんなに無視をされてまったくわけがわからないから、姫君のお許しがなくてもあなたがなんとか逢《あ》わせておくれ。焦《じ》れて、不埒《ふらち》な真似をするようなことはけっしてないから」光君は懇願した。

相変わらず光君は世間の女たちの様子を何気なくいろいろと聞いていて、これはと思った人のことはとくに心に留めておく癖がある。何か話題のほしい宵の席で、ちょっとした話のついでにこんなお方がいらっしゃいますと話したばっかりに、こんなに

も本気になってあれこれ言ってくるので、命婦も気が重い。姫君の有様も、女らしくもなく奥ゆかしくもない。なまじな手引きをしては、かえって姫君にお気の毒なことになってしまうかもしれない、とも思うけれど、光君がこうまで真剣におっしゃっているのを聞き流すのも、依怙地《いこじ》すぎるだろう。父宮が生きていらした時ですら、時代に取り残されたようなお邸だと、訪ねてくれる人もいなかったのに、まして今は、荒れ放題の庭の浅茅《あさぢ》を分けて訪れる人など途絶えて久しい。そんなところに、世にも珍しいお方からすばらしいお手紙がたびたびくるのだから、しがない女房たちは相好《そうごう》を崩して「やっぱりお返事をなさいませ」と勧めるけれど、途方もなく内気な姫君は手紙に見向きもしないのである。

それなら都合のよい折に、ものを隔ててお話しなさればいい、その時お気に召さなければそのまま終わるだろうし、もしご縁があって光君が通うようなことになったとしても、咎《とが》め立てするような身内もいないのだからいいではないか。などと、浮気なお調子者の命婦は考えて、自身の父である兵部大輔にも、このようなことがありますなどと報告もしないでいる。

八月二十日過ぎのこと。夜更けまで待ってもなかなか月は出ず、星の光ばかりがきらめいていた。松の梢《こずえ》を吹く風が心細く聞こえてくる。姫君は昔のことを話しはじめて、時々涙ぐんでいる。ちょうどいい機会だと命婦が案内していたのか、光君はお忍びで常陸宮邸にやってきていた。ようやく月が出てきて庭を照らすが、荒れた垣根のあたりが気味悪い。そのあたりを光君が眺めていると、命婦に勧められて姫君が琴をかすかに掻《か》き鳴らすのが聞こえてきて、なかなか心をそそられるような趣である。しかし命婦は蓮《はす》っ葉《ぱ》な性分から、その控えめな琴の音に、もっと親しみのあるはなやかさがあればいいのにと焦れったく思う。

見咎めるような人のいない邸なので、光君は気兼ねなく邸内に入り、命婦を呼んだ。命婦は今はじめて光君の来訪を知ったような顔つきで口を開く。

「本当に困りましたわ。これこれとのことで源氏の君がお越しだそうです。常々、ご返事がないことをお恨みなさっているのを、私の一存ではどうにもできぬとの旨をお伝えし、お断り申していたのですが、直接ご自分から姫君に事の次第をちゃんとお話しになると以前からおっしゃるのです。どうご返事申し上げましょう。ふつうの方の気軽なお出ましとは違いますから、すげなくお帰り願うのもお気の毒に思われます。何かを隔てて、おっしゃることをお聞きになったらいかがでしょう」

それを聞き、姫君は恥ずかしくてたまらなくなり、

「どのように人さまにご挨拶すればいいのかもわかりませんのに」と、奥へと後ずさ

る姿はじつに世慣れぬ様子である。命婦は笑って、説得する。

「本当に幼くていらっしゃるのが心配でなりません。たいそう尊い身分の姫君でも、ご両親がいらしてお世話なさっているあいだでしたら、世間知らずなのも仕方がありません。けれどもこんなに頼りない境遇ですのに、相変わらずどこまでも引っ込み思案なのは、お身の上にふさわしくありませんよ」

姫君は、さすがに強く言われると拒むことのできない性質なので、

「ご返事をしないで、ただ聞いていればよいとのことでしたら、格子などを閉めてからなら……」

と言う。

「簀子《すのこ》の間などにお通しするのは失礼でしょう。光君さまには、無理無体に軽々しいことをなさるお気持ちなどはございませんでしょうから」

などとじつにうまく説得し、母屋と廂《ひさし》の境にある襖《ふすま》に命婦みずからしっかり錠をかけ、光君のために座布団を敷き御座所《おましどころ》を整える。

姫君は本当に恥ずかしくてたまらないのだが、このような男性と応対する時の心構えなどまるでないので、命婦がこう言うのを、そういうものなのだろうと思って従っている。乳母《めのと》の老女は自室に下がって横になり、宵だというのにうつらうつらしてい

る頃である。二、三人いる若い女房たちは、世間で評判の光君をひと目見たいと思ってどきどきしている。命婦は、姫君をなんとか見られるような着物に着替えさせ、身なりを整えてやるが、肝心の本人は光君と逢うことをなんとも思っていないので、心をときめかせることもない。

男君は、この上なくうつくしいその姿を、目立たないように気遣っているが、やはりそのはなやかさは隠しようがない。「ものの風情のわかる人に見てもらいたいお姿なのに、こんなにぱっとしないお邸では、なんとお気の毒だろう……」と、その姿を見て命婦は思う。「でもまあ、姫君はおっとりしているからまず安心だ、出過ぎたことをなさったりはするまい」

光君からいつも責められていた命婦は、その責任逃れのために講じたこの策のために姫君がつらい思いをするのではないかと不安な気持ちでいる。

姫君の身分から考えてみれば、変に垢抜《あかぬ》けて気取っているのではなく、この上なく奥ゆかしい人なのだろうと光君は思っていた。命婦たちにしきりに勧められて、近くにいざり寄ってくる姫君の気配は静かで、香がなつかしく漂い、おっとりとした様子なので、果たして思った通りだと光君は思う。ずっと長いあいだ姫君を慕っていたと胸の内を言葉巧みに話し続けるが、手紙の返事すら書けない姫君が何か言えるはずもない。「弱りましたね」と光君はため息をつく。

「いくそたび君がしじまにまけぬらむものな言ひそと言はぬ頼みに

（いったい何度あなたの沈黙に負けたことでしょう。ものを言うなとおっしゃらないのを、せめてもの望みとして、お手紙を差し上げてきましたが）

いっそお嫌ならお嫌とおっしゃってください。どっちつかずなのは苦しいです」

女君の乳母子《めのとご》で、侍従《じじゅう》という才気走った若い女が、焦れて、とても見ていられずに、姫君のそばに寄ってかわりに返事をする。

「鐘つきてとぢめむことはさすがにて答《こた》へまうきぞかつはあやなき

（鐘をついて、もうこれで終わりとばかりにあなたさまのお話をお止めすることはさすがにできませんが、かといってお答えしにくいのは、我ながらよくわからないことでございます）」

と、侍従は若々しい声で、さほど落ち着いた感じではないのだが、姫君が答えているかのように口にした。ご身分のわりにはなんだかやけに馴《な》れ馴《な》れしいなと思うけれど、はじめてのお返事なので、

「かえって私のほうが口がきけなくなりますね。

言はぬをも言ふにまさると知りながらおしこめたるは苦しかりけり

（何もおっしゃらないのは、口に出す以上に深い愛情を持っていてくださるからだと思っていますが、押し黙っていらっしゃるのはつらいことです）」

光君は、あれこれととりとめのないことを、冗談めかしたり、生真面目に言ってみたりするが、なんの手応えもない。またしても沈黙である。ふつうの女とはずいぶん違うようだし、きっと世間一般とは違う考え方をする人で、自分のことなどまったく問題にしていないのだろうと癪に障って、光君はそっと障子を押し開けて、奥の部屋に入ってしまう。

あらまあ、なんてひどい、と命婦は驚く。「焦れて、不埒な真似をするようなことはけっしてしないから」などとおっしゃって油断させなさって……。姫君を気の毒に思いながらも、素知らぬ顔をして自分の部屋に引き上げる。そばに仕える女房たちは女房たちで、光君は類いまれなるすばらしいお方という評判を聞いているので、咎め立てすることもせず、大げさに嘆くこともしないでいるが、心の準備もいっさいないうちにこんなことになった姫君を、ただ心配している。

姫君本人は、我にもあらず、身の置き場もなくすくむような思いのほかは、何をどう考えていいのかまったくわからないでいる。はじめはこういうふうなのがいじらしいのだ、と光君は考える。これまで男女のことも知らず、たいせつにお世話をされてきたお方なのだから、と大目に見るものの、何か腑《ふ》に落ちないところがあり、なんとなく気の毒にも思える。……この姫君のどこに心惹かれるところがあるだろう、ついため息を漏らし、まだ暗いうちに光君は帰っていく。

命婦は、いったいどうなっただろうと一睡もできず、横になったまま聞き耳を立てていた。光君が帰っていくのに気づいても、知らないふりを通そうと、「お見送りしなさい」と女房たちに注意することもない。光君も目立たないようにして邸を出る。

二条院に帰った光君は横になり、やはり期待に添うような女はいないものだな、と考えている。先ほどの姫君のけっして軽くはない身分を思うと、これっきりというわけにもいかないし、とあれこれと思い悩む。そこへ頭中将があらわれて、

「ずいぶん朝寝坊なんですね。何かわけがありそうだなあ」と言うので、光君は起き上がった。

「気楽なひとり寝なものだから、うかうかと寝坊してしまった。宮中からかい？」

「ああ、下がってきたばかりだよ。今日は、十月の朱雀院《すざくいん》の行幸《ぎょうこう》の際の、楽人《がくにん》や舞人《まいびと》を選ぶことになったから、父の左大臣にも伝えようと思って退出したんだ。またすぐに宮中に戻らなければならないんだがね」と、いかにも忙しそうにしている。

「なら、いっしょに行こう」

光君は言い、頭中将にも勧めてともに朝食を食べ、二台の車の用意があったが一台に同乗する。

「まだまだ眠そうだな」頭中将はからかうように言い、「私には秘密のことがいろいろあるみたいだね」と恨み言を言う。

その日は取り決めることが多くて、光君もまる一日宮中にいた。はじめて逢った女の元には翌朝、後朝《きぬぎぬ》の文《ふみ》を送り、それから三日間続けて訪れるのが作法であるが、光君はもう通う気持ちもない。それではあまりにも姫君が気の毒だからせめて文だけでもと思い、夕方になってようやく送った。雨が降り出してきて、出かけるのも億劫《おっくう》になり、常陸宮邸で雨宿りをしようという気にもなれないでいた。常陸宮邸は、後朝の文を今か今かと待つ時刻も過ぎてしまい、命婦も、なんと気の毒なことになってしまったかと心を痛めていた。当の姫君自身は、昨夜のことを思い出しては恥ずかしさでいっぱいになり、朝来るべき手紙が日暮れになってようやく来たというのに、それが失礼であることもわからないのだった。

「夕霧《ゆふぎり》のはるるけしきもまだ見ぬにいぶせさそふる宵《よひ》の雨かな

(夕霧《ゆうぎり》の晴れる気配も見えないように、あなたが心を開いてくださる様子も見えません。その上、今宵《こよい》の雨にいっそう私の気持ちは滅入るばかりです)

晴れ間を待つあいだは、どんなに焦れったいでしょう」

と、手紙にはあった。光君が訪ねてこないことを知り、女房たちは胸がつぶれる思いだが、

「やはりご返事なさいませ」とみんなで勧める。けれども姫君は、あれこれと思い悩んでいて、型通りの言葉を連ねてなんとかかたちにすることすらもできずにいる。これでは夜も更けてしまいますと言い、例の侍従が教えて歌を詠ませる。

晴れぬ夜の月待つ里を思ひやれ同じ心にながめせずとも

(晴れぬ夜に月の出を待つ里のように、わびしい思いであなたさまのお出《い》でをお待ちしている私の心をお思いやりください。たとえこの私と同じお気持ちではなくとも)

女房たちにやいやいと言われ、もとは紫色だったがすっかり色あせた紙に、さすがにしっかりしているが少々古めかしい筆跡で、きっちりと上下を揃えて姫君は書きつけた。

姫君からの文を受け取った光君は、がっかりしてそれを捨て置いた。今夜訪ねていかないことを姫君はどうお思いになるだろうかと考えると、さすがに落ち着かない気持ちになる。こういうことをまさに後悔というのだろうなと思ってみても仕方がない。

それでも自分は見捨てずずっと世話を続けていくのだろうなと光君は思うが、そんなことを知らない姫君や女房たちはただひたすらに嘆いている。

夜になり、宮中から退出する左大臣に誘われて、光君も左大臣家にやってきた。みな朱雀院の行幸の儀をたのしみにしていて、左大臣の子息たちも集まるとその話をしたり、めいめいに舞などの稽古をしたりするのが日課になり、日が過ぎていく。さまざまな楽器の音がいつもより騒がしく鳴り響き、いつもの合奏とは違い、みな競い合って大篳篥《おおひちりき》や尺八などを高らかに鳴らし、大太鼓までも高欄《こうらん》の下に転がして寄せ、子息たちが自身で打ち鳴らしてたのしんでいる。やはり忙しい光君だが、どうしても忘れることのできない女君の元へは暇を盗んでこっそりと出かけている。あの常陸宮の姫君の元には足を向けることもないうちに、秋も暮れてしまった。

朱雀院の行幸が近づいてきた。舞や音楽の予行演習だと騒いでいる頃に、命婦が宮中に参上した。「どうしておられますか」と訊《き》く光君は、姫君を気の毒だとは思っているのだった。

「本当にこのようにつれないお仕打ちでは、そばで拝見している者もつらくてやりきれません」などと命婦は今にも泣かんばかりである。姫君を奥ゆかしいお方だと思わせておく程度に留め、それですませようと命婦は思っていたようだが、自分はそんなすべてを台無しにしてしまった、なんと思いやりがないことかと恨んでいるだろうと、光君は命婦の気持ちまで気にしている。姫君その人は、ものも言わずにふさぎこんでいるのだろうと、その様子を想像するとやはり気の毒に思えてきて、「忙しくて暇がないんだ。困ったものだよ」と光君はため息をつく。そして、「男女のことをちっともおわかりにならないあの人のお心を、懲らしめてやろうかと思ってね」と笑ってみせる。その様子がじつに若々しく、愛嬌《あいきよう》にあふれていて、命婦もつられて思わず笑みを浮かべてしまう。そして、思う。

仕方がない。女に恨まれるのも無理ないお年頃でいらっしゃるし、相手の気持ちなどお考えにもならず、ご自分の思うままになさるのももっともなことだわ。

光君は、朱雀院行幸の準備の、もっとも忙しい時期が過ぎると、時々姫君の邸に通うようになった。

あの紫のゆかり——藤壺《ふじつぼ》の宮の姪《めい》にあたる人を引き取ってからは、光君は彼女をかわいがることに夢中で、六条御息所《ろくじようのみやすどころ》の元からさえますます足が遠ざかっていた。まして、この荒れ果てた常陸宮《ひたちのみや》の邸《やしき》は、かわいそうにといつも気には掛けながらも、気が重いのは仕方がなかった。姫君の、尋常ならざる恥ずかしがりようをどうこうしようとも思わないまま日は過ぎていく。ところがある時、よく見たらいいところもあるのかもしれないとふと思いなおした。いつも暗闇の中の手さぐりだから腑に落ちないところもあるのかもしれない、この目ではっきりその姿を見たいものだ。そう思うけれど、露骨に灯を明るくしたりするのも気が引ける。

今日は訪問はないだろうと女房たちもくつろいでいる宵を見計らって、光君はそっと邸内に入り、格子《こうし》の隙間から中をのぞいた。姫君本人の姿は見えるはずもない。几《き》帳《ちょう》など、ずいぶん傷んではいるが、昔から決まった置き場所を少しも動かすことなくきちんとしているので、奥のほうはよく見えないのである。女房たち四、五人が座って食事をしているのが見える。お膳を見ると、食器は唐製らしい青磁の器だが、古くさくて見苦しい上に、これといったおかずもなくみじめなものを、姫君の前から下がってきて食べている。隅の間で、ひどく寒そうな女房たちが、なんともいえず古ぼけた白い着物を着て、その上に薄汚れた褶《しびら》（裳《も》の一種）をくりつけている。それでも、古めかしい型通り女房たちは上げた髪にずり落ちそうな櫛《くし》を挿している。内教坊《ないきょうぼう》や内《ない》侍所《しどころ》では確かにこんな恰好《かっこう》の女たちがいる、と光君はおかしくなる。貴人の邸でこんな古めかしい人たちが姫君に仕えているとは、光君は夢にも思わなかったのである。

「ああ、なんて寒い年なんでしょう。長生きをするとこんなつらい目にも遭うものなのですね」と言って泣き出す者もいる。

「亡き常陸宮がいらっしゃった頃に、どうしてつらいなどと思ったんでしょうねえ。こんなに心細い暮らしでも、死ぬこともなく過ごせるのですね」と言って、今にも飛び立ちそうに身震いしている者もいる。

そんな体裁の悪い泣き言を聞いているのもいたたまれず、光君はそこを離れ、たった今来たかのようなふりをして格子を叩《たた》いた。

「ほらほら」などと言い合って、女房たちは灯を明るくし、格子を上げて光君を招き入れる。

例の侍従は賀茂《かも》の斎院《さいいん》にも仕えている若女房で、この時はちょうどいなかった。いっそう貧相で垢抜けない女房ばかりで、光君には勝手が違ったところのように思える。先ほど女房たちが嘆いていた雪が、さらに激しく降りはじめる。空模様もけわしく、風も荒々しく吹いてきて、灯は消えてしまうが、それを灯《とも》す女房もいない。光君は、某《なにがし》の家で夕顔が物《もの》の怪《け》にとり殺されたことを思い出す。この荒《すさ》みようはあの時の院に劣らないが、ここは邸自体が狭く、人もあの時よりは多いのでまだ落ち着いていられる。とはいえ不気味さにぞっとして寝つけそうもない。ふだんと異なる夜は、興趣深くもあり、しみじみと感じ入るところもあるはずなのに、姫君は相変わらず引っ込み思案で風流さのかけらもなく、まるでぱっとしないのを残念に思う。

やっと夜が明けてきて、光君はみずから格子を上げて、前庭の植えこみに積もった雪を眺めた。人の通った跡もなく、遠くのほうまで一面に荒れていて、ひどくさみしい景色である。姫君を置いてさっさと帰ってしまうのも気の毒になり、

「朝の空がうつくしいから見てごらん。いつまでも心を許してくれないのはつらいよ」と、光君は姫君に言った。まだほの暗いけれど、雪明かりに照らされた光君はいよいよ若々しくてうつくしく見え、老女房たちはつい笑みを浮かべて見入ってしまう。

「早くお出まし遊ばせ。そんなふうでいらっしゃるのはよくありませんよ。素直なのが何よりです」

引っ込み思案の姫君ではあるが、そう老女房に言われて逆らえるような性分ではない。あれこれと身繕いをして、いざり出てくる。光君は姫君を見ずに庭を眺めるふりをしているが、必死に横目を使って女の姿を見てみた。

どんな人なのだろう、これですっかり打ち解けて、いいところが見つかればうれしいのだが、などと考えているが、そんなのは無理な話というもの。

まず目に入るのはその座高の高さ。やけに胴長に見えるので、ああやっぱり、と胸がつぶれるような気持ちになる。続いて、なんと不細工な、と思ったのは鼻である。

思わずまじまじと見てしまう。普賢菩薩《ふげんぼさつ》が乗っている象が思い浮かぶ。あきれるくらい高く長い鼻で、先のほうが垂れて赤く色づいているのがなんとも見るに堪えない。顔は、雪も顔負けするくらいに白く、青みを帯び、額がとても広いのに、顔の下半分もやけに長い。おそろしく顔が長いようである。がりがりに痩せていて、気の毒になるくらい骨張っている。肩のあたりなどは着物の上からでもごつごつしていて痛そうに見える。ああ、なぜすっかり見てしまったのだろう、と光君は後悔するが、それでもあまりにも異様なその顔かたちをやっぱり見ずにはいられない。

頭のかたちや髪の垂れ具合は、みごとにうつくしく、光君が申し分ないと思っている女たちと比べても引けをとらないほどだ。髪は袿《うちき》の裾に落ちて、その先に一尺ほども長くのびている。

着ているもののことまで云々《うんぬん》言うのは口さがないようだけれど、昔物語も人が何を着ているかを真っ先に述べているものだから——、ひどく色あせた襲《かさね》を一揃《ひとそろ》い着て、元の色の見えないほど黒ずんだ袿を重ねて着、表着《うわぎ》には、つやつやしている立派な黒《くろ》貂《てん》の皮衣《かわぎぬ》に香を焚《た》きしめたものを着ている。古風で、由緒ある恰好だけれども、やはり若い姫君の着物と思うと、似つかわしくないばかりか奇っ怪さが目立つほどである。けれどさすがにこの皮衣がなければ、さぞや寒いだろうと思うような姫君の顔色を見て、光君は気の毒になる。

言うべき言葉もなく、自分まで口がふさがってしまったような気持ちになるが、いつも通りの姫君の沈黙を破ってみせようと、光君はあれこれと話しかけてみる。姫君はひどく恥ずかしがって、袖で口元を押さえている。そんな恰好までも、野暮で古風で、ものものしくて、練り歩く儀式官の肘を思わせる。それでもさすがににっこりしている顔つきが、とってつけたようでなんとも不自然だ。そんな姫君が気の毒にもかわいそうにもなり、いつもよりいっそう早く邸を出ることにした。

「ほかに頼れる方もいないご様子ですから、こうしてご縁を結んだ私には心を開いて親しんでくださったら本望なのですが、ちっとも打ち解けてくださらないのが残念です」と、早く帰るのを彼女のせいにして、

朝日さす軒の垂氷《たるひ》は解けながらなどかつららの結《むす》ぼほるらむ

(朝日の射《さ》す軒《のき》のつららは解けたのに、なぜあなたは張りつめた氷のように、打ち解けてくださらないのでしょう)

と詠むが、姫君はただ「むふふ」と口ごもって笑うだけである。すぐに返歌が詠めそうもないその様子も気の毒で、光君は邸を出ていった。

車の停めてある中門《ちゆうもん》は、すさまじく歪《ゆが》んで傾いている。今まで夜の訪問だったから、

その荒みようがはっきりわかっていてもあまり目立たずにすんでいたのが、朝方の今見ると、邸はじつにさみしく荒れ果てていて、松の雪だけが綿を着たように降り積もっている。まるで山里にいるようなしんみりとした気持ちになって、光君は考える。

左馬頭《ひだりのうまのかみ》たちの話のように、かわいそうな身の上のかわいらしい人をこういう荒れたところに住まわせて、心配で恋しくてたまらなくなるような、そんな恋がしたいなあ。そんなことになれば、許されないあのお方への秘めた恋心も、少しは紛れることだろうに。ここは思い描いた通りの住まいなのに、それにまったく似合わない姫君なんて、話にもならない。けれど私以外の男が、あのような姫君にとても我慢できるはずもない。だからこうして私がここに通うようになったのは、ご自分亡き後の娘を案じた父宮の、姫君に添え残していかれたたましいのお導きなのだろう。

橘《たちばな》の木が雪に埋もれているのを見て、光君は随身《ずいじん》を呼んで払わせた。横の松の木が、まるでそれをうらやむようにひとりでに雪を払い落として身を起こす。さっとこぼれる白波のような雪を見て、「名に立つ末の松山か」という古歌を思い出し、そんなにとくべつ深い味わいはなくとも、こういう風情《ふぜい》をごくふつうに受け答えできる人がいたらなあ、と光君は思う。

車の出入りする門がまだ開いていなかったので、鍵の番人を呼び出したところ、びっくりするほど年老いた者が出てきた。その娘なのか孫なのかどちらともつかない年頃の女が、雪の白さのせいでひどく汚れの目立つ着物を着て、寒そうに震えながら、何か奇妙な入れ物に火をほんの少し入れて袖で包むように抱え持っている。老人は門を開けられず、女が近づいて扉を引っ張って手伝うが、なんとも見苦しい。光君のお供が開けてやった。

「ふりにける頭の雪を見る人も劣らずぬらす朝の袖かな

（雪のような白髪を見る私もあなたに劣らず朝から涙で袖を濡らしてしまう）

幼《わか》き者はかたちかくれず（幼い者は体をくるむ物もない）」と、白楽天《はくらくてん》の詩の一句をつぶやく。そして、鼻の先を赤くしてじつに寒そうにしていた姫君の顔を思い出し、つい苦笑してしまう。頭中将《とうのちゅうじょう》にあの赤い鼻を見せたらいったいどんなおかしなことを口走るだろう、常に私の様子をうかがっているのだから、そのうちに見つかってしまうだろうなと思うと、光君はほとほと困った気分になる。

もしあの姫君が人並みの平凡な容姿ならば、忘れ去ってしまっただろうが、あの異様な姿をはっきり見てしまってからは、かえって哀れに思え、光君は暮らし向きのことにも始終気を配るようになった。黒貂の皮ならぬ絹、綾《あや》、綿などを、老女房たちにもしかるべき衣類を、あの門番の老人も含め、姫君から下の者までみなに気を配って贈り物を送った。こういう暮らし向きの援助をされても、姫君は恥とは思わないので光君は気が楽だった。こういう面での後見として力になろうと考えた光君は、一風変わった、立ち入った贈り物もするのだった。

そしてあの空蟬《うつせみ》を思い出す。あの女の、碁を打ってくつろいでいた宵に見た横顔は、どうかと思うような容姿だったけれど、たしなみ深い振る舞いにそんなことも隠れてしまい、そう悪いものでもなかった。けれどこの赤鼻の姫君は、あの空蟬に劣るほどの身分であろうか。なるほど女の良し悪《あ》しは、家柄の如何《いかん》によって決まるものでもないのだな。空蟬は気立ても穏やかでしっかりした人だったが、とうとうこちらが負けたままで終わってしまったなと、光君は何かにつけて思うのである。

年も暮れた。宮中の宿直所《とのいどころ》にいる光君を、大輔命婦《たいふのみようぶ》が訪ねてきた。髪を梳《す》いて整える時など、色恋の気配もなく気が置けないので、光君はこの命婦を呼び、冗談などを言って身近に仕えさせていたので、呼ばれていない時でも、何か話したいことがある時は命婦から参上するのだった。

「妙なこととは思うのですが、それを申し上げないのもおかしいと思い悩みまして……」と意味ありげに笑ってなかなか言い出さない。

「どんなことだい。私に遠慮することはないだろう」と光君が促すが、

「どうして遠慮などいたしましょう。私自身のお願いでしたら、畏れ多くとも真っ先にこちらに参ります。けれどこれは本当に申し上げにくくございまして……」とまだ口ごもっている。

「また、思わせぶりなことを言って」と光君が憎らしげに言うと、

「あちらの姫君さまからのお手紙でございます」と言って取り出した。

「それならなおのこと、隠すなんておかしいじゃないか」と受け取る光君を、どきどきしながら命婦は見守る。恋文にはふさわしからぬ厚ぼったい陸奥国紙《みちのくにがみ》に、香はよく焚きしめて、じつに立派に書き上げてある。


唐衣《からころも》君が心のつらければ袂《たもと》はかくぞそほちつつのみ

(唐衣を着たあなたのお心が冷たいので、私の袂はこんなにも涙に濡れております)


という歌を読み、その意味がわからず光の君は首をかしげる。命婦は包み布の上に、いかにも重そうで古風な衣裳箱を置いて押し出した。

「これを、決まり悪く思わずにいられましょうか。けれども、元日のお召し物だとい

うことでわざわざ姫君がご用意なさいましたのに、そっけなくお返しすることはできません。私の一存でしまいこんでしまいますのも姫君のお気持ちを無視することになりますから、とにかくもお目に掛けた上で……」と言う。

「しまいこまれていたら、私はつらい思いをしたよ。『袖まきほさむ人もあらなくに』という古歌の通り、私にはやさしく寄り添って濡れた袖を乾かしてくれる女もいないのだから、ご好意をありがたく受け取ります」

と言うものの、光君は絶句している。それにしてもあきれた詠みっぷりだ、これがご自身の精いっぱいといったところなのだろう。いつもは侍従がなおしてくれるのだろうが、そのほかに手をとってなおしてくれる先生もいないのだろう、これはもう何を言ってもしかたがないな、と光君はひそかに思う。しかしながら、あの姫君が一生懸命にこの歌を詠み上げたのだ、とその姿を想像し、

「まことに畏れ多いとはこういう歌のことを言うのだろう」と苦笑して見ている。そんな光君を、命婦は顔を真っ赤にして見やる。

流行《はや》りの紅色の、がまんならないくらい艶のない古びた表地に、裏も同じくらい色の濃い野暮な直衣《のうし》の端々が、その衣裳箱から見えている。まったく話にならない、と思いつつ、光君は姫君からの文を広げたまま、その端にいたずら書きをしている。

「なつかしき色ともなしに何にこのすゑつむ花を袖《そで》に触れけむ

(親しみを感じる色でもないのに、なぜこの末摘花《すえつむはな》——紅花に手を触れたのだろう)

色うつくしい花だとは思ったのだが」

横からそれをのぞいた命婦は、なぜ光君が紅《あか》い花を悪く言うのか不思議に思い、そのわけを考えてみるに、月の光でときどき見かけたことのある姫君の容貌を思い出して、深く納得する。命婦は姫君を気の毒に思うが、やがておかしくなってくる。

「紅《くれなゐ》のひと花衣《ごろも》うすくともひたすら朽《くた》す名をし立てずは

(紅の一度染めの衣が色薄いように、お気持ちが薄くいらっしゃっても、姫君のお名前に傷がつくような評判だけはお立てくださいませんように)

先の思いやられる仲でございます」

命婦がいかにも世慣れたふうに独り言を言うのを聞き、さほどうまい歌ではないが、姫君もこのくらいにひと通りの歌が詠めたらいいのにと、光君は返す返すも残念に思う。姫君の身分の高さを思うと、確かにその名前に傷がつくのはさすがに気の毒である。女房たちがやってくるのに気づくと、

「これは隠しておこうよ。こうしたものを贈ってくるなんて、ふつうじゃあないよ」

光君はため息をついて言う。

なぜお目に掛けてしまったのかしら、私まで気が利かないみたいじゃないの……と命婦は恥ずかしくなり、そっと退出した。

翌日、清涼殿《せいりようでん》に命婦が参上していると聞いた光君は、女房たちの詰め所である台盤所《だいばんどころ》に向かった。

「ほら、昨日の返事だ。なんだかやけに気が張っちゃって」

と、文を投げて寄越す。何ごとかと女房たちはその手紙を見たがっている。

「ただ梅の花の、色のごと、搔練《かいねり》好むや、三笠の山の、をとめをば、すてて」と風俗歌を口ずさみながら出ていってしまう光君を目で追い、また紅い花、と命婦はこっそり笑う。

「なあに、ひとり笑いなんかしちゃって」と、何も知らない女房たちは口々に訊くが、

「いいえ、寒い霜の朝に、搔練のような赤い色になっているお鼻を見たのでしょうよ、切れ切れのお歌がお気の毒ね」と命婦は澄ましている。

「なんだかちっともわからないわ。私たちの中にそんな赤い鼻の人なんていやしないのに。赤鼻で有名な左近命婦《さこんのみようぶ》や肥後采女《ひごのうねめ》がいっしょだったのかしら」などと、合点のいかない女房たちは言い合っている。

命婦が光君からの返事を常陸宮邸《ひたちのみや》に届けると、女房たちがそれを見に集まってくる。

逢《あ》はぬ夜をへだつるなかの衣手《ころもで》にかさねていとど見もし見よとや
（逢えない夜が続いているのに、二人のあいだを隔てる衣の袖の上にさらに着物を重ねて、ますます逢えない夜を重ねて見よというおつもりで、着物をお贈りくださったのですか）

白い紙に無造作に書かれているのが、かえって趣深い。大晦日《おおみそか》の夕方のことである。このあいだの衣裳箱に、お召料として人々から贈られた装束一揃い、浅紫色の織物、山吹襲《やまぶきがさね》や何やら、色とりどりの着物を入れて、命婦を使いに出して姫君に届けた。先日贈った着物の色がお気に召さなかったのだろうかと思い当たる者もいるが、

「お贈りしたお着物だってどっしりした紅色でしたもの。まさか見劣りはしないでしょうよ」と老女房たちは言い合い、

「お歌だって、こちらからお贈りしたものは筋が通ってしっかりしていましたよ。お返しのほうは、ただ気が利いているだけで、ねえ」などとも言っている。姫君も、並々ならぬ苦労をして作った歌なので、控えとして書きとめて残しておいたのだった。

元日から数日が過ぎた。今年は男踏歌《おとことうか》の行事が催されることになっている。例によ

って、演奏役に選ばれた人たちは稽古に大わらわで、光君も何かと忙しくしているが、そんな中でも、あの姫君のさみしい住まいを思いやらずにはいられない。七日の節会《せちえ》が終わり、夜になって帝《みかど》の御前から退出したが、そのまま宿直所《とのいどころ》に泊まっているふりをして、夜更けを待って常陸宮邸に向かった。常陸宮邸は、今までよりも活気づいて、世間並みの邸のようだ。姫君も、前よりは物腰がやわらかくなっている。どんなふうだろう、年が改まったのだから、姫君もすっかり変わっていたらいいのにな、などと光君は期待する。

翌朝、日が上る頃になって光君はいやいや帰るふりをして支度をはじめる。東の妻戸が開いている。向かいの廊が屋根もなく壊れているので、陽が妻戸から射《さ》しこんで、少しばかり降り積もった雪明かりで部屋の奥まで照らされている。姫君は、光君が直衣《のうし》を着るのを見て、少しばかりにじり寄ったところで横になる。その頭のかたちも、こぼれるようにふさふさとした髪も、それはみごとである。ひとつ年を重ねたことで、前よりきれいになったのだったらどんなにいいだろうと、光君は格子を上げた。以前、すっかり見てしまって苦い思いをしたことに懲りて、ぜんぶは上げず、脇息《きょうそく》を引き寄せて格子を支える。髪の乱れを光君がなおしていると、女房たちが、ひどく古びた鏡台や、唐櫛笥《からくしげ》、髪結い道具の箱などを持ってくる。さすがに男性用の道具が混じっているのを、ずいぶん洒落《しゃれ》て気が利いていると光君は感心する。姫君の様子が垢抜けて見えるのは、このあいだ光君が贈った着物をそのまま身につけているからだった。そのことに光君は気づかず、洒落た柄が目立つ表着《うわぎ》だけ、見覚えがあるように思うだけだった。

「せめて今年からは、お声を聞かせてくださいね。鶯《うぐいす》の初音《はつね》よりも何よりも、あなたのお気持ちが改まるのが待ち遠しいな」

光君が言うと、

「さへづる春は」と震える声でようやく姫君は応えた。

「百千《ももち》鳥《どり》さへづる春は物ごとに改まれども我ぞふりゆく（古今集／無数の鳥がさえずる春には、ものみなあたらしくなるけれど、私だけが年をとって古びていきます）」

との古歌の一節を姫君が口にしたことをよろこび、

「ほらほら、ひとつ年を重ねた甲斐《かい》があったじゃないですか」と光君は笑い、「夢かとぞ見る」と口ずさんで部屋を出る。その姿を、姫君は柱に寄りかかって見送った。口元を覆っている姫君の横顔を見ると、やはりあの赤い鼻が色鮮やかに突き出している。末摘花《すえつむはな》、と思い浮かび、ああ、見るのではなかったと光君は思うのだった。

二条院に帰ると、紫《むらさき》の姫君がじつにあどけなく、同じ紅でもこうもなつかしい色合いもあるのかと思うような袿《うちき》の上に、無地の桜襲《さくらがさね》の細長をかわいらしく着こなしている。古風な祖母の言いつけを守って、お歯黒もまだつけていないけれど、光君が大人の女性のように化粧をさせたので、眉がくっきりしたのも気高くうつくしい。自分で求めておいてなんだけれど、なぜあんなに魅力のない女にかかずらわっているのだろう、こんなにかわいい人を放っておいて……と考えながら光君は紫の姫君とともに人形遊びに興じる。

紫の姫君は絵を描いて色を塗る。なんでもおもしろく、気の向くままに描き散らしている。光君もいっしょになって絵を描いた。髪の長い女を描いて、鼻の先を赤く塗ってみる。ただの絵とはいえ、見るのも嫌な有様だ。光君は鏡台に映る自分のうつくしい顔をしげしげと見て、鼻に紅粉《べにこ》をつけて赤く塗ってみる。こんなみごとな美貌でも、そんな具合に赤い鼻が真ん中にあっては醜くなるのも当然である。紫の姫君はそれを見て、大笑いする。

「もし私がこんな変な顔になったらどうする」と言うと、

「嫌だわ」と姫君は言い、本当にそのまま赤く染みついてしまうのではないかと心配しているようである。光君は拭き取る真似をして、

「ちっともとれないよ、馬鹿ないたずらをしたものだ、これじゃあ帝《みかど》に怒られてしまうな」

と真面目くさって言うと、紫の姫君は近づいて、心底気の毒そうな顔でいっしょに拭き取ろうとする。

「墨で顔が真っ黒になった平中《へいちゅう》の物語のように墨なんかを塗ったらだめだよ。赤いのなら、まだ我慢できるけれどね」

と冗談を言って笑い合っている様子は、似合いの夫婦のようである。

じつにうららかな日である。もう一面に霞《かすみ》がかっている木々の梢《こずえ》が、いつ花を咲かせるのかと待ち遠しい。その中にも、今にもほころびそうにふくらんだ梅のつぼみが目を引いた。庭に降りる階段のあたりの紅梅は、とくに早くから咲く花で、もう赤く色づいている。

「紅《くれなゐ》の花ぞあやなくうとまるる梅の立ち枝《え》はなつかしけれど

(紅《あか》い花だけはどうも好きになれない。紅梅の高く伸びた枝には惹かれるけれど)

いやはや」

と、どうにもならないとわかっていながらため息をついている。

さて、このような人々のその後は、いったいどんなことになるのでしょうか。

文庫版あとがき

源氏物語の現代語訳をお願いできませんかという話をいただいたのが二〇一三年、実際に作業に入ったのが二〇一五年、そして上巻が出版されたのは二〇一七年九月である。

池澤夏樹さん個人編集の、日本文学全集のシリーズで、私が源氏物語の現代語訳を担当することが決まってから出版されるまでのあいだに、私自身もちょっとびっくりしてしまうくらい大勢の人からさまざまな声をかけられた。いちばん多いのはシンプルに、「なんで？」である。その「なんで？」の内訳としては、「どのような経緯で？」「源氏物語、好きだったっけ？」「その間、小説はどうするの？」というような感じである。仕事関係の人はもちろん、仕事が縁で知り合った源氏愛好家たち、サイン会などでお目にかかる初対面のかた、卒業以来三十年以上連絡をとっていない元同級生、文学好きらしい郵便局員のかた、と、本当にいろいろの方面から「なんで？」

の疑問は寄せられた。そのなかには、はっきりとした非難ではないけれど非難に近いニュアンスをこめた、いや、自然にこもってしまったもの——源氏物語好きでもないし、平安好きでもない、古典好きでもなく、古典にくわしいわけですらないあなたが、なんで？——が多分にあったので、源氏物語を愛する人はこんなにも多いのだなあとあらためて知った。

しかしながら「なんで？」といちばん強く思ったのは私自身だと思う。河出書房新社の編集部と、編者である池澤夏樹さんが協議の結果、源氏物語は私で、と決めてくださったとうかがったが、「なんで？」。河出の編集者にも池澤さんにも実際に質問してみて、いろいろと答えていただいたのだが、私にはすとんと納得できるものがなく、きっと「なんとなく」なんじゃないかなあと納得した。それよりも、私自身のその「なんで？」は、他者に向ける質問ではなく、自身に向けるものだと、作業に入る前に気づいた。

まさにみなさんの言うとおり、源氏物語にとくべつな愛着があるわけでもない、平安時代や古典文学にくわしいわけでもない、古文を原文で読めもしない、小説家の私が、なんで源氏物語を現代語訳するのか。その「なんで」は、訳する立場の、どこに主眼を置くかという立ち位置の問題でもあったし、そもそも源氏物語ってなんなの？

なんでこんなに長く読まれてるの？　というあられもない問いでもあった。

源氏物語はすでに、そうそうたる顔ぶれの作家、研究者、専門家、漫画家によるすばらしい現代語訳が多く存在していて、それらを読んで魅せられた読者がすでにこんなにもいるのだから、何も私が訳さなくたってぜんぜんかまわないのだと思わざるを得なくて、でも引き受けてしまったのだから、その、すでに存在している「すばらしい訳」と、それに「魅せられた読者」以外のことを考えたらどうかと思うに至った。

たとえば私は学生時代、授業で源氏物語の一部を読んだけれど、魅せられることはなかった。全巻読もうと思ったこともなかった。古典の授業は好きだったのに、授業以外で積極的に触れようとはしなかった。言ってみれば源氏落ちこぼれ組だ。そんな落ちこぼれ組は私以外にもいるに違いなく、その落ちこぼれ組がワーッと読めるような現代語訳はできないものか。読みたい読みたい読みたいと願い、神仏に祈り、昼は日暮らし、夜は目の覚めたるかぎり、火を近く灯して、これを見るよりほかのことなければ……と菅原孝標女《すがわらのたかすえのむすめ》が夢中になったみたいな、そんなふうな現代語訳ができないものか。

格式高い古典文学、王朝物語ではなく、小説としてとらえることも、可能なのではないか。だって千年も生き延びている物語なんだから、時代によって読まれかたも変わってきているはずで、それでも源氏物語は確固として源氏物語であり続けているのだから、私ごときがちょっと格式を低くして取り組んでも、この物語は揺らいだりしないんじゃないか。

そんなふうに思ってようやく私は「なんで?」をいったん置いて、現代語訳をはじめることができた。

文庫版の一巻は、光り輝く皇子としてこの世に生まれ落ちた光源氏が、元服し妻をめとり、藤壺の宮に熱烈な恋をし、藤壺にゆかりのある紫の姫君を引き取り、どうにも醜い末摘花《すえつむはな》と出会うところまでがおさめられている。

生まれたときから不吉なほどうつくしい光君は、ますますうつくしく成長し、舞も楽器も歌も詩吟も、何をやらせても抜群の才能を発揮する。「欠点を知っている人までが完全無欠のように褒め称えてばかりいたら、作り話に違いないと決めつける人もいるでしょう」と作者がつい言い分けするほどの、完璧な君である。光君本人も自信に満ちて、「鬼でも私なら見逃してくれるだろうね」などと言っている。

この完璧さゆえに、私には、光君の顔がよく見えない。太陽みたいに直視することができず、薄目でなんとか見てみると、白い空洞がある、そんな感じだ。

一巻からすでに多くの女たちが登場するが、彼女たちの名は当時の習慣として明かされていない。部屋の名前や、和歌をもとにしたニックネームや、官職名で呼ばれている。父の身分に彼女たちのありようも左右され、父親が高貴な身分であっても亡くなれば落ちぶれてしまう。そこから浮上するには、かかわる男性の地位や身分や財力に頼るほかない。

おもてにあらわれない彼女たちこそとうぜん個性があり感情があり、自分ではどうにもならない身分への不満やあきらめもある。この一巻では、彼女たちのそうした気持ちや性格が、光君にたいするものであらわされているように私は思う。たとえば光君の妻となる、彼より四つ年上の葵の上。光君のうつくしさと若さに圧倒されて、どうしても気やすくできない。必要以上に気高く、軽口をきくこともなく、光君がやってきても姿をあらわそうともしない。しかしこれは、彼女の個性ではない。光君という人と向き合ったときに、否応なくあらわれる感情であり態度である。もしもっと気の抜ける人が相手ならば、この姫君は子どもっぽいところもお茶目なところも出せたかもしれない。

空蟬《うつせみ》は、なまじ光君とかかわりを持ってしまったがゆえに、位の低い夫に嫁いだ自身の身分を思い知らされ、自分に幸運なことが起こるはずがないとかたくなに心を閉ざす。

夕顔はまるで自分がないかのようにたよりなく、相手がだれかもわからないまま逢瀬を重ね、ついにはどこかわからない場所に連れ出され、全身を——運命そのものを光君にまかせきっていて、ふいにいのちを落としてしまう。

秀逸なのは末摘花の描写である。皇族だった父親が亡くなり、邸は荒れ果て、暮らしは困窮を極めるものの、姫君はなおプライドが高く、古風で頑固、さらには滑稽なほどの世間知らずであるが、これもまた、光君と出会ったからこそ浮き彫りになった彼女の性質である。この姫君は、いったいどうしたのかと不安になるほど容姿をあしざまに書かれているが、私はこの部分で、作者はさぞやたのしんで書き綴ったのではないかと想像した。そのくらい、筆はのりにのり、冴えに冴えているように感じられるのである。

だれも彼も、光君に見つけられることがなければ、よろこびもかなしみもむなしさも、恥ずかしさも身分の低さもわが身の幸も不幸も、味わわず、あるいは向き合わずにすんだかもしれない。そんなふうに考えると、光君という人は、この女性たちを照射する光そのものにも思えてくる。

彼女たちの感情と個性をほしいままに引き出す光君は、彼女たちの運命を握り、あやつる力そのものみたいではないか。逆に考えると、女性たちを浮かび上がらせるための光源として、光君がいる、と考えることもできる。

そしてとても興味深いのが、小説としてみた場合、この第一巻で、この後に続く物語の登場人物の多くが、今で言う伏線のようにすでにちらりと姿をのぞかせているところだ。

「帚木《ははきぎ》」では、夕顔の遺した子、玉蔓《たまかずら》の存在に触れられているし、良清による明石の入道と姫君の話も「若紫」に出てくる。まさに、この冒頭部分は、これからはじまる壮大な物語の種子を盛りだくさんにはらんでいる。

作者は光君を、ただ完全無敵の、完璧な男にはしなかった。彼に照射される女たちを描きながらも、この先、光君というひとりの「人」をも書きこんでいく。光君といえども思いのままに生きていくことはできず、また、時間の流れに抗うことはできない。

でもまだ、ここでは完全無敵で完璧な光君が、たったひとつの思いだけ遂げられないにせよ、それでもまだ、自身の欲望に忠実に生きている。

源氏物語の現代語訳にとりかかっているあいだに、私にも時間が流れ、のちのち、この顔の見えない、運命の体現であるかのような、自信に満ちたうつくしい人を私はひどくなつかしむことになる。それはまたいずれ書くことにして、とりあえずは、光り輝く皇子の誕生と成長を見守っていただきたいと思う。

二〇二三年五月

角田光代

主要参考文献

・『源氏物語』一　石田穣二・清水好子 校注（新潮日本古典集成）新潮社　一九七九年
・『源氏物語』一　阿部秋生・秋山虔・今井源衛・鈴木日出男 校注・訳（新編日本古典文学全集）小学館　一九九四年
・『新装版全訳　源氏物語』一　與謝野晶子　角川文庫　二〇〇八年
・『源氏物語』一　大塚ひかり全訳　ちくま文庫　二〇〇八年
・『ビジュアルワイド　平安大事典』倉田実 編　朝日新聞出版　二〇一五年

解題

藤原克己

『源氏物語』の成立と紫式部の生涯

天神さんとして祀《まつ》られている菅原道真《すがわらのみちざね》（八四五〜九〇三）の五世の孫（玄孫）に菅原孝標《たかすえ》（九七三〜？）という人がいました。この孝標の娘が、『更級日記《さらしなにっき》』の作者です。彼女は、上総介《かずさのすけ》であった父と共に上総の国（今の千葉県の中央部）で過ごした少女時代に、姉たちから『源氏物語』の話を聞かされ、都に帰ったらぜひ『源氏物語』を読みたいと切望していました。そして父の任が満ちて帰京した翌年、彼女の願いを知ったおばから「源氏の五十余巻」をそっくり櫃《ひつ》（大きな木箱）に入れたまま貰うことができ、自室に閉じこもって、「后《きさき》の位も何にかはせむ」（この物語に比べたら、皇后の位だってちっとも有難くない）とばかり読みふけったといいます。孝標の上総介の任期が満了したのは寛仁《かんにん》四年（一〇二〇）ですから、その頃には『源氏物語』五十四帖は完成していたことがわかります。

『源氏物語』の作者紫式部の生没年は未詳です。西暦九七〇年代に生まれたと推定するのが妥当のようです。

その父藤原為時《ためとき》も生没年未詳ですが、文章生《もんじょうしょう》出身の清貧な漢学者・文人であったこの父の存在は、紫式部の作家形成にきわめて重要な意味を持っていたように思われます。

八世紀初頭、奈良朝の始発期に国家の基本法典として制定された律令には、官人教育機関としての大学寮の設置が定められていましたが、その後、漢詩文作成能力の養成に特化した文章科が附属学科として新設されました。しかし、漢詩文を作るためには儒教の経典はもとより諸子百家の思想や文学・史学にも博《ひろ》く通暁《つうぎょう》していなければなりませんでしたから、平安時代には「紀伝道《きでんどう》」と呼ばれることになったこの附属学科が、いわば総合的な人文学科として、大学寮の中でのエリートコースとなりました。ただし、『源氏物語』が書かれた平安時代中期には、上流貴族の子弟は大学寮などで学ばなくても公卿《くぎょう》（大臣・大納言・中納言・参議を一括して「公卿」あるいは「上達部《かんだちめ》」と言います）になれたのに対し、紀伝道で学んでも参議にさえなれない者が多かったというのが実情でしたから、大学寮で学ぶということ自体が、もはやエリートコースではなくなっていたのでしたが。

さて、同じく紀伝道出身の文人で、かの藤原伊周《これちか》や中宮定子《ていし》らのおじであった高階積善《たかしなのもりよし》が編んだ『本朝麗藻《ほんちょうれいそう》』という漢詩集の「懐旧部」に、為時の長い題詞のある七言律詩が収められているのですが、その題詞には以下のような事が叙されています。「去年の春、中務宮《なかつかさのみやともひら》具平親王が詩酒の宴を催された時、その宴には権左中弁《ごんのさちゅうべん》藤原惟成《これしげ》、右中弁菅原資忠《すけただ》、大内記《だいないき》慶滋保胤《よししげのやすたね》が侍していた。この三人は当代屈指の詩人であり、また保胤は親王の師でもあったのだが、その後ほどなく保胤・惟成は出家し、また資忠は泉下に帰してしまった」と。菅原資忠（冒頭でふれた孝標の父）が亡くなったのは永延元年（九八七）五月ですから、この詩が詠まれたのはそれ以後ということになりますが、惟成が出家したのは、前年の寛和二年（九八六）年六月、藤原兼家の謀略によって花山《かざん》天皇が出家したあとを追ってのことでした（ちなみに保胤はその直前に出家していました）。

資忠・惟成・保胤・為時らは紀伝道の同窓でした。永観《えいかん》二年（九八四）十月に花山天皇が即位した時、天皇の外祖父（母方の祖父）太政大臣藤原伊尹《これまさ》はすでに逝去しており、有力な外戚（母方の親族）としては伊尹の子息権中納言義懐《よしちか》しかいませんでしたが、天皇の東宮《とうぐう》（皇太子）時代から東宮学士として近侍していた惟成が、保胤や為時らと共に花山朝の実務中枢となって、荘園整理や綱紀粛正等の政治刷新を鋭意推し進めたのでした。しかし、外戚の権力基盤の脆弱《ぜいじゃく》であった花山朝はあっけなく瓦解し、式部丞《しきぶのじょう》・六位の蔵人《くろうど》だった為時も解任され、その後十年、無官で過ごさなければなりませんでした。

長徳二年（九九六）為時が越前守《えちぜんのかみ》に任ぜられると、紫式部も父と共にしばらく越前の国府のあった武生《たけふ》（現・福井県越前市）で過ごしましたが、同四年頃帰京して藤原宣孝《のぶたか》と結婚しました。宣孝は紫式部よりかなり年上で、それまでにすでに数人の女性と結婚して子を設けておりましたが、父為時とも親しく、有能な官人で、人柄もよかったようです。宣孝はふだんは本妻と同居していて、紫式部のもとには時々通って来ていたようですが、ほどなく彼女は、のちに大弐三位《だいにのさんみ》賢子《けんし》として知られることになる女子を出産しました。しかし宣孝は長保三年（一〇〇一）に病死しました。

通説では、宣孝が亡くなって傷心とつれづれの日々を送るなかで『源氏物語』は書かれ、それが評判となって、寛弘三年（一〇〇六）頃に紫式部は、藤原道長の娘で一条天皇の中宮であった彰子《しょうし》に女房として仕えることを要請されたのだと考えられています。

『紫式部日記』（以下『日記』と略記）寛弘五年（一〇〇八）十一月一日条によれば、

中宮彰子が生んだ敦成《あつひら》親王（のちの後一条天皇）の生後五十日《いか》の祝宴で、藤原公任《きんとう》が紫式部に「このあたりに若紫は控えておいでか」と語りかけてきたとあり、また『日記』のいわゆる「消息体」の部分には、一条天皇が「源氏の物語」を女房に読ませながら耳を傾けていて、「この作者は日本紀《にほんぎ》（『日本書紀』『続日本紀《しょくにほんぎ》』等のいわゆる「六国史《りっこくし》」の総称）を読んでいるに違いない」と感嘆したということも記されていますので、たしかに『源氏物語』はすでに評判になっていたことがうかがわれますが、しかしたとえば寛弘五年の時点で『源氏物語』がどこまで書かれていたのかは不明とせざるを得ません。また『日記』には、宮仕えに出るまでの「年ごろ」、友達と物語についての感想や批評の文通をしていたことが書かれており、あるいは『源氏物語』につながるような創作にも手を染めて、友人に批評してもらったりしていたのかもしれません。が、『源氏物語』起筆の経緯も不明です。

『日記』にはほかにも、『源氏物語』という作品について考える上でたいへん参考になるような叙述が多いのですが、ここでとくにふれておきたいのは、紫式部の漢文学の素養をうかがわせる記事です。為時が子息惟規《のぶのり》に漢籍を教えているのを、そばで一緒に聞いていた紫式部のほうが理解も早く先に暗誦してしまうので、「この子が男子でなかったのがわが身の不運」とたびたび父を嘆かせた、という逸話は有名ですが、中宮彰子からの要請に応えて紫式部が彰子に『白氏文集《はくしぶんしゅう》』の「新楽府《しんがふ》」について講義したという記事は、ことにも留意すべきものでしょう。

中唐の詩人白居易《はくきょい》（白楽天とも／七七二～八四六）は、自身の詩作のなかでも、為政者にその政治の善悪得失を諷諭《さと》すことを目的として政治・社会に関わる事柄を歌った「諷諭詩《ふうゆし》」を最も重要なものと位置づけ、その詩文集『白氏文集』の最初の四巻をこれにあて、巻一・二には五言の諷諭詩を、巻三・四には七言の諷諭詩を収録したのですが、この七言の諷諭詩が「新楽府」です。

ややのちのことになりますが、長和二年（一〇一三）二月二十五日、道長が公卿たちを促して催した遊興の酒宴を、当時皇太后になっていた彰子が、公卿の煩《わずら》いとなるばかりで無益なことであると諫《いさ》めて止めさせたということがありました。藤原実資《さねすけ》はその日記『小右記《しょうゆうき》』に事の経緯を記して、彰子を「賢后」とほめ称《たた》えています。増田繁夫氏の名著『評伝　紫式部　世俗執着と出家願望』（和泉書院、二〇一四年）には「彰子は自ら求めて式部から白氏の新楽府の講義を聞こうとした人でもあった。こうした彰子の人間としての成長には、やはり側近《（ママ）》していた式部の影響もかなりあったかと考えられる」と述べられていますが、私もまったくその通りであろうと思います。ところで、『小右記』の同じく長和二年の五月二十五日条に実資は、前々からもっぱら自分と皇太后との取次に当たっている女房について「越後守為時女」と注記しています。紫式部の父為時は、寛弘八年（一〇一一）二月に越後守に任ぜられていますから、この女房は紛れもなく紫式部です。実資と言えば、彰子も敬意を抱いていた人物でした。そのような要人との取次に当たっていたということは、いかに紫式部が彰子から信頼されていたかを物語っていましょう。増田繁夫氏は、『小右記』寛仁三年（一〇一九）正月五日条や同五月十九日条で彰子との取次に当たっている女房も紫式部である可能性が高いとされています。もしそうだとすれば、孝標の娘が『源氏物語』を夢中になって読みふけっていた頃、作者はまだ存命だったのかもしれません。

『源氏物語』の内容と構成——漢文学との関わりを中心に

「源氏五十四帖」というたいへん長大な物語ですが、全体は大きく三部に分けられます（以下の解説では、巻名の初出個所には、それが第何巻か示す○付数字を付しておきます）。

第一部は①桐壺《きりつぼ》巻で光源氏が誕生してから、㉝藤裏葉《ふじのうらば》巻で准太上天皇《じゅんだじょうてんのう》となるまで。中ほどで須磨・明石に流寓《るぐう》する逆境時代を経ながらも、光源氏が栄華を極めてゆく物語です。

第二部は、㉞若菜《わかな》上の巻で、光源氏には紫の上という長年連れ添った最愛の妻がありながら、女三《おんなさん》の宮《みや》という若い内親王を新たに妻に迎えたことから、その栄華の内側が深刻な苦悩にむしばまれてゆくことになり、ついに紫の上に先立たれて悲しみに沈む光源氏を描く㊶幻《まぼろし》巻まで。㊷匂宮《におうみや》巻以降の第三部は光源氏没後の物語で、とくに㊺橋姫《はしひめ》巻以降最後の(54)夢浮《ゆめのうき》橋《はし》巻までの十帖は宇治が主要な舞台となるため宇治十帖と呼ばれます。

第一部では、第二部・第三部に比べてずっと変化と起伏に富んだ物語が展開しますが、㉑少女《おとめ》巻が、この第一部のなかでのまた一つの大きな節目となっています。桐壺巻からこの少女巻までは、『源氏物語』のなかでも最も漢籍引用の密度が濃い部分と言ってよいかと思われます。この解説では、とくにこの部分に重点を置いて述べたいと思います。『源氏物語』の内容と言えば、何と言っても男女の愛が中心ですが、この物語はけっして絵空事のような恋愛を描いているのではない、現実の貴族社会を物語世界内にも立体的に奥行き深く仮設して、そのなかで男女の愛を描いているのであり、漢文学は、そのような物語世界の鉄骨となっているように思われるからです。

まず、桐壺巻から⑩賢木《さかき》巻までの主要な人物の布置と物語の大きな枠組みは、司馬《しば》遷《せん》の『史記』「呂后本紀《りよこうほんぎ》」の以下のような話に拠《よ》っています。――呂后は、漢の高祖（劉邦）がまだ微賤であった頃からの妻であった。その人となりは剛毅で、高祖の天下平定、漢帝国創建をよく助けた。高祖は後に戚《せき》夫人を寵愛し、呂太后の生んだ太子（後の孝恵帝）は人となりが「仁弱」（優しいが柔弱）なので、戚夫人の生んだ趙王如意《ちようおうじよい》を太子に立てたいと思い、戚夫人もそれを懇願した。しかしそれは実現せず、高祖が崩ずると、呂太后は戚夫人と趙王に恨みを晴らそうとした。孝恵帝は趙王を守ろうとしたが、呂太后はついに趙王を毒殺し、戚夫人の手足を切り、目をえぐり、耳を焼き、瘖薬《いんやく》（口がきけなくなる薬）を飲ませてこれを小部屋に置き、「人彘《ひとぶた》」と名づけた。

賢木巻で桐壺院が崩御し、後ろ楯を失って孤立する光源氏と藤壺に対して弘徽殿《こきでん》の大后《おおきさき》（朱雀帝の母）からの風当たりが強まるなかで、藤壺が「戚夫人のようなひどい目には遭わされなくても、必ず世間の笑い者にされるだろう」と考えて出家を決意したと叙されており、「呂后本紀」を参照していることが明示されています。桐壺帝＝高祖、弘徽殿大后＝呂太后、朱雀帝＝孝恵帝、藤壺＝戚夫人、趙王＝藤壺腹の東宮（冷泉帝）という対応関係が、ただしあくまでも緩やかに考えるべきものですが、認められます。

さて桐壺院の崩御から光源氏の不遇逆境の時代が始まり、彼は自ら須磨に退居しますが、この賢木巻から⑫須磨巻にかけては、江州に左遷されていた時の白居易の詩と、大宰府に左遷された菅原道真の詩が集中的に引用される所でもあります。光源氏の不遇が白居易や道真のような文人の不遇として形象されているわけです。

また、毎年春秋の除目《じもく》（人事異動）の頃になると、光源氏邸の門前には彼の引き立てにあずかろうとする者たちの馬・車が立て込んだものだったが、桐壺院が崩御した翌年春の除目の時は、源氏邸の門前はうってかわって閑散としていたといいます。ここに思い合わされるのは、司馬遷の『史記』汲鄭列伝《きゆうていれつでん》に見える以下のような話です。昔、翟公《てきこう》が廷尉《ていい》（法務大臣）に就任した時、彼の恩顧にあずかろうとする賓客《ひんきやく》が門に満ちあふれたが、彼が一旦失脚すると、ばったりと来客が途絶えて、その門前は雀羅《じやくら》（雀取りの網）も張れそうなくらいひっそりした。ところが翟公が再び廷尉に返り咲くや、また賓客が門につめかけてきたという。——『源氏物語』でもこの通りの展開となるのでして、須磨・明石の流遇時代を経たのち、光源氏が都に召還されるや、世人たちは再び彼のもとに殺到したのでした（⑮蓬生《よもぎう》巻）。

この場合、『源氏物語』に『史記』「汲鄭列伝」の本文が引用されているわけではありませんが、ただこの翟公の故事はとりわけ有名なもので、おそらく作者の念頭にあったに違いないと思われるのです。

こうした世人たちの動向とともに、光源氏周辺の人々についても、「時（世）に従ふ」すなわち時勢に迎合する者と、「世になびかぬ」者とが描き分けられていることにも留意すべきです。たとえば、空蟬《うつせみ》の弟の小君《こぎみ》は、光源氏の恩顧によって出世したにもかかわらず、空蟬の夫が常陸介《ひたちのすけ》になって任国に下るのに随行して、源氏から離れたのでした（⑯関屋《せきや》巻）。

さて少女巻で、光源氏は子息夕霧を十二歳で元服させると、大学の紀伝道に入学させ、文章生として漢文学を学ばせました。彼はその理由を以下のように説明していいます。権勢のある家の子に生まれて、親のおかげで何の苦労もなく高い地位につけるような者は、ともすれば学問を軽んじ、遊び戯れにふけりがちで、「時に従ふ世人《よひと》」、時勢に迎合する世間の者たちは、内心ではこの軽薄な貴公子を軽蔑していても、表面では追従《ついしょう》し、ご機嫌を取るものだから、当人もいつのまにか、自分が何かたいした者でもあるかのように思い込んでしまう。しかし親が亡くなるとか、時勢の変化とかで、権勢が失墜すると、とたんに世人たちは彼に対して軽侮《けいぶ》をあらわにして彼から離れてゆき、彼は生きてゆく上で何のよりどころもないという状態になってしまう。やはり、漢才《からざえ》（漢文学）を根本にしていてこそ、「大和魂《やまとだましい》」も世間から真に重んじられるものとなるのではないか（「なほ才《ざえ》を本《もと》としてこそ、大和魂の世に用ゐらるる方《かた》も強うはべらめ」）と。

ここに「大和魂」という言葉が出てきますが、こんにち現存する文献のなかでは、これがこの語の最も古い用例です。そして『源氏物語』以後の平安時代の文献からなお数例の用例を拾うことができるのですが、それらの用例からすると、「大和魂」は、現実的に柔軟に事を処理してゆく知恵、才覚といった意味でした。それはともかくとして光源氏のこの言葉は、彼自身の不遇時代の体験に裏づけられた言葉であることに注意しなければなりません。その意味でこれは、賢木巻以来の物語を大きく締めくくるような意味を持った言葉なのです。

しかもこの巻の巻末では、それまでの二条院に代わる光源氏の新たな大邸宅六条院が完成し、次の㉒玉鬘《たまかずら》巻からはさっそくこの六条院を舞台に光源氏と玉鬘との甘美にしてせつない恋の物語が展開します。ですからこの少女巻は第一部の中での大きな節目をなしていると言ってよいと思います。

以上のような第一部に対して、第二部・第三部は構成がずっと緊密になり、主要な登場人物の心理描写が、男君についても女君についても、第一部に比べて格段に深まっています。しかしそれは、同一の作者が書きながら成熟したのだと考えるほうが自然でしょう。

しかも第一部から第三部を貫通するかたちで、Ⅰ帝と桐壺更衣の悲恋の物語、Ⅱ光源氏と紫の上の物語、Ⅲ薫と宇治の大君《おおいぎみ》の物語——この三つの物語には、次の1から5に要約したようなパターンが反復されます（Ⅰ・Ⅱ・Ⅲそれぞれで多少違いはありますが）。


1女はもともと高貴な血筋であるが、親が亡くなるなどして、ほかに有力な後見も無く、不安定な境遇にある。

2男は、まさに女がそのような境遇にあるがゆえにこそ、政治的な利害打算や世間的格式などから自由な、純粋な愛情を流露させる。

3女も、そのような男の愛情が「あはれ」と胸にしみていながら、しかしその男の愛情以外によりすがるものの無い境遇にあるだけに、いっそう深刻な愛の不安を経験しつつ、ついに亡くなってしまう。

4いまわの際に、女も男を「あはれ」と思う心情を全面的に流露させる。

5あとに残された男は、女の面影を恋い慕いつつ、尽きることのない悲しみにくれ惑う。

そしてこの[5]の箇所に、白居易「長恨歌」(『白氏文集』巻十二)の「方士」の仙界探訪譚が必ず引用されるのです。「方士」とは、玄宗皇帝のために亡き楊貴妃の魂を海上はるかかなたの蓬萊山《ほうらいさん》の仙界に探し当てた道教の道術師のことで、『源氏物語』ではこの「方士」のことを「幻《まぼろし》」と呼んでいます。Ⅰの[5]では帝が「尋ねゆく幻もがなつてにても魂《たま》のありかをそこと知るべく」という歌を詠み、Ⅱの[5]では光源氏が「大空をかよふ幻夢にだに見えこぬ魂の行方たづねよ」と詠みます。Ⅲの物語では、薫が亡き大君の面影をその妹の中の君に、さらにはその異母妹の浮舟にと求め続けることによって、[5]の部分には㊼総角《あげまき》巻以降の宇治十帖の後半すべてが充てられたとみることができますが、㊾宿木《やどりぎ》巻で薫が中の君に「大君の魂のありかを尋ねるためならば海の中へでも進んでいきます」と語るなど(ほかにもありますが、省略します)、やはりこの方士の仙界探訪譚が引用されています。

このように第一部から第三部を通してほぼ相似した話型と「長恨歌」の引用が反復されるということをみても、作者は紫式部一人と考えるほうが自然であるように思われます。

しかも右の話型にさらに留意すると、ヒロインの女君は三人ともすべて男君の庇護を受けなければ零落をまぬかれないような不安定な境遇にある人たちばかりですが、実はこのような女性たちの人生こそが『源氏物語』全体の主題なのだと言ってもいいくらい、物語にはこのような境遇の女君たちがほかにもたくさん登場しています。

この点に関連して、最後にもう一つ、⑥末摘花《すえつむはな》巻における白居易の諷諭詩「重賦《じゅうふ》」（『白氏文集』巻二）の引用にふれておきたいと思います。

先に、紫式部は中宮彰子に白居易の諷諭詩の「新楽府」を進講したということにふれましたが、七言詩で書かれた「新楽府」は平明で抒情的な佳句も多く、平安朝の貴族社会では比較的よく読まれたのです。しかし五言の諷諭詩は表現・内容ともに硬質で、一般にはあまり読まれていませんでした。ところが、『源氏物語』には五言の諷諭詩もよく引用される点でも特異なのですが、そのなかでもこの「重賦」の引用はとりわけ重要なものだと私は思います。

雪の積もった朝、末摘花に仕える下人たちの貧しく寒そうな様子に心打たれた光源氏は、この「重賦」の中の「幼《わか》き者は形蔽《かたちかく》れず」（幼い者は体をくるむ物もない）という句を口ずさみます（本冊279頁）。「重賦」は重税の意で、重税にあえぐ農民の貧苦を歌った詩ですから、故常陸宮《ひたちのみや》の姫君末摘花の貧しさを描くなかに引用されるのは実に場違いな感がありますけれども、のちの蓬生巻（光源氏の須磨・明石流寓中に、源氏の経済的庇護を失って再びもとの貧窮状態に陥りながら、源氏の帰京と再訪を堅く信じて待ち続ける末摘花を描く）では、成り上がりの受領《ずりよう》たちがその財力に物を言わせて由緒ある故常陸宮邸を買収しようとしている所があります（当時実際にそのような「面白き家造りを好む受領たち」がいたのでした）。受領とは遥任国司に対して実際に任国に赴任している国守のことですが、「重賦」には「貪吏《たんり》」（貪欲な官吏）の農民に対する不正収奪が厳しく告発されていたことも思い合せると、蓬生巻の受領たちについても、その「貪吏」としての本質を見据えている作者の眼差しに気づかされるのです。

ここで、②帚木《ははきぎ》巻前半のいわゆる「雨夜の品定め」を思い合わせるべきです。光源氏の親友で義兄でもある頭中将《とうのちゆうじよう》が、貴族階層を上中下《かみなかしも》の三つの品《しな》に分け、当節は中の品に個性的な女性が多く見られるようだと言うと、すかさず光源氏が、その三つの品は固定したものではないだろう、もとは高貴でありながら零落している者と、成り上がってきた者とはどちらに分類するのかと問うていました。くだけた女性品評のような会話のなかに、さりげなく、家の浮沈の激しかった当時の貴族社会の現実が導入されているわけですが、ちょうどそこへ来合わせた左馬頭《ひだりのうまのかみ》が源氏の問に答えて、「どちらも中の品に分類すべきです。中途半端な上達部《かんだちめ》（原文「なまなまの上達部」）なんかよりも裕福な受領の家にこそなかなか見所のある娘がいるものです」と言っていました。

公卿のなかでも受領階級の人事に影響力を行使できるような一握りの権勢家と、そうした権勢家の家司《けいし》・家人《けにん》としてその家政を支えた裕福な受領たちとが相互に寄生的な主従関係を結ぶなかで、さほどの権勢を有さぬ「なまなまの上達部」と、母方に権勢のない皇族とが没落の運命にさらされていたという王朝貴族社会の現実が、この物語全編を通して、物語世界の基底をなしているのです。ちなみに「雨夜の品定め」の直後に光源氏が出会う空蟬はまさに中納言兼衛門督《えもんのかみ》という「なまなまの上達部」の娘で、父の死後、伊予介《いよのすけ》というかなり年配の受領の後妻にならなければ零落の憂き目にさらされていた女君だったのでした。

（ふじわら・かつみ／国文学者　平安朝文学）

本書は、二〇一七年九月に小社から刊行された『源氏物語　上』（池澤夏樹＝個人編集　日本文学全集04）より、「桐壺」から「末摘花」を収録しました。文庫化にあたり、一部加筆修正し、書き下ろしの解題を加えました。

源氏物語《げんじものがたり》 1

二〇二三年一〇月二〇日　初版発行
二〇二四年一〇月三一日　11刷発行

訳　者　角田《かくた》光代《みつよ》
発行者　小野寺優
発行所　株式会社河出書房新社
〒一六二－八五四四
東京都新宿区東五軒町二－一三
電話〇三－三四〇四－八六一一（編集）
〇三－三四〇四－一二〇一（営業）
https://www.kawade.co.jp/

古典新訳コレクション

ロゴ・表紙デザイン　粟津潔
本文フォーマット　佐々木暁
本文組版　株式会社キャップス
印刷・製本　中央精版印刷株式会社

Printed in Japan　ISBN978-4-309-41997-8

河出文庫 古典新訳コレクション

古事記 池澤夏樹〔訳〕
百人一首 小池昌代〔訳〕
竹取物語 森見登美彦〔訳〕
伊勢物語 川上弘美〔訳〕
源氏物語1〜8 角田光代〔訳〕
堤中納言物語 中島京子〔訳〕
土左日記 堀江敏幸〔訳〕
枕草子1・2 酒井順子〔訳〕
更級日記 江國香織〔訳〕
平家物語1〜4 古川日出男〔訳〕
日本霊異記・発心集 伊藤比呂美〔訳〕
宇治拾遺物語 町田康〔訳〕
方丈記・徒然草 高橋源一郎・内田樹〔訳〕
能・狂言 岡田利規〔訳〕
好色一代男 島田雅彦〔訳〕
雨月物語 円城塔〔訳〕
通言総籬 いとうせいこう〔訳〕
春色梅児誉美 島本理生〔訳〕
曾根崎心中 いとうせいこう〔訳〕
女殺油地獄 桜庭一樹〔訳〕
菅原伝授手習鑑 三浦しをん〔訳〕
義経千本桜 いしいしんじ〔訳〕
仮名手本忠臣蔵 松井今朝子〔訳〕
松尾芭蕉 おくのほそ道 松浦寿輝〔選・訳〕
与謝蕪村 辻原登〔選〕
小林一茶 長谷川櫂〔選〕
近現代詩 池澤夏樹〔選〕
近現代短歌 穂村弘〔選〕
近現代俳句 小澤實〔選〕

＊以後続巻
＊内容は変更する場合もあります